LES ROMANS DES RENCONTRES MAGIQUES

LES ROMANS DES RENCONTRES MAGIQUES

éditions du
ROCHER

Collection « Le roman des lieux et destins magiques »
dirigée par Vladimir Fédorovski

Livre gratuit, ne peut être vendu.

ISBN 978-2-268-06377-5

VLADIMIR FÉDOROVSKI

LE ROMAN DE SAINT-PÉTERSBOURG

Extrait

Catherine la Grande ou l'art d'aimer

Catherine la Grande (1729-1796) domine l'histoire de Saint-Pétersbourg au XVIIIe siècle. Elle fut la deuxième tsarine à porter ce nom, après Catherine Ire. Elle est sans doute la personnalité la plus marquante des sept tsars et tsarines de ce siècle.

Originaire de la petite aristocratie allemande, la princesse Sophie d'Anhalt-Zerbst n'adopta le prénom de Catherine qu'après s'être convertie à l'orthodoxie pour épouser Pierre de Holstein. Dieu sait si cette jeune princesse allemande ne s'attendait pas à monter un jour sur le trône du plus grand empire d'Europe lorsqu'elle jouait naguère sur la grande place de Stettin avec les enfants de la ville. Politiquement, le parti offert était enviable, humainement c'était un désastre. Le visage marqué par la petite vérole et toujours aussi disgracieux, Pierre III était sournois et vil. La princesse Dachkova, célèbre mémorialiste, décrivait ainsi l'héritier d'Élisabeth : « Se présenter le matin à la revue en caporal-chef, bien déjeuner, boire un bon vin de Bourgogne, passer la soirée avec ses bouffons et quelques femmes, exécuter les ordres du roi de Prusse, voilà ce qui faisait le bonheur de Pierre III. »

En 1774, le paysage de Saint-Pétersbourg était déterminé par l'eau qui occupait un dixième de sa superficie, un véritable labyrinthe dessiné par l'architecte français Leblond. Le vent glacial de la mer Baltique s'infiltrait partout. L'hiver y était impitoyable et sans limites. Le brouillard enveloppait les palais et effaçait les quais dans un halo de lueurs jaunes, fragiles et fantomatiques. Les brumes argentées de cette Venise du Nord étaient devenues pour Catherine le symbole des aléas de son destin.

Arrivée à la cour de Russie à quinze ans, Catherine fit preuve de plus de maturité que Pierre, pourtant de deux ans son aîné. Devenu tsar à la mort d'Élisabeth, en 1762, Pierre III subissait l'influence de l'Allemagne, son pays natal, et de Frédéric II de Prusse. Il régna six mois, de décembre 1761 au 28 juin 1762, jour de son abdication. Dans ce bref espace de temps, il avait tenté de « renverser la vapeur » comme on dit ; il s'était montré antirusse, antiorthodoxe, anticlérical au point de remplir ses coffres avec l'argent de l'Église... En outre, il menaçait Catherine de la répudier pour épouser sa maîtresse. C'en était trop. L'impuissant Sénat – dont nul n'entendait plus parler –, se dressa contre lui, appuyé bien entendu par l'Église russe, et secondé par la garde fidèle à Catherine. Ainsi, dans la nuit du 27 au 28 juin 1762, une poignée de conjurés menés par les frères Orlov, Alexis et Grégoire, plaça Catherine sur le trône. Le coup d'État réussit, Pierre fut contraint d'abdiquer et fut emprisonné. Avant la fin de l'année 1762, les cloches de Saint-Pierre-et-Paul sonnèrent le glas au-dessus de son cercueil. Il avait, dit l'acte officiel, succombé à une colique doublée d'un transport au cerveau. La chronique, moins indulgente, affirme que Catherine l'avait tout simplement fait assassiner. Il est néanmoins resté dans l'histoire pour deux mesures libérales : la suppression de la chancellerie secrète et l'abrogation de l'obligation de service pour la noblesse.

Catherine entreprit de construire un empire qui devait dépasser par sa taille les Empires romain et byzantin réunis. Après une première phase libérale, placée sous le signe de la philosophie des Lumières, son règne à Saint-Pétersbourg évolua vers une politique conservatrice. Si le règne de Catherine fut marqué par un profond bouillonnement culturel, il consacra aussi l'âge d'or du servage.

Catherine, qui avait appris le français dans son enfance, s'initia avec ferveur à la philosophie des Lumières. Elle entretint une abondante correspondance avec Voltaire et reçut Diderot, qui séjourna plusieurs mois à sa cour et lui fit don d'une partie de son immense bibliothèque. L'influence française, perceptible à la cour de Saint-Pétersbourg depuis l'alliance conclue avec la France pendant la guerre de Sept Ans, fut alors plus forte que jamais. L'impératrice s'inspira notamment des idées de Montesquieu et plus particulièrement de son ouvrage *De l'esprit des lois*.

Passionnée d'architecture, elle prêta souvent davantage attention aux façades qu'aux visages. La raison, qui avait fait émerger le baroque en Russie, fut le désir des successeurs de Pierre de rendre toujours plus splendide la nouvelle capitale. Sous le règne de Catherine II, plusieurs des plus beaux édifices de l'époque de Pierre avaient changé d'apparence – le grand palais de Peterhof, par exemple, qui, élaboré par Leblond, ou en tout cas commencé selon son projet, fut refait par Rastrelli –, mais nombreux étaient ceux qui, dès leur origine, comme les palais Menchikov et d'Oranienbaum, œuvres de Schädel, avaient été créés avec goût et dans une volonté artistique. Il ne faut pas oublier non plus que Trezzini lui-même, dans la période de la construction du monastère Alexandre-Nevski, avait plus travaillé comme architecte que comme ingénieur.

Douze ans déjà que Catherine était montée sur le trône de Russie. Mais elle n'était pas totalement libre. Ayant entraîné la mort de son époux, Grégoire Orlov tenait l'impératrice à sa merci. Écoutons Bérenger, le chargé d'affaires français à Saint-Pétersbourg :

« Plus j'observe de près M. Orlov, plus je crois voir qu'il ne lui manque que le nom d'Empereur. Il est d'une aisance avec l'impératrice qui frappe tout le monde et que les Russes disent inconnue dans tous les pays depuis la fondation de la monarchie. Supérieur à toute espèce d'étiquette, il prend publiquement avec sa souveraine des libertés que, dans un monde poli, une maîtresse qui se respecte ne permet point à son amant. »

Lassée par l'arrogance et les violences d'Orlov, Catherine chercha ailleurs le réconfort. Dans son esprit s'était déjà dessiné le profil du favori idéal : un physique impressionnant, une puissante force masculine, une hardiesse sans limites, et une capacité de rêver aussi bien que de faire rêver.

C'est alors qu'apparut un nom qui allait entrer dans les annales de la gloire militaire de la Russie mais aussi dans l'histoire sentimentale de Saint-Pétersbourg : Grigori Potemkine, « favori des favoris » de la grande impératrice.

Rien ne prédestinait le futur prince à cette extraordinaire fortune. Né en 1739 dans une famille de hobereaux, il avait quitté Smolensk pour entreprendre ses études à l'université de Moscou, avant de s'en faire expulser pour paresse... Aussi s'était-il engagé dans la garde à cheval.

Ce fut lors de la conspiration de 1762, à laquelle le régiment de ce beau garçon de vingt-trois ans avait participé, qu'il eut pour la première fois l'occasion de voir de près l'impératrice.

– Il est trop beau pour être sergent, qu'on le fasse lieutenant ! avait-elle lancé en croisant son regard d'une profondeur « surnaturelle ».

Le jeune homme s'était vu par la suite nommé chambellan en récompense de ses loyaux services, obtenant ainsi ses entrées à la cour.

Potemkine était insolent et faisait tout – sans doute trop – pour attirer l'attention de sa souveraine. Si les frères Orlov avaient toujours apprécié et protégé le futur prince, ce comportement éveilla leur jalousie. Ils cherchèrent alors un moyen d'évincer ce rival potentiel de la cour de Saint-Pétersbourg. La légende veut qu'Alexis Orlov lui ait cherché querelle pendant une partie de billard et lui ait crevé un œil avec la queue qu'il tenait à la main. Désormais son regard serait, certes, plus difficile à saisir ! Après cet accident, Potemkine se croyant défiguré quitta Saint-Pétersbourg.

De 1762 à 1774, année de son entrée dans le cœur de Catherine, Potemkine fit une carrière brillante, devenant major général puis, enfin, lieutenant-général. Le beau borgne n'était pas un banal galant salarié ; il y avait en lui de l'étoffe.

En ces années 1770, la guerre avec la Turquie se prolongeait, les paysans affamés se révoltaient partout, les intrigues redoublaient à la cour, le peuple s'était soulevé et les Cosaques s'étaient insurgés. Une première insurrection paysanne avait éclaté en 1771 et mis Saint-Pétersbourg en danger. Deux ans plus tard, Pougatchev, un déserteur et aventurier cosaque qui se faisait passer pour Pierre III, prit la tête d'un gigantesque soulèvement paysan. Parti du nord de la mer Caspienne, il couvrit un immense territoire et s'empara de plusieurs cités importantes.

Il était temps qu'un général arrivât à Saint-Pétersbourg...

Se trouvant dans une position supérieure, Catherine fit sans état d'âme le premier pas :

« Monsieur le lieutenant-général, vous êtes, j'imagine, tellement occupé du côté de la Silistrie que vous n'avez pas le temps de lire des lettres. Je ne sais jusqu'à présent si votre bombardement a eu du succès, mais je n'en suis pas moins convaincue que tout ce que vous entreprendrez vous-même ne saurait être attribué à un autre motif qu'à votre zèle ardent pour ma personne et la chère patrie que vous aimez à servir. Mais comme, d'un autre côté, je tiens à conserver des hommes zélés, courageux, intelligents et habiles, je vous prie de ne pas vous exposer inutilement au danger. En lisant cette lettre, vous vous demanderez peut-être pourquoi a-t-elle été écrite ? Je vous répondrai à cela pour que vous ayez une confirmation de ma manière de penser sur vous, car je vous souhaite toujours beaucoup de bien. »

Les vraies histoires d'amour arrivent souvent après quarante ans. Catherine avait quarante-quatre ans, Grigori Potemkine trente-cinq. Depuis longtemps déjà, il rêvait en secret de cette femme inaccessible et s'en était ouvert dans son journal intime, écrit dans le style flamboyant propre à son époque : « Ô Dieu ! quel tourment d'aimer celle à qui je n'ose le dire ! Celle qui ne peut jamais être à moi ! Ciel barbare, pourquoi la fis-tu si belle ? Pourquoi vouloir que ce fût elle, elle seule, que je puisse aimer ? »

Par l'une des fenêtres, on voyait s'étendre au loin, très bas derrière le fleuve, l'immense tableau bleuté de la Néva enneigée, et par l'autre, plus à gauche, une partie du palais d'Hiver. Le règne de Catherine II se reflétait déjà dans la capitale par des bâtiments de style néo-grec où disparaissent les ornements fleuris du baroque. L'Italien Rinaldi y avait introduit le style Louis XVI, et le Français de La Mothe, le classicisme français.

En face, toutes blanches et comme excessivement proches, se dressaient deux églises dont les coupoles dorées reflétaient les taches bleuâtres des choucas qui ne cessaient d'y tournoyer.

La rencontre entre Potemkine et Catherine fut minutieusement fixée par le journal de cérémonie du palais, le 4 février 1774. « À six heures de l'après-midi, le général-lieutenant Grigori Alexandrovitch Potemkine est entré. »

Sur le ciel bleu sombre, le pinceau d'un géant semblait avoir tracé de larges bandes d'or rosé. Mais il ne regardait pas le ciel ni même un vol d'oiseaux qui, dans l'obscurité naissante, se dirigeaient vers le nord. Plusieurs carrosses occupaient déjà la cour d'honneur et patientaient au pied des hautes colonnes qui ornaient la célèbre façade vert amande et blanc.

Potemkine revenait dans ce palais d'où étaient gouvernées les immensités de la Sainte Russie, d'où partaient à ce moment même les ordres pour la guerre contre les Turcs. Toujours un peu intimidé par la splendeur des lieux, il se laissa débarrasser de sa pèlerine par des valets en livrée bleue et or. L'un d'eux le précéda dans l'escalier du Jourdain. Il en gravit les marches recouvertes d'un tapis rouge avec une émotion qu'il cherchait à dissimuler. Au premier palier, l'escalier se scindait en deux. Le valet de pied l'invita à emprunter la volée de droite. L'extrême faste du palais donnait à cette cérémonieuse progression une solennité encore plus grande. Attentif à suivre son guide, Potemkine n'avait pas assez d'yeux pour admirer au passage les dorures et les bronzes, les tapisseries et les tableaux. Le palais était devenu encore plus somptueux pendant son absence de Saint-Pétersbourg. Il marchait avec l'impression enivrante d'accéder à des sommets extraordinaires où son sort allait se décider. Parvenu à l'entrée d'une vaste galerie, le valet déclina son nom haut et fort. Presque aussitôt, un homme dans la force de l'âge vint à sa rencontre. Potemkine reconnut le comte Grigori Orlov, l'homme le plus puissant de l'Empire. Impressionné de se voir accueilli avec tous les égards par le comte en personne, Potemkine eut besoin de toute sa bravoure pour trouver quelque chose à dire :

– Comte, quelles sont les nouvelles du palais ?

– Rien de bien nouveau, mon cher. Je descends... Vous montez...

Telle fut la réponse sibylline du grand personnage qui le guida à travers une autre galerie dont les fenêtres donnaient sur la Néva. En attribuant à son ancien amant l'honneur de lui présenter Potemkine, Catherine réglait ses comptes car Orlov ignorait évidemment de quelle manière elle avait convoqué son futur favori...

– Vous êtes ici, monsieur, à la demande de Sa Majesté, lui dit-il. Elle ne tardera pas à faire son entrée.

Potemkine contemplait la salle dont la splendeur lui coupait le souffle. Des colonnes de malachite et de lapis-lazuli, couronnées de bronze doré, lui donnaient des proportions exceptionnelles. Derrière une colonne, des officiers de la garde impériale discutaient à voix basse. Plus loin, des représentants de quelque lointaine province attendaient patiemment d'être reçus. Des ambassadeurs étrangers en tenue d'apparat faisaient les cent pas avec leurs conseillers. Tous dévisageaient le comte Orlov en se demandant à qui il allait adresser la parole. Ce dernier ne semblait voir personne et marchait droit devant lui avec l'assurance que donne le pouvoir quand celui-ci est immense. Potemkine le suivait comme son ombre et retenait la leçon. Il lui fit signe de patienter et, suivi de son aide de camp, se dirigea brusquement vers un Caucasien vêtu d'une blouse de soie bleue galonnée d'or. Il le prit familièrement par le bras pour entamer une conversation dont nul ne put rien entendre.

Les grandes portes sculptées de la salle du trône s'ouvrirent enfin. L'impératrice apparut dans toute sa majesté, précédée de son grand chambellan. Elle portait une robe de taffetas rose enrubannée de vert. À ses oreilles pendaient des cabochons d'émeraude taillés en goutte. Catherine prit place dans un fauteuil de soie jaune brodée de l'aigle impériale. L'audience commença. Cette entrevue décisive ne dura qu'une heure durant laquelle tous deux évoquèrent la situation de l'Empire.

Entre le pouvoir et la femme, le nouvel aide de camp Potemkine choisit, à ce moment-là sans aucun doute, la femme. Cependant, ce coup de foudre allait bouleverser non seulement les luttes de clans gravitant à Saint-Pétersbourg, mais aussi l'histoire géopolitique de l'Europe.

Potemkine était partisan de la guerre à outrance contre les Turcs et souhaitait conclure de nouvelles alliances avec l'Europe.

Catherine installa son bien-aimé auprès d'elle, au palais d'Hiver. Ceux qui ont visité le musée de l'Ermitage connaissent ce haut lieu de l'histoire. L'appartement du nouveau favori, actuellement transformé en salles d'exposition, se trouvait alors exactement au-dessous de celui de l'impératrice.

Catherine Seconde, comme l'appelaient les Russes, avait, à ses dires, atteint le but de sa vie et affirmait plus que jamais que le désir n'a de sens que s'il est conduit par l'amour. Quelle renaissance s'était soudainement opérée ! Aucun roi ne pouvait ressembler à Potemkine, il était « beau, intelligent, agréable, amusant ». C'était un être inestimable, unique. Nul homme ne pouvait l'égaler.

« O monsieur Potemkine, quel fichu miracle vous avez opéré de déranger une tête qui ci-devant le monde passait pour être une des meilleures de l'Europe ! »

À cette époque, Denis Diderot, qui avait passé cinq mois à Saint-Pétersbourg sur l'invitation de son inspiratrice impériale qu'il appelait « la Sémiramis du Nord », se plaignit de ne pouvoir lui faire ses adieux. En effet, elle était bien trop occupée à être heureuse...

Vint l'été. L'impératrice installa son cher Grichka à Tsarskoïe Selo, sa résidence d'été. Dix fois par jour, pour un oui ou pour un non, cet amoureux était pressé de retrouver sa belle dans le Pavillon du Grand Palais. Il grimpait l'escalier de marbre sans même jeter un coup d'œil sur les plats et les vases en porcelaine du Japon et de Chine. Malgré cette proximité leur permettant de se voir lorsqu'ils le désiraient, Catherine lui envoyait de nombreux billets doux. « Je serai pour toi, écrivait-elle, une femme de feu, comme tu le dis... »

Enflammée, Catherine, qui reconnaissait être une femme de tête, se comparait à « une chatte en chaleur ». Comme une écolière, elle le guettait à sa fenêtre, l'admirait, l'adorait, l'idolâtrait : « Peut-on aimer quelqu'un après t'avoir connu ? Je crois que nul homme au monde ne peut t'égaler, et surtout mon cœur est constant de nature. [...] Je n'aime pas le changement [...]. Ce dont j'ai rêvé toute ma vie m'est arrivé », écrivait-elle encore.

Prête à tout donner à celui qui avait conquis son cœur, Catherine le nomma tour à tour général, puis feld-maréchal, lui donna le titre de comte. Il était traité comme un prince consort, avec honneur en public. Quand il reçut le titre de prince en 1776, il devint dans tout le pays prince sérénissime.

Plus encore qu'un amant sans égal, elle avait décelé en Potemkine l'homme d'État et voyait en lui un soutien pour conduire la Russie vers de grands desseins. Sous son instigation, le règne de Catherine II vit de nombreuses réformes dans plusieurs domaines. Elle fit construire de nouvelles villes, réforma le gouvernement et l'administration, sécularisa les biens de l'Église, encouragea le développement de l'industrie et de la marine. Elle créa vingt-cinq écoles à travers toute la Russie, dont le célèbre institut Smolny, à Saint-Pétersbourg, destiné essentiellement aux jeunes filles de la noblesse. Aussi proposa-t-elle d'épouser Potemkine. Preuve d'amour bien sûr, mais aussi clairvoyance et raison d'État. Le mariage eut donc lieu à la fin de l'année 1774 en l'église Saint-Samson par une fin d'après-midi où les nuages glissaient dans l'argent du ciel de Saint-Pétersbourg. Des amis ou plutôt des confidents, ainsi que quelques neveux de Potemkine se pressaient devant l'iconostase impressionnante, très chargée, comme le cœur de Catherine. Lorsque, après la pluie, était apparu le soleil rendant à la ville toutes ses couleurs, un navire s'était dégagé du quai du palais d'Hiver pour traverser la Néva et accoster juste en face de cette cathédrale qui existe encore de nos jours.

Aux innombrables petits noms dont elle l'accablait dans sa correspondance – mon pigeon chéri, mon bien-aimé, petit cœur précieux, bonbon de profession, chat, paon, giaour, cosaque, coq d'or, tigre –, se mêlaient les compliments les plus propres à le flatter.

Pourtant, Catherine et son principal conseiller, Potemkine, n'oubliaient jamais les affaires de l'État. D'ailleurs ce dernier affichait des idées progressistes. Sous l'influence de son favori, l'impératrice proclama son intention de réduire les abus du servage – sans doute le problème le plus préoccupant de la société russe de l'époque –, ce qui lui valut une réputation de tolérance et de bonté. (En même temps, et en totale contradiction, elle chercha à faire de la noblesse le plus sûr garant de la stabilité de son trône. Elle maintint ses privilèges et contribua à lui accorder des domaines avec les serfs qui y étaient attachés.)

Potemkine était comblé. Il partageait désormais tout avec l'impératrice, son cœur, sa couche, son royaume, une complicité parfaite, presque trop parfaite car la fissure était déjà là et ce mariage n'était que le début d'un calvaire. Catherine ne le devinait qu'à moitié et attribuait le spleen de son amant au fait qu'il prenait des bains froids.

Que recherchait à ce moment-là Grigori ? S'il avait été attiré tout d'abord par la femme inaccessible, Catherine avait répondu à cet appel en se montrant familière et gracieuse, vive et spirituelle, triviale et sensuelle, non en souveraine. Désormais, il devait partager avec elle l'héritage historique des tsars de toutes les Russies – plus lourd que l'amour –, le fardeau du pouvoir à Saint-Pétersbourg.

L'amour, l'absolu ont-ils leur place dans ce monde placé sous le signe des rapports de forces et des calculs ?

Une année plus tard naissait de cette union une petite fille nommée Temkina. Qu'était alors devenu le vigoureux général, l'amant généreux et sans égal, son « maître jamais fatigué » ? « Mon âme, mon cher époux, veux-tu me donner des caresses », ne cessait-elle de lui écrire. Grigori devenait de plus en plus distant et s'assombrissait. Désormais seule la souveraine l'attirait. Il fuyait la femme qui s'abandonnait à lui.

À cette époque, un autre événement secoua Saint-Pétersbourg. Dans toute l'Europe on entendait parler d'une courtisane qui se faisait appeler tantôt Mlle Chelles, tantôt Ah Emecté ou encore Sultane Éléonore. Quel que fût son nom véritable, elle avait la fâcheuse habitude de ruiner ses admirateurs et était pourchassée, à travers les frontières, par des créanciers sans cesse plus nombreux. À quel conseil d'intrigant prêta-t-elle sa jolie oreille ou par quels démons fut-elle possédée lorsqu'elle décida d'usurper le nom d'Aurore Tarakanova, fille de l'impératrice Élisabeth et de son époux morganatique, le Cosaque Razoumovski ? N'avait-elle donc pas eu vent du sort qui était advenu à l'authentique Aurore ? Son existence menaçant le trône de Catherine II, celle-ci l'avait fait enlever puis cloîtrer dans un couvent où elle vécut le reste de ses jours, supportant sa condition avec une noble résignation.

Alors que la vraie Aurore Tarakanova expiait sa royale naissance, apparut à Paris une femme qui prétendait être la princesse et dont les traits gracieux ressemblaient fort à ceux de Mlle Chelles. La conviction de cette pseudo-princesse fut sans doute communicative puisqu'elle réussit à réunir autour d'elle quelques adeptes décidés à soutenir sa cause et ses revendications. Forte de leur appui, elle s'embarqua pour l'Italie.

À Saint-Pétersbourg, l'impératrice de toutes les Russies fut bientôt informée qu'une intrigante se faisait passer pour sa belle-sœur et décida de s'en défaire. L'affaire dut lui sembler suffisamment délicate pour qu'elle chargeât non pas Potemkine mais le comte Orlov, d'accomplir cette mission. Le stratagème dont elle usa en la circonstance fut particulièrement cruel. Comment l'aventurière put-elle croire que seul le hasard lui fit rencontrer le comte Alexis Orlov à Florence ? Ce soir-là, tous les invités de la fête remarquèrent ce grand seigneur russe s'exprimant avec une grâce irrésistible. La « princesse », magnifiquement vêtue d'une robe persane brochée d'or et recouverte d'une tunique de soie, ne fut pas longue à succomber à son charme. Le comte se montra si assidu qu'il offrit bientôt à la belle de l'épouser en secret. Ce qu'elle accepta sans se douter un seul instant que cette union était célébrée par de faux prêtres. Nul ne sut d'ailleurs en quels lieux se joua cette terrible comédie ! Comblée, la « comtesse Orlov » se mit à déployer toute l'énergie qu'elle avait naguère utilisée à séduire les hommes pour partir à la conquête de « son » empire. Le couple alla s'installer à Livourne où Aurore s'ingénia à signer des décrets et proclama haut et fort son illustre naissance, soutenue par Orlov qui poussa le luxe jusqu'à lui trouver des alliés. Un beau jour de printemps, elle fut conviée par l'amiral Grieg à visiter l'escadre russe qui mouillait dans la rade. La « princesse Tarakanova », enfin reconnue, savourait déjà son apothéose. Parée de ses plus beaux atours et forte de la protection de son époux, c'est en souveraine qu'elle monta à bord du vaisseau amiral. Une haie d'honneur salua son passage, tous ses partisans l'acclamèrent, jetant des fleurs sous ses pieds, et les marins au garde-à-vous honorèrent son arrivée avec tout l'apparat qui s'imposait. À peine eut-elle goûté son triomphe que le navire appareilla et que de rudes bras se saisirent de sa jolie personne. Implorant Orlov du regard, elle eut la douleur de constater que l'homme dont elle croyait être la femme n'était plus qu'un geôlier glacial et sans pitié.

Le voyage fut long jusqu'à Saint-Pétersbourg. Entrée en Russie en mai 1775, non pas en reine mais en criminelle, la fausse Aurore fut jetée dans un cachot de la forteresse Pierre-et-Paul, où elle mourut de phtisie au cours de l'hiver. Mais jusqu'à son dernier souffle, la fausse princesse refusa de livrer le secret de ses origines.

Potemkine fut blessé par les honneurs accordés au comte Orlov. Cet hiver 1776 fut donc une période difficile pour l'impératrice, l'hiver de sa passion déclinante. Catherine, comme si elle était une vraie Russe, emmena souvent Grigori Potemkine se promener le long des murailles de brique rouge sang des monastères. Elle savait qu'il était dévot et passionnément intéressé par l'histoire de l'Église. Main dans la main ils avançaient dans la neige fraîchement tombée, les carillons des hauts clochers rythmaient leurs pas de leurs sons aigus et tristes. Apparemment, leurs rendez-vous semblaient toujours aussi délicieux. Catherine l'accueillait sur des sofas dorés, vêtue d'un seul caftan court bordé de zibeline dans le style des khans tartares, respirant avec délice l'odeur humide de l'air hivernal de la Néva qu'on lui apportait du dehors en entrant dans la pièce. Avec les gestes d'un homme sûr de sa vigueur, il ôtait sa pelisse recouverte de neige. Quand il l'avait déshabillée, il ne l'avait pas prise tout de suite mais l'avait d'abord chaussée de ses pantoufles de cygne. Il lui avait aussi apporté le peigne d'écaille avec lequel elle aimait fixer sa longue chevelure, portant sa main devant sa bouche pour étouffer un bâillement. Il aimait rester à genoux à son côté dans la pénombre et redevenait alors l'amant vigoureux dont elle désirait tant les caresses.

Pourtant, lui, habituellement si volubile, demeurait silencieux. De plus en plus souvent, il mettait lui-même fin à cette griserie, lui proposant de faire des promenades à travers Saint-Pétersbourg. Ils aimaient s'y retrouver en communion dans cette ambiance profondément russe des églises de la capitale. Le faible scintillement des bougies, si visible dans la froide obscurité, jetait une lumière mystérieuse sur le vieil or des icônes et des dalles funéraires.

Mais, de jour en jour, Potemkine devenait plus changeant et plus capricieux. « Pour toi, écrivait Catherine, la tranquillité est un état d'âme absolument insupportable. »

Au cours d'un dîner en tête à tête avec son neveu Engelhardt, alors que, d'humeur gaie, il plaisantait, il s'assombrit soudain et déclara :

« Peut-il y avoir un homme plus heureux que moi ? Tous mes souhaits, tous mes désirs ont été exaucés comme par une sorte d'enchantement. En un mot je suis comblé. J'ai voulu avoir des titres, j'en ai, j'ai voulu avoir des décorations, j'en ai, j'ai voulu jouer et j'ai perdu des sommes ahurissantes, j'ai voulu de belles demeures et j'ai eu des palais, j'aimais les beaux objets et j'ai eu les collections les plus rares. » Ce disant, il s'empara d'une assiette et la brisa avant de s'enfermer dans sa chambre.

Souvent Potemkine appelait Catherine à son secours. « Mon mari chéri m'a demandé : Où puis-je aller, que dois-je faire ? » lui répondait-elle alors en mentionnant leur lien sacré, afin d'apaiser sa dépression.

« Mon cher époux bien-aimé, venez me voir tout de suite et je vous accueillerai comme toujours les bras ouverts... » Le beau général n'était plus aussi amoureux qu'avant ; il allait et venait, faisant tout pour entraîner une rupture sans jamais révéler son intention. En 1776, les diplomates étrangers, notamment un attaché de l'ambassade française à Saint-Pétersbourg, Marie-Daniel de Corberon, rapporta à son gouvernement qu'« une tempête » était en train d'éclater dans les corridors dorés des palais impériaux russes. Si Catherine avouait : « Mon grand amour pour toi m'effraie, tant pis, je trouverai le moyen d'y résister », elle formulait déjà une menace lourde de conséquence : « Je tâcherai de cacher mes flammes... »

Quelques mois encore, elle tenta de garder son amant en évitant que les forces obscures de la raison d'État ne se mêlent à ce drame. « Ne mélangeons pas les affaires d'État et les affaires de cœur », écrivait-elle.

Alors que de 1774 à 1775 il n'avait pas quitté Catherine un seul jour, Grigori disparut de Saint-Pétersbourg du 21 mai au 2 juin et du 20 juin au 24 juillet 1776. Alors qu'un soir Catherine avait accompagné Grigori dans son palais, une toute jeune fille fine et élancée, encore coiffée d'un grand chapeau de velours rouge et vêtue d'un manteau de fourrure de Sibérie, les accueillit dans le vestibule. Elle s'inclina devant la souveraine, puis, jouant avec le ruban de son chapeau, fixa sur Potemkine un regard d'une éblouissante splendeur et se précipita pour l'embrasser. Catherine s'adressa alors à Grigori :

– Je ne vais pas rester. Nous avons fait trop de choses aujourd'hui, mon ami, dit-elle d'une voix presque indifférente en le prenant par le bras.

Sans s'opposer au désir de l'impératrice, Potemkine la raccompagna à sa voiture. Elle se glissa dans son carrosse et émit un léger soupir.

– Qui est cette jeune personne qui t'a accueilli si chaleureusement ?

– Ce petit papillon est ma nièce, Barbe Engelhardt ; Catherine, tu devrais avoir honte d'imaginer je ne sais quoi, ajouta-t-il en fermant la portière.

Le palais luisait dans l'obscurité bleue de la nuit hivernale. Jetant un regard furtif sur les cathédrales de la perspective Nevski déserte, Catherine fit arrêter son carrosse devant les portes ouvertes d'une petite église illuminée d'où montaient, tristes et poignantes, les voix d'un chœur de jeunes filles. Éprouvant un sentiment de désespoir, elle eut une irrésistible envie d'y pénétrer, mais, troublée par le souvenir du regard perçant de la nièce de Potemkine, elle ne parvint pas à prier. Elle cacha son visage dans son manteau puis ressortit de l'église en se signant trois fois. Dans sa tête caracolaient les souvenirs de sa passion avec Grigori, la chaleur obscure de leurs premiers baisers. Le silence n'était troublé que par le léger martèlement de l'horloge.

Avant de dormir, Catherine revoyait leurs promenades à travers les rues de Saint-Pétersbourg ; sublimes instants de bonheur où la brûlure radieuse du soleil contrastait avec le froid venant des tripes mêmes de cette Russie qu'elle s'était mise à aimer.

Cette nuit-là, une tempête se déchaîna sur le pays, comme si tous les démons de la Russie s'étaient réveillés.

Potemkine fit visiter son palais à la jeune Barbe qui devait y séjourner quelque temps en compagnie de son frère. Il lui expliqua la provenance des tableaux et des icônes qu'il collectionnait. Depuis son enfance, Grigori était un croyant fervent. Mais, devant les icônes ornées de leur revêtement d'argent, tous deux préférèrent tourner leurs yeux vers les fenêtres où, derrière les vitres, dansaient des rameaux blancs secoués par le vent.

– Il est temps que vous alliez vous reposer, mon oncle, dit la jeune fille. Ayant entendu un léger bruit, la jolie Barbe se précipita dans le salon voisin d'où s'échappait une odeur de cierge éteint. Elle grimpa sur un tabouret et ralluma la chandelle qui était tombée puis s'enfuit avec précipitation.

Potemkine resta silencieux. Catherine commençait à décliner, se disait-il, se souvenant de son visage aux pores dilatés cachés sous une épaisse couche de poudre. Il alla dans sa chambre et s'allongea sur son lit sans parvenir à trouver le sommeil. Songeant à ce corps si jeune, à cette petite poitrine ferme, il perdait la tête. Soudain, une force irrésistible le poussa presque malgré lui dans la chambre de Barbe. Il entra sans même frapper. Médusé, il contempla sans bouger la jeune fille. Elle était encore plus belle que ce qu'il avait pensé, son visage angélique contrastant avec ses hanches qui étaient déjà celles d'une femme, voluptueuses et rondes. Il laissa dériver sur ce corps un regard ivre et impudique.

L'attendait-elle ? À la vue de son visage serein, il comprit qu'elle dormait vraiment. Quand il s'empara d'elle, elle ne se débattit point ni ne pleura et s'offrit de bonne grâce aux caresses de son assaillant.

Le lendemain, Potemkine prit seul son petit déjeuner. Le souvenir des lèvres cerise de la jeune fille le transperçait si fort qu'il restait bras et jambes coupés, se sentant aussi mal à l'aise vis-à-vis de son impératrice que de sa nièce. Il regarda la Néva à travers la fenêtre. Après la tempête qui avait soufflé toute la nuit, la matinée était paisible et ensoleillée.

Catherine n'allait pas être dupe. En raison de son intensité même, sa passion physique n'avait certes pu durer. Cependant, croire qu'elle allait répudier son époux secret était mal la connaître. L'impératrice était prête à perdre un amant sans pareil mais jamais son complice, son ami préféré, son époux chéri avec qui elle gouvernait à Saint-Pétersbourg et qui lui écrivait encore : « Mon âme sans prix, tu sais bien que je suis tout à toi et que tu es la seule. Je te suis fidèle jusqu'à la mort. C'est pour cette raison que je défends tes intérêts mais aussi parce qu'il me plaît de le faire. La chose qui m'est la plus agréable est de te servir et de t'être utile. Ayant fait tout pour moi, tu n'auras jamais à le regretter. »

En politique comme en amour, il ne faut pas moins de talent pour garder ses conquêtes que pour les obtenir. Certes, Catherine était une femme de feu et ne pouvait passer plus d'une heure sans Potemkine. Mais elle était aussi une femme de tête. Ne lui avait-elle pas déjà annoncé, au mois de décembre 1775 : « Je suis tellement comblée par tes caresses et bien sûr c'est mon réconfort, mais tout passera, même ma sensualité sans fond et que restera-t-il...

Seul l'amour pur ! »

Avant de lui rendre la pareille, Catherine employa toute son intuition et toute son intelligence à ce que la situation ne devienne pas irréversible. Elle maîtrisa son instinct de domination, à la fois féminin et impérial. L'impératrice consentit même à donner le rang de dame d'honneur à la nièce de Potemkine. Catherine savait pertinemment qu'affronter son amant sous l'emprise de la colère risquait de les pousser l'un comme l'autre à commettre l'irréparable. Aussi préféra-t-elle avoir une explication – non pour rompre définitivement, mais pour renouer le dialogue.

Elle décida de mettre en scène ses sentiments, de les théâtraliser, pour ainsi dire, dans le décor sublime de Saint-Pétersbourg.

Par deux fois le prince se fit prier avant de se rendre au palais d'Hiver sur l'invitation de l'impératrice. Finalement, son traîneau glissa sur la neige qui recouvrait les pelouses du palais.

En quelques mois d'absence, il avait perdu l'habitude des salles illuminées. Son œil unique avait peine à accommoder les irradiations diffuses des miroirs, des ors et des pierreries derrière les reflets des centaines de chandelles. Son arrivée provoqua un murmure. Un élégant costume militaire seyait à sa haute taille svelte. Sur ses puissantes jambes tombait une veste bordée de renard bleu de Sibérie. Ses traits, comme le dira plus tard Catherine, « semblaient modelés pour l'or ou le bronze d'une médaille ».

Potemkine, lui aussi, avait bien préparé son retour à la cour. Il avait pris soin de s'entourer de six magnifiques nègres enturbannés de blanc, vêtus d'amples pantalons roses, serrés à la taille par une ceinture faite de pièces d'or, et de tuniques de soie verte.

L'impératrice éblouie ne laissa rien paraître de son trouble et, pour éveiller la jalousie de son amant, invita un jeune prince circassien à la taille de guêpe et à la poitrine vaste à prendre place auprès d'elle pour le souper.

La fête battait son plein.

Un tableau vivant composé en l'honneur de la tsarine rappelait les moments les plus glorieux de l'histoire de la Russie. On passa ainsi devant un moine à la barbe épaisse en grande conversation avec un ours dressé qui semblait l'écouter avec attention. C'était Serge de Radonège, père spirituel et saint patron de la Russie qui, au XIVe siècle, avait, de son ermitage dans la forêt, ranimé les forces religieuses du pays. Plus loin, on pouvait voir des Cosaques zaporogues rédiger, avec force éclats de rire, la fameuse lettre dans laquelle ils précisaient aux Turcs qu'ils ne se soumettraient jamais au pouvoir de la

Sublime-Porte et resteraient fidèles à la couronne impériale. Là, un aigle d'or lançait un éclair fulgurant sur une horde de loups figés dans un sommeil éternel.

Derrière le fauteuil impérial, contre le marbre blanc, une immense gerbe d'orchidées s'épanouissait comme un gigantesque feu d'artifice végétal.

Faisant une entorse au protocole, Catherine demanda, après le dîner, que l'on préparât son traîneau à cinq places et invita Potemkine à la suivre. Les pieds au chaud dans une chancelière de peau d'ours, sa pelisse de velours doublée de zibeline la protégeant jusqu'au menton, l'impératrice pressait son manchon sur sa poitrine. Le long de la Néva, elle exposa à Grigori les transformations qui s'étaient opérées en elle.

Si elle avait renoncé à la possession exclusive, Catherine ne pouvait se passer ni de lui ni de leur complicité ; aussi était-il temps de déposer les armes et de construire de nouvelles relations.

Quelque temps plus tard, Potemkine recevait ce billet : « Aujourd'hui, si la fièvre ne te retient pas chez toi et que tu reviens me voir, tu remarqueras des changements dans mes appartements. »

Depuis le début de l'année 1776, l'impératrice, lasse du caractère angoissé et de la froideur de son époux, s'était rapprochée de son jeune secrétaire, le comte Zavadovski, que Potemkine lui avait lui-même recommandé. Antoine Leroy-Beaulieu mentionna : « La tsarine demeurait européenne jusque dans ses vices. » Catherine désirait réunir la passion et l'équilibre ; étrange dialectique où coexistent romantisme et sagesse, durée et coups de foudre.

Désormais, Catherine et Potemkine établirent un contrat insolite laissant à chacun sa liberté sensuelle tout en demeurant unis par la complicité et le partage du pouvoir. Mais cet accord tacite allait encore au-delà, car il impliquait aussi le partage des désirs, des envies et des fantasmes. Potemkine donnera son aval quant au choix de tous les amants de Catherine excepté pour le dernier, Platon Zoubov.

Sachant partager, l'impératrice et le prince récompensaient largement le troisième larron. Tous les favoris étaient ainsi intégrés dans le cercle du pouvoir à Saint-Pétersbourg et aidaient Catherine à renforcer la stabilité de son trône. En amour comme en politique, elle sut utiliser les hommes expérimentés comme les jeunes garçons emplis d'énergie et d'ambition ; ainsi s'en ouvrira-t-elle plus tard, dans une de ses lettres à Grimm : « Pour moi aucun pays ne manque d'hommes, le problème n'est pas de savoir les trouver mais d'utiliser ceux qu'on a sous la main... »

Le véritable stratège de cette alliance instaurée à Saint-Pétersbourg sera en fait Potemkine. Le gigantesque pouvoir qu'il détenait suscitait la jalousie et la haine. En effet, dans les affaires d'État, c'était bien souvent lui qui décidait. On l'a représenté ambitieux. Rien pourtant ne le satisfaisait totalement ; ni l'argent, ni la puissance, ni même l'amour.

Fut-il un éternel inquiet, un romantique avant l'heure ? En tout cas, cet homme d'État avisé fut incontestablement le véritable inventeur de l'empire de Russie, devenu sous le règne de Catherine un des plus puissants d'Europe. Sous le commandement de Potemkine, la Russie élargit considérablement ses frontières. Celui-ci forma une alliance avec Frédéric II de Prusse contre les Polonais, accusés de persécuter les luthériens et les orthodoxes. La Turquie dut céder à la Russie la Crimée et tout le littoral septentrional de la mer Noire. Potemkine obtint de Catherine les pleins pouvoirs pour entreprendre des travaux sans précédent dans des régions désertiques.

Le pacte implicite conclu entre Catherine et Potemkine signifiait donc que chaque favori se devrait de défendre les intérêts du prince. Désormais, l'impératrice « institutionnalisait », pour ainsi dire, l'existence de ses favoris qui allaient être traités comme de hauts fonctionnaires de la cour de Saint-Pétersbourg, voyageant avec elle dans son carrosse et sans cesse à son service.

Catherine voulait toujours prouver qu'il n'y a pas d'âge pour l'amour. En appelant ses jeunes amants « ses enfants », elle acceptait d'être regardée en mère, mais elle les aurait rejetés sans tarder s'ils avaient commencé à la considérer comme une sœur... Elle répétait à ces jeunes favoris: «Je n'en suis pas moins convaincue que tout ce que tu entreprendras de ton plein gré ne serait attribué à un autre motif que ton zèle de servir ta patrie... Je tiens à conserver les hommes zélés.» L'intérêt tout à fait rationnel de la grande impératrice est perceptible à travers ces mots, il l'est encore plus si on analyse bien les personnalités de ses favoris qui étaient toujours des jeunes gens sans fortune, sans famille, sans parents influents.

Aucun de ces favoris, même Zoubov – le dernier – qui prit un grand pouvoir à Saint-Pétersbourg après le décès de Potemkine, ne joua un rôle autonome.

L'esprit de ces rapports fut tout à fait caractéristique dans le cas d'Alexandre Lanskoï qui, lui, n'eut pas le temps de s'enorgueillir de sa position. C'était un jeune homme de vingt-deux ans sans fortune non plus. Il devint l'aide de camp attaché au service du prince, mais cette fois-ci l'attachement de cette femme de cinquante ans à ce tout jeune homme semblait plus puissant.

Durant quatre ans, sa fidélité au prince fut sans faille. Dans ses lettres adressées à ce dernier, Lanskoï ne l'appelait jamais autrement que «mon oncle», ne cessait de regretter son absence à la cour et l'informait toujours des états d'âme de l'impératrice comme de son état de santé. Sa mort subite le 26 juin 1784, alors qu'il était âgé de vingt-six ans, suscita un vif chagrin chez Catherine. La rumeur attribua sa disparition à l'abus d'aphrodisiaques, mais les rapports médicaux laissent plutôt penser à une diphtérie qui l'emporta en six jours.

Nous disposons aujourd'hui du témoignage de Catherine, adressé au baron Grimm: «Mon bonheur n'est plus là. J'ai pensé que je ne pourrais pas survivre à cette perte irremplaçable. J'avais espéré qu'il serait mon réconfort dans la vieillesse. Il a travaillé son éducation d'une manière si assidue, il obtenait d'importants succès. Il absorbait mes goûts. Je ne puis ni dormir ni manger, tout en moi est angoisse désespérée, je n'ai même plus la force d'écrire. Je ne sais ce que je vais devenir. »

La grande impératrice se barricada dans un pavillon de Tsarskoïe Selo, ne voulant recevoir personne.

Afin d'éviter une crise au sommet de l'État, ses conseillers convoquèrent alors... Potemkine. Celui-ci la réconforta en « hurlant » avec elle – bien plus, selon l'ambassadeur d'Autriche Cobenzl. À son côté, Potemkine reprenait son rôle de mari affectionné. Confirmant que, dans la vie, rien n'est définitif, elle se tourna vers celui à qui elle pouvait se livrer sans craindre le reproche : « Viens me choyer, me réconforter. » Et il était le seul à pouvoir le faire, à la comprendre. Le prince avait sa méthode pour consoler la grande impératrice. Il l'écoutait sans l'interrompre. Il savait qu'elle aimait donner de l'amour quand elle triomphait, mais aussi combien elle avait besoin d'être aimée lorsqu'elle souffrait.

Tout en restant son complice de cœur, il l'aida, en cette seconde moitié du XVIIIe siècle, à faire naviguer le navire de l'Empire à travers les mers agitées de l'Europe. Après avoir été l'amant vigoureux, il agissait désormais en grand chef de guerre. Son action dans le sud de la Russie était primordiale pour Catherine, car elle y voyait une étape importante dans la réalisation de son projet d'accession de l'Empire russe à la Méditerranée, au détriment de l'Empire ottoman.

En ces années 1790, Saint-Pétersbourg était préoccupée par les transformations de l'Europe à la suite de la Révolution française. La propagation des idées révolutionnaires était devenue pour elle une véritable obsession. Elle pensait même que Potemkine sous-estimait ce danger.

Alors âgée de plus de soixante ans, Catherine hésitait pour la première fois à faire part à son époux de l'arrivée dans sa vie d'un lieutenant de la garde montée. Elle avait rompu avec leur pacte secret : Potemkine devait avoir droit de regard sur les choix de son épouse.

Les espions du prince à Saint-Pétersbourg s'empressèrent de l'informer de la présence du nouveau favori, Platon Zoubov.

Si l'impératrice guettait les réactions de son époux, Potemkine avait d'autres préoccupations. Il est vrai que l'arrivée du jeune homme pouvait changer l'équilibre des forces politiques en sa défaveur ; cependant, il savait que, dans les moments fatidiques, la force et la volonté seules faisaient la différence. Il ne s'agissait plus pour lui d'accomplir de tendres performances mais de gagner les grandes batailles qu'il offrirait à son impératrice, pour la gloire de l'Empire.

Les victoires de l'armée et de la flotte russes contre la Sublime-Porte allaient priver ses adversaires de la moindre possibilité d'affaiblir son autorité. Potemkine, à ce moment-là, se révéla fin diplomate. À la suite de la Révolution française, les relations franco-russes s'envenimaient. Sentant l'affaiblissement de la Russie, on commençait, dans les cercles dirigeants de Berlin, à évoquer la déposition de l'impératrice au profit de son fils Paul. Si Catherine émit le désir d'utiliser la manière forte pour riposter à ces intrigues ourdies par le roi de Prusse, Potemkine, intuitif, choisit la subtilité ; ce qui entraîna de violentes disputes dans le couple.

Un étrange jeu de miroirs s'opéra alors entre le chef de guerre, insistant sur les compromis, et la femme blessée voulant aller jusqu'au bout de sa démarche de souveraine. Ces scènes ressemblaient fort à des querelles de ménage. L'impératrice pleurait, refusant d'accepter les ultimatums de Berlin ; Potemkine demeurait imperturbable. Il finit par l'emporter en s'alliant... au nouveau favori Zoubov, qui un jour s'étonna qu'il n'y ait pas un seul monument en l'honneur de Potemkine. Ce dernier répondit en riant :

– Il vaut mieux que les gens demandent pourquoi il n'y a pas de monument en l'honneur de Potemkine plutôt qu'ils ne demandent pour quelle raison il y a tant de monuments dédiés à ce prince !

Il est vrai aussi que le futur Paul Ier détestait Potemkine et qu'à la mort de sa mère il alla jusqu'à faire transformer son palais de Tauride, à Saint-Pétersbourg, en écurie.

Peu avant sa disparition, Catherine lui écrivait : « Il me semble que je ne t'ai pas vu depuis un an, il est bien temps pour toi de revenir chez nous. Vraiment mon ami, les ours de vos forêts ne vous apprécient pas autant que nous vous apprécions (dans la même lettre, tantôt elle le tutoie, tantôt elle le vouvoie). Est-ce bien de quitter ses amis et de se retirer dans les forêts vierges ? Avant-hier, en apercevant de lourds nuages, je me réjouissais tant, j'espérais qu'ils vous chasseraient des forêts. Adieu mon cher ami, portez-vous bien. Adieu mon beau Faisan, je vous aime... Adieu. Tristesse... amour. »

Après la mort de Potemkine en 1791, le règne de Catherine dura jusqu'en 1796.

Mais ce chapitre hors pair de l'histoire sentimentale de Saint-Pétersbourg se termina aussi d'une manière inattendue par une sorte d'hallucination collective, à en croire les témoignages des dames d'honneur qui se tenaient dans l'antichambre de Catherine au palais d'Hiver.

Cet automne elles étaient plus attentives que de coutume au moindre appel de sa part car leur souveraine était gravement malade. Elles furent d'autant plus intriguées de voir son imposante silhouette se glisser subrepticement hors de sa chambre, en chemise de nuit, un chandelier de bronze à la main, et se diriger vers la salle du trône, sans un regard pour personne.

Aucune des dames d'honneur n'osa la suivre mais, toutes s'inquiétèrent bientôt de ne pas la voir revenir. Elles commençaient à se reprocher de ne pas l'avoir accompagnée quand retentit soudain, en provenance de la chambre laissée vide par la tsarine, le son grêle de sa clochette d'argent. Interdites, elles se dévisagèrent en silence.

Comment une telle chose était-elle possible puisqu'elles venaient de la voir sortir ? Après un moment d'hésitation, elles se précipitèrent dans la chambre et, à leur grande surprise, constatèrent que Catherine la Grande était dans son lit !

D'un ton agacé, elle leur demanda la raison de tout ce remue-ménage et ses dames lui racontèrent alors ce qu'elles avaient vu. Contrairement à toute attente, Catherine prit leur récit au sérieux et, après avoir revêtu une robe de chambre, ordonna qu'on l'accompagnât jusqu'à la salle du trône afin de tirer la chose au clair. Elle traversa le jardin d'hiver où toute une flore exotique poussait à profusion, puis emprunta les larges couloirs bordés de statues de marbre blanc. Devant une haute fenêtre, elle s'arrêta un moment pour contempler, pensive, la place de l'Amirauté où s'élevaient tant de monuments bâtis sous son règne.

Lorsque Catherine et ses dames d'honneur pénétrèrent enfin dans l'immense salle silencieuse et sombre où la lueur des chandelles faisait briller des reflets d'or et de cristal, elles découvrirent, selon leurs termes, « baigné d'une sorte de lueur phosphorescente, le fantôme de l'impératrice siégeant sur son trône » !

Cette hallucination collective pétrifia Catherine. Elle n'eut que le temps de murmurer « Seigneur, ayez pitié » et s'écroula, évanouie. Emportée dans son lit, les médecins firent tout ce qui était en leur pouvoir pour la tirer de son coma. En vain.

Elle s'éteignit deux jours plus tard, sans avoir repris connaissance.

La grande impératrice laissa le pouvoir à Saint-Pétersbourg entre les mains de son fils Paul Ier, maintenu à l'écart des affaires pendant son règne. Le nouveau tsar, qui soupçonnait sa mère du meurtre de son père, se révéla peu enclin à poursuivre l'œuvre de Catherine, bien qu'un doute ait toujours pesé sur la véritable identité de son père (ce qui fait dire à certains historiens que la dynastie des Romanov s'est éteinte à la mort de Pierre III). Il fut lui-même assassiné, en 1801, au cours d'une révolution de palais.

Le règne de Paul Ier fut donc bref et extravagant. Pendant cinq ans, de 1796 à 1801, Saint-Pétersbourg connut à peu de chose près les tempêtes qui avaient agité le Kremlin sous

Ivan le Terrible. En effet, Paul Ier fut considéré comme un demi-fou vendu à la Prusse et à l'Ordre de Malte, dont il avait été grand maître. Une conjuration au sein même de la famille impériale et de la garde avait décidé de le déposer. Une dizaine de jeunes officiers firent un soir irruption dans les appartements du tsar. Ils se précipitèrent dans sa chambre et le tuèrent. Certains conjurés affirmèrent à l'époque que l'héritier du trône, Alexandre, dissimulé derrière une tenture, assista au meurtre, et un des historiens de la famille impériale, le grand-duc Nicolas, n'hésita pas à écrire : « L'héritier du trône connaissait pertinemment tous les détails du complot mais n'a rien fait pour le faire échouer. »

Ce complot qui lui offrit la couronne impériale pesa incontestablement lourd sur la conscience du nouveau tsar Alexandre Ier. Petit-fils de la Grande Catherine, celui-ci fut élevé par elle dans une atmosphère de culture française, entouré d'émigrés qui avaient fui la Révolution. Son précepteur, le philosophe La Harpe, d'origine suisse romande, l'éduqua dans l'esprit des Lumières et c'est peut-être à lui qu'il dut son agnosticisme affiché.

Alexandre Ier succéda donc à Paul Ier en 1801. Le nouveau tsar était très attaché aux valeurs humanistes et progressistes inculquées par sa grand-mère. Au début de son règne, il entreprit un ensemble de réformes libérales et envisagea même l'abolition du servage. Ces velléités n'eurent cependant qu'un impact très limité. En outre, la politique expansionniste de Napoléon Ier allait le détourner des affaires intérieures.

Ce tsar mondain était adulé par les femmes. Doté d'une belle taille, doux et imposant à la fois, son élégance comme son affabilité faisaient l'unanimité à Saint-Pétersbourg. Souvent vêtu de blanc de la tête aux pieds, il avait pour habitude d'humidifier ses culottes de peau pour rehausser l'effet sculptural de son anatomie. Son mariage avec une princesse allemande d'une grande beauté, Élisabeth de Bade, ne l'empêcha nullement d'accumuler les conquêtes féminines. Parmi elles, une belle brune polonaise, Marie Narichkine, fut sans doute son plus grand amour. Elle lui donna une fille qui mourut trop tôt, comme d'ailleurs celle qu'il eut de sa femme légitime.

Ces disparitions ont-elles joué un rôle déterminant dans la quête mystique qui obséda le tsar après sa victoire sur Napoléon en 1812 ? Sans aucun doute, de même que le remords qu'il éprouvait à propos du complot destiné à destituer son père.

Alexandre Ier avait deux défauts : il tirait sa tête fortement en avant et était dur d'oreille. Très superstitieux, il veillait toujours à chausser d'abord son pied gauche, puis, même lors des plus grands froids, il ouvrait la fenêtre et respirait l'air frais pendant un quart d'heure. Il aimait l'exactitude. Il ne se montrait jamais en négligé, sa femme non plus d'ailleurs, et cela même dans un cercle intime. Maniaque de l'ordre, rien ne traînait sur sa table et les papiers qu'il signait devaient toujours être du même format. Son goût de la symétrie allait jusqu'à la bizarrerie ; les meubles des palais impériaux de Saint-Pétersbourg devaient être disposés en un alignement parfait, la beauté régulière des parades faisait ses délices...

De 1805 à 1807, le tsar entra dans la coalition contre la France aux côtés de l'Autriche, de la Grande-Bretagne et de la Prusse. Mais les victoires remportées par les Français à Austerlitz, Iéna, Eylau et Friedland l'incitèrent à négocier une paix séparée avec Napoléon. Les deux hommes se rencontrèrent en juin 1807, à Tilsit, et signèrent un traité, confirmé l'année suivante à Erfurt. Les deux souverains décidèrent notamment de recréer l'État polonais avec des territoires pris à la Prusse. Craignant un revirement du tsar au profit de l'Angleterre, Napoléon se lança, sans déclaration de guerre préalable, dans une campagne contre la Russie en juin 1812. Pour compliquer l'approvisionnement de la Grande Armée, qui comptait 600 000 hommes, le brillant général Koutouzov décida de la laisser pénétrer profondément à l'intérieur du pays. La « guerre de la patrie » culmina lors de la sanglante bataille de Borodino où plus de 100 000 hommes périrent en une seule journée. Cette victoire permit à Napoléon d'entrer dans Moscou le 14 septembre. Désertée par ses habitants, la ville fut ravagée par un incendie qui détruisit le ravitaillement et obligea les Français à repartir dès octobre. La retraite de Russie tourna au désastre. Le harcèlement de la cavalerie russe, ainsi que l'hiver prématuré et particulièrement rigoureux, défirent la Grande Armée. À son arrivée à Vilna, six mois après le début de la campagne, elle ne comptait plus que 40 000 hommes. Les combats héroïques de l'année 1812 marquèrent profondément l'identité russe.

Les armées d'Alexandre se lancèrent alors à la poursuite de Napoléon et pénétrèrent dans Paris le 31 mars 1814. Fort de ce succès, le tsar s'affirma comme le grand vainqueur des guerres napoléoniennes. Le congrès de Vienne, l'année suivante, confirma l'annexion du grand-duché de Varsovie. Dans le cadre de la Sainte-Alliance conclue avec le roi de Prusse et l'empereur d'Autriche, il tenta d'établir un pacte destiné à maintenir la paix en Europe, en conformité avec les principes du christianisme.

Les contradictions de son caractère apparurent nettement à l'heure de sa gloire la plus grande une fois Napoléon vaincu. Accueilli à Paris en 1815 par des acclamations, d'esprit toujours francophile malgré la guerre, le tsar se sentit investi d'une mission de paix à l'égard du peuple français. Cette année, la fête de Pâques tombait le même jour pour l'Église orthodoxe et pour l'Église romaine, ce qui est extrêmement rare. Alexandre saisit cette occasion historique pour faire célébrer la messe de « réconciliation » de Pâques selon le rite grec, sur la place de la Concorde.

De retour à Saint-Pétersbourg, le tsar, rompant avec ses habitudes mondaines, reprit une vie saine et régulière. Debout à six heures, il s'habillait et prenait du thé avant de descendre dans le parc où l'attendait son fidèle jardinier. Quand, de loin, les cygnes, les oies et les canards apercevaient l'empereur, ils accouraient vers lui en poussant de hauts cris car il avait l'habitude de leur distribuer leur nourriture favorite. Après avoir donné ses ordres au jardinier qui avait eu soin de lui apporter les fruits cueillis au petit matin dans les orangeries, l'empereur remontait dans ses appartements pour recevoir ses ministres et le chef d'état-major des armées impériales. À trois heures, il allait rendre visite à sa mère à Pavlovsk, dînait à quatre heures et, après un thé pris à neuf heures, travaillait dans son bureau. À onze heures, il mangeait des petits-suisses ou des prunes, puis se couchait. Cet emploi du temps rigoureux était souvent perturbé par les fêtes et les bals auxquels Alexandre devait assister. Le 6 janvier, par exemple, l'empereur avait coutume de descendre l'escalier du Jourdain du palais d'Hiver pour la cérémonie de baptême de la Néva. À cette occasion, la ville était en effervescence, avec des parades sur mer comme sur terre. Un vaisseau de cent vingt canons était lancé sur la Néva, devant la cour et toute la ville, on buvait, riait et l'on admirait les hussards de la garde impériale avec leur petite veste courte savamment jetée sur l'épaule gauche. Les festivités duraient toute la nuit à travers tous les quartiers de Saint-Pétersbourg et, au palais d'Hiver, un grand bal clôturait ce jour sacré...

Lorsque Alexandre regagnait sa chambre, ses oreilles résonnaient encore des bruits de cette journée harassante. L'heure la plus noire de son existence lui revenait-elle alors en mémoire ? Entendait-il le pas décidé des hussards qui, dans les couloirs du palais, marchaient contre son père, Paul ? En tout cas Alexandre n'avait rien fait pour empêcher son meurtre et ce souvenir hantait de plus en plus fréquemment ses nuits...

Ce tsar tourmenté, vainqueur de Napoléon, aurait pu marquer Saint-Pétersbourg de son empreinte comme le firent ses illustres prédécesseurs Pierre Ier et Catherine II. Mais ce ne fut pas le cas car le plus grand des génies poétiques russes lui rafla la gloire éternelle.

Aujourd'hui comme hier, aux bords de la Néva partout on murmure son nom : Alexandre Pouchkine.

FRANÇOIS D'ORCIVAL

LE ROMAN DE L'ÉLYSÉE

Extrait

Hôtel d'Évreux 1753

Un palais signé Pompadour

Elle adore le roi, mais Versailles l'exaspère. Elle adore Paris, mais Paris la méprise. Elle s'échappe quand même, parce qu'après tout, elle se sent chez elle à Paris. D'abord parce qu'elle y est née, y a grandi, s'y est mariée, ensuite parce qu'elle vient y visiter sa fille, Alexandrine, et puis surtout parce qu'elle aime tout de Paris, ses salons, son opéra, ses théâtres, ses boutiques. L'élégance, la frivolité, en un mot la vie parisienne. Elle en oublie ses vagues à l'âme. Depuis le printemps, elle mûrit le projet de revenir s'y installer. Le roi lui a offert un étage de l'hôtel des Ambassadeurs, rue Neuve des Petits-Champs, mais elle veut plus qu'un pied-à-terre : une maison. Elle étouffe à la Cour et rêve de changer d'air. Elle a des projets grandioses, elle est même prête à bâtir, quand elle apprend qu'un hôtel est à vendre, au bout de l'avenue du Roule, dans ce Faubourg-Saint-Honoré encore désert qui conduit au quartier des Tuileries et du Palais-Royal où fleurissent toujours les guinguettes et les maraîchers, sur la rive droite de la Seine, côté Champs-Élysées.

C'est au début de l'après-midi du 1er juillet 1753, durant ces premières longues journées d'été, que sa berline habillée de velours cramoisi aux coussins verts franchit la porte cochère de l'un des premiers hôtels du faubourg. De la belle pierre de taille blanche encadrée par deux paires de colonnes au-dessus desquelles sont frappées les armes des La Tour d'Auvergne. C'est là.

Couverte par la poussière d'une route de six lieues, la voiture de la marquise de Pompadour entre dans la cour d'honneur de l'hôtel d'Évreux. Un jeune homme l'attend, Godefroy de la Tour d'Auvergne, petit-neveu et légataire universel du défunt propriétaire et bâtisseur de ce petit palais. Le grand-oncle, François de la Tour d'Auvergne, lui-même comte d'Évreux, était le frère d'un duc de Bouillon et d'un prince de Turenne. On ne peut imaginer contraste plus saisissant que cette rencontre sur les pavés de grès où vient de s'arrêter l'équipage. Une France s'incline devant une autre : une très vieille famille couverte de cicatrices au service du roi depuis les croisades, dont la seule fortune est venue de quelques mariages, présente ses hommages à la plus belle fleur de la bourgeoisie financière parisienne qui doit ses titres de noblesse à son charme auprès du roi.

Le cocher ouvre la porte, déplie le marchepied. On dirait qu'un bouton de rose descend de voiture. La marquise dont tout Paris parle n'a plus la tendresse de ses vingt ans, puisqu'elle en a trente-deux, mais elle n'a rien perdu de sa beauté, de la régularité de ses traits, de la finesse de ses attaches, de la fraîcheur de ce regard qui en a troublé plus d'un avant le roi, et notamment ce lieutenant des chasses de Versailles, joliment nommé Le Roy, de toute évidence séduit. « Ses yeux, dit-il, avaient un charme particulier qu'ils devaient peut-être à l'incertitude de leur couleur ; ils n'avaient point le vif éclat des yeux noirs, la langueur tendre des yeux bleus, la finesse particulière aux yeux gris ; leur couleur indéterminée semblait les rendre propres à tous les genres de séduction et à exprimer successivement toutes les impressions d'une âme très mobile... » Des yeux qui changent tout, qui peuvent passer en un instant de la mélancolie à la drôlerie, des yeux qui à eux seuls vous racontent une histoire. Et la taille ? « Au-dessus de l'ordinaire, svelte, aisée, souple », le visage « d'un ovale parfait », « assorti à la taille », une coiffure châtain et cette petite bouche cerise qui lui donne un sourire délicieux. De nos jours, elle serait une star de cinéma avec ce velouté de la peau que peuvent avoir les actrices anglaises.

« L'ensemble de sa personne, ajoute le lieutenant transi, semble faire la nuance entre le dernier degré de l'élégance et le premier de la noblesse. » Nattier et Boucher ont déjà pris le temps de peindre cette fleur épanouie pour l'offrir à l'éternité.

Ce qu'elle porte ce jour-là, les témoins ne le disent pas. On le devine : personne ne sait mieux qu'elle assortir les couleurs, taffetas, rubans, fleurs et bijoux. Un nœud dans les cheveux coupés courts, peut-être un chapeau de paille, la gorge découverte, la taille serrée, le soulier glissant sur le sol, dans le frisson de sa robe de soie.

Elle a exactement le même âge que cette maison.

*

Pour en raconter l'histoire, il faut revenir au début du siècle, aux dernières années du règne de Louis XIV. Fils du duc de Bouillon, petit-neveu du cardinal de Mazarin, le comte d'Évreux était colonel général d'un régiment de cavalerie quand il épousa en 1707 une petite Marie-Anne Crozat. C'était encore une enfant, elle devait en effet avoir une douzaine d'années. Ce mariage avait tous les parfums de l'arrangement. Le colonel général apportait ses titres de vieille noblesse à la fille d'un trésorier des États du Languedoc que l'ambition avait conduit à Paris où il allait faire fortune, ce qui lui permettait d'offrir une dot très considérable de 1,5 million de livres...

À la mort de Louis XIV, en 1715, le duc d'Orléans, son neveu, se fit confier la Régence. Le jeune Louis XV n'avait encore que cinq ans. Philippe d'Orléans régnait alors sur Paris ; on le disait charmant, spirituel, et dépravé. En arrivant aux affaires, il trouva les caisses vides, car les guerres avaient coûté cher. À la recherche de crédits, il tomba sur un aventurier écossais nommé John Law qui sut le convaincre de renflouer le trésor royal en adoptant son « système ». L'or papier remplaça l'or métal. Le crédit flamba. On était en train de créer ce que l'on appellerait aujourd'hui une « bulle ». « La France, écrit Pierre Gaxotte, fit son entrée dans le monde des chimères [1]. » Mais avant que ne se dispersent les illusions, l'argent fou enflamma la bourse de la rue Quincampoix. John Law en profita pour créer la Compagnie d'Occident pour les échanges avec l'Amérique et les Antilles et il accorda la licence du commerce avec la Louisiane au père de la jeune Crozat. L'ancien trésorier des États du Languedoc avait donc superbement marié sa fille, il était devenu l'une des plus belles fortunes de la capitale, cela méritait bien des honneurs et des compensations ; or il n'avait qu'un désir, voir sa fille briller dans le monde. Que faisait donc ce comte d'Évreux de la dot qu'il avait reçue ? Sa jeune femme rêvait de fêtes et de bals. N'avait-elle épousé qu'un célibataire plus radin qu'orgueilleux ? Pour faire plaisir à son ami Crozat, le banquier écossais alerta le duc d'Orléans qui n'eut qu'un mot à dire au comte d'Évreux. Celui-ci comprit qu'il avait tout à gagner à se faire apprécier à la Cour en construisant un hôtel de prestige à Paris.

La chance veut que le chantier de l'hôtel fût lancé en 1718, quand la banque Law était au faîte de son rayonnement. Le comte d'Évreux en commanda les plans à l'architecte Armand-Claude Mollet, de l'Académie Royale d'architecture, bientôt contrôleur général des bâtiments de sa Majesté. On ne pouvait mieux choisir. Sur un terrain de quelque douze mille mètres carrés dans la Grand Rue du Faubourg-Saint-Honoré, il traça les plans d'une demeure d'apparat donnant sur des jardins à la française, avec deux ailes de communs, les uns pour les cuisines, les autres pour les écuries. Le tout fut jugé par les contemporains d'un académisme parfait.

1. *Le Siècle de Louis XV*, Fayard, 1974.

Le gros œuvre fut terminé en 1720 ; en janvier de cette année-là, John Law était parvenu au sommet de sa carrière, en étant nommé contrôleur général des finances du royaume, en quelque sorte ministre des Finances, avant de devoir partir, ruiné, au mois de novembre, sous les cris de colère de milliers d'épargnants escroqués. Mais l'hôtel d'Évreux, lui, était sauvé même si son propriétaire l'avait construit à l'économie. Restait toutefois à achever le principal, c'est-à-dire les apparences, le décor, la finition des murs, les tentures, les lambris, les boiseries. Restait aussi à le meubler et à l'habiller avec peintures et tapisseries. Évreux accrocha aux murs les portraits des gloires familiales, ceux des grands de son temps, de Jean Sobieski, roi de Pologne, de Charles XII, roi de Suède, du tsar Pierre le Grand, et puis il y ajouta les batailles du maréchal de Turenne au siècle précédent, et quelques souvenirs de guerre. Il fallait aussi des toiles représentant les fables de La Fontaine et des tapisseries des Gobelins rappelant Vénus et l'Amour...

Le décor fut achevé en 1722. Les années folles de la Régence avaient pris fin. La chronique rapporte que le comte d'Évreux, qui avait conservé son hôtel familial place Vendôme, invita alors son épouse à découvrir le palais construit pour elle. Ce fut un moment de rêve, un moment seulement. Il y avait bien de somptueux salons d'apparat, mais nul appartement privé. Ils ne pouvaient donc y demeurer. Devant une telle déception, qui n'était que le témoignage manifeste d'un mariage raté, la jeune femme s'effondra en larmes ; le ménage se sépara peu après, Marie-Anne retourna, humiliée, vivre chez son père, et son mari, resté seul, se fit aménager, au rez-de-chaussée, un appartement avec salle de bains de marbre blanc et baignoires de cuivre. Sa femme mourut en 1729, sans lui avoir donné d'enfant. Il lui survécut vingt-quatre ans dans cette maison. Personne, jamais, n'y demeurerait plus longtemps que lui.

Il s'éteignit le 20 janvier 1753. Son corps fut placé dans un cercueil de plomb. Les obsèques eurent lieu les jours suivants en l'église de la Madeleine de la Ville l'Évêque. Il avait donné toutes les instructions nécessaires : le convoi quitta sa résidence de la rue du Faubourg-Saint-Honoré suivi par dix prêtres et cent figurants tout de noir vêtus, que l'on avait payés pour l'occasion 3 livres chacun. Comme il n'avait pas d'héritier direct, le petit neveu fit dresser l'inventaire et mit l'hôtel en vente après expertise.

Quand la marquise de Pompadour vint le visiter, le 1er juillet suivant, le bâtiment se trouvait exactement dans l'état de sa construction. Mais trente ans avaient passé. Si l'entretien laissait à désirer, le cadre n'avait pas changé. Ni la dimension des pièces, ni leur harmonie. L'ensemble conservait son élégance intacte. L'appartement du premier étage n'était pas terminé ? Belle affaire ! Elle l'achèverait. Elle avait déjà toutes les idées en tête, ici les réceptions, là les salons et les chambres, ailleurs les cabinets. Elle savait tout le parti qu'elle pouvait en tirer.

« Monsieur, je l'achète, dit-elle, après en avoir fait le tour, et en attendant la signature, pour ne pas perdre de temps, je le loue ! »

Elle avait quitté Paris huit ans plus tôt, en pleine gloire. Elle était bien décidée à le reconquérir.

*

Née Jeanne Antoinette Poisson, le 29 décembre 1721 [1], rue de Cléry à Paris, baptisée à l'église Saint-Eustache, elle suivit ses parents rue Réaumur puis rue Saint-Marc. Ses racines plongeaient dans ce quartier, le carré d'or de l'époque, où la bourgeoisie argentée avait trouvé ses marques. Ses parents n'étaient guère différents des Crozat : fortune récente, mélange de grand commerce et de finance ; tout ce monde se connaissait. On rencontrait dans leur entourage fermiers généraux et créanciers du roi.

---

1. Les biographes de Mme de Pompadour ne sont pas tous d'accord sur cette date, Évelyne Lever la situe au 30, par exemple.

Edmond et Jules de Goncourt ont merveilleusement campé le portrait de cette bourgeoisie qui, de règne en règne, n'a cessé de grandir: « Qu'est la noblesse avec ses biens, les terres et l'épée, avec ses honneurs et ses privilèges, auprès de ce grand parti de la finance qui a le solide de la puissance, qui tient l'argent de la société et l'argent de l'État, qui marie ses filles aux plus grands noms et qui, dans le métier même de la noblesse à la guerre, commande aux plans des généraux? Ce Tiers-État des fermes et des recettes est véritablement au cœur de la monarchie une ploutocratie dans toute sa force et dans toute sa splendeur... Quels sont les arbitres de l'élégance, les patrons du goût? Ces hommes, tout à la fois les mécènes et les Médicis du siècle de Louis XV: les fermiers généraux... Ce fut donc au milieu de ces grandeurs, de ces prospérités, qu'une femme née et élevée dans la finance bourgeoise s'emparait d'une place que la noblesse s'était habituée à regarder comme un de ses privilèges [1]... »

On va maintenant voir comment...

La fortune et la beauté ne suffisent pas à expliquer sa fulgurante ascension. Cette femme ne serait jamais entrée dans ce palais si elle n'avait pas été au préalable l'élève accomplie d'une éducation exceptionnelle.

C'est à sa mère, née Madeleine de la Motte, qu'elle le doit et à une circonstance imprévue, l'éloignement de son père, poursuivi pour fraudes. Car cet éloignement jette sa mère dans les bras d'un fermier général grand amateur d'art, Charles Le Normant de Tournehem, qui se prend d'affection pour la petite fille et décide de veiller de près à son instruction. D'abord inscrite dans un collège religieux, le couvent des Ursulines à Poissy, elle reçoit les leçons particulières de maîtres talentueux dans toutes les disciplines. On ne lui apprend plus à lire et à écrire, c'est déjà fait, mais à parler, à chanter, à

---

1. *Madame de Pompadour*, par Edmond et Jules de Goncourt, Olivier Orban, 1982.

déclamer, à dessiner, à peindre, à sculpter. Elle danse, monte à cheval, joue du clavecin. À seize ans, elle interprète un rôle du Zaïre de Voltaire qui ne va pas l'oublier. On la remarque dans les salons de Mme de Tencin, de Mme de Montigny. Enchanté par ces succès, l'amant de sa mère lui fait rencontrer son neveu, Charles Guillaume Le Normant d'Étiolles.

Elle n'a pas vingt ans quand elle l'épouse, le 9 mars 1741, à Saint-Eustache, sa paroisse. Elle apporte une jolie dot de quelque cent mille livres; son époux promet de subvenir à leurs besoins, mettant dans la corbeille un hôtel rue Saint-Honoré et une maison de famille à Etiolles, à une heure de diligence de Paris. Détail piquant que révèle Évelyne Lever[1], les parents du jeune homme boudent le dîner de contrat, à la veille du mariage, pour manifester leur désaccord; ils ne comprennent pas que leur fils épouse cette petite-bourgeoise sans naissance. Jeanne Antoinette, en revanche, y trouve tous les avantages. Ce mariage précipite sa carrière; il lui permet de recevoir chez elle, à Paris ou à la campagne, les Voltaire, Crébillon ou Fontenelle, et ces dames de la Cour si friandes de potins qui vont faire sa publicité jusqu'à Versailles. « Morceau de roi », dit son protecteur. « Arrondie dans toutes ses formes comme dans tous ses mouvements, avec une démarche pleine de grâce », observe le comte de Durfort.

Si bien que lorsque Louis XV prépare les festivités du mariage du dauphin avec l'infante d'Espagne, au mois de février 1745, la jeune Mme d'Etiolles reçoit son carton d'invitation. Or il se trouve que la maîtresse du roi, Mme de Châteauroux, a rendu l'âme au mois de décembre précédent. Le roi est donc libre. À Versailles comme à l'Hôtel de Ville de Paris, les bals succèdent aux bals. À l'un d'eux, masqué, le roi se dissimule dans un groupe de huit ifs, d'étoffes et de papier, qui éblouit l'assemblée réunie dans la galerie des glaces; l'un de ces ifs se détache pour s'adresser à une jeune

1. *Madame de Pompadour*, Perrin, 2000.

femme : on reconnaît vite le roi et cette Mme d'Etiolles dont le nom est déjà sur toutes les lèvres. Quelques jours plus tard, le soir du bal de l'Hôtel de Ville, Louis XV passe la nuit à Paris – chez elle – et ne rentre que le lendemain matin à Versailles...

Le duc de Luynes écrit dans son Journal : « Tous les bals en masque ont donné l'occasion des nouvelles amours du roi et principalement d'une Mme d'Etiolles qui est jeune et jolie. On prétend que depuis quelque temps, elle est presque toujours dans ce pays-ci... » Deux mois plus tard, le même Journal rapporte la suite des événements : « Le roi achète pour Mme d'Etiolles le marquisat de Pompadour, dont elle portera le nom ; c'est une terre de dix ou douze mille livres de rente... Ce qui paraissait douteux il y a si peu de temps est presque une vérité constante : on dit qu'elle aime le roi et que cette passion est réciproque mais qu'on n'ose en parler publiquement. »

Publiquement, peut-être pas, mais rien ne distrait plus les salons que cette nouvelle aventure.

Le 11 juillet, deux mois après sa victoire de Fontenoy, le roi adresse à la jeune Mme d'Etiolles son brevet de marquisat à ses armes, d'azur à trois tours d'argent. La voici officiellement et pour toujours marquise de Pompadour ; « un brevet digne d'Henri IV, signé Louis, Mars et l'Amour », rime aussitôt Voltaire. Ce joli nom occupera le tiers du règne de Louis XV et le cœur de son siècle.

Le roi la confie à l'abbé comte de Bernis et au marquis de Gontaut pour parfaire son éducation, la préparer à être présentée à la Cour et au rôle qu'elle y jouera. Le premier, qui a six ans de plus qu'elle, reçu à l'Académie française à vingt-neuf ans, est la « coqueluche des salons », fin diseur, vite conquis par la jeune marquise : « Le frivole, vain et disert abbé de Bernis, écrit Jean Orieux[1], ce bon et agréable garçon joufflu et dodu, rose comme une poupée, ne portait

1. *Voltaire*, par Jean Orieux, Flammarion, 1966.

ombrage à personne et amusait tout le monde. Il sait amuser Jeanne – elle se l'attachera et l'attachera à la France. » Quant au marquis de Gontaut qui n'a pas la réputation de l'abbé, il saura être, dans l'intimité du roi, le protecteur de la marquise jusqu'à la fin de ses jours.

L'un et l'autre vont lui donner sa seconde « éducation », lui apprendre ce que sont les traditions, l'étiquette, la tenue dans le monde, le langage de la Cour et ses codes, l'instruire des liens de familles, des parentés, du protocole.

Elle est présentée à la Cour le 14 septembre, installée sans attendre dans l'appartement qui fut celui de Mme de Châteauroux. Aussitôt, les adjectifs fusent comme des flèches : on la dit capable d'être « superbe, impérieuse, calme, friponne, lutine, sensée, curieuse, attentive ». Plus encore, elle a le « don des larmes »...

Voltaire, sous le charme, lui envoie des billets doux :

« Pompadour vous embellissez
La cour, le Parnasse et Cythère
Charme de tous les cœurs, trésor d'un seul mortel
Qu'un sort si beau soit éternel ! »

Il lui donne du « Belle Pompadourette » et tout le monde s'esclaffe. Le roi est éperdument épris, elle aussi. Mais elle a des ennemis, et non des moindres, les frères d'Argenson, ministres de la Guerre et des Affaires étrangères, le comte de Maurepas, secrétaire d'État à la Maison du roi. Elle prend garde à ne pas se trouver sur leur chemin, elle va s'employer à remplir l'agenda du roi à l'heure du souper, à lui faire aimer le théâtre, la comédie, l'opéra bouffe, le ballet. Elle amuse la Cour, forme une troupe, reçoit dans ses appartements, ouvre le théâtre des Petits Cabinets... Surtout, dit Gaxotte, « elle excellait à tenir une maison, à présider un dîner, à meubler une journée creuse ; elle savait donner de l'esprit à ses amis et ses invités la quittaient fort contents d'eux-mêmes. » Au roi, elle apporte la sérénité et la confiance en soi qu'il ne trouve pas à la Cour. Elle a l'intelligence de savoir tenir sa place : elle se conduit avec tact et respect avec la reine, n'oubliant pas combien les passions peuvent être passagères.

Le roi lui offre, en 1746, le château de Crécy, aux environs de Dreux, une propriété qui rapporte 25 000 livres de rente. Elle en fait son premier chantier. Elle y apprend le métier de décoratrice, fait connaissance de l'architecte Lassurance, contrôleur général des bâtiments de Marly, que Louis XV met à sa disposition. Elle y fait travailler ces artistes qui ne la quitteront plus : les ébénistes Verberckt et Rousseau, les peintres Boucher, Nattier, Van Loo, La Tour, Oudry ; elle se précipite à Paris dans le quartier des marchands, rue Saint-Honoré, rue de la Monnaie, rue de l'Arbre-Sec, pour y acheter le mobilier le plus élégant et le plus riche, constituer ses premières bibliothèques avec des manuscrits, des éditions originales, des romans, des récits historiques, des ouvrages de géographie.

Ce n'est qu'un début. Elle y prend goût et le roi aussi qui s'émerveille de tant d'inventivité, d'imagination, de sens artistique. Elle le suit partout, à Fontainebleau, à Choisy, à Marly ; elle le précède dans ces maisons qu'elle transforme, ces châteaux qu'elle embellit pour lui. Le bonheur !

Crécy est une réussite que tout le monde remarque. Son père en fait mille compliments, vantant dans une lettre « la magnificence » du lieu, « l'effet admirable et prodigieux que produisent les canaux et la grosse pièce d'eau », « l'infinité des allées », cette « terrasse d'où l'on peut avoir le plus joli coup d'œil qui se puisse voir... »

Elle poursuit sa passion par une maison à Montretout, le roi achète pour elle le petit château de La Celle, elle décore un nouvel appartement à Versailles. Mais elle rêve de quelque chose de plus grand encore. Pour lui plaire, le roi lui cède, en 1747, une terre, tout près du pont de Sèvres : « On a de là une vue tout à fait ravissante sur les plaines riches et remplies de villages, sur les coteaux fertiles, sur le cours sinueux de la

Seine, sur ce monde qui s'appelle Paris[1]. » Elle convoque son architecte, Lassurance, et Garnier de l'Isle, pour les jardins. Elle dessine au sol la disposition des bâtiments, les lignes des futurs parterres ; elle l'appellera Bellevue. Au mois de juin de l'année suivante, le chantier emploie huit cents ouvriers, mais aussi tous ses artistes. Cela va coûter 2,6 millions de livres. En deux ans, tout est prêt. « Voilà mon chef-d'œuvre », dit-elle.

Les Goncourt admirent ce « petit et délicieux modèle de château royal », qui pourrait être « un musée de l'art français ». Ce qu'elle réalise à Bellevue, elle le reproduira ailleurs. On en retrouvera l'inspiration à l'Élysée. La statuaire de Pigalle, Falconet, Adam, les peintures de chasse d'Oudry pour la salle à manger, les boiseries de Verberckt, toujours, et de Brunetti, six tableaux de Van Loo pour un salon de compagnie, une galerie de marbre, un salon de musique, des paysages chinois imaginés par Boucher, un Louis XV à cheval dans le jardin, mais aussi Vénus et l'Amour où l'on reconnaît la silhouette de la marquise et ses traits. Elle y commande aussi, comment l'oublierait-elle, un petit théâtre de cent cinquante places.

L'inauguration a lieu le 27 janvier 1751 – elle était prête deux mois plus tôt, elle avait déjà invité le roi et sa cour, mais il faisait froid, les cheminées fumaient et le roi avait tordu le nez. Cela l'avait rendue malade. Cette fois, malgré un temps glacial, le succès récompense ses efforts. Elle fait jouer un opéra, danse elle-même dans un ballet et surprend le roi en lui présentant un extraordinaire parterre de fleurs dans le jardin, en cette saison où tout est gelé : « toutes les fleurs du printemps, toutes les fleurs de l'été odorantes presque – un parterre de porcelaines de Vincennes parfumées » !

Cela consomme énormément d'argent. Or, note Jacques Levron[2], « Louis XV ne fut jamais très généreux à l'égard de sa maîtresse ou, plus précisément, il ne lui fit allouer pour son

---

1. Correspondance de Mme de Pompadour.

2. *Louis XV*, Perrin, 1974.

existence quotidienne que des sommes strictement nécessaires » : 2 400 livres par mois en 1745, puis 7 200 en 1746, 17 000 en 1748, avant de ramener ce train de vie à 4 000 ou 5 000 livres par mois par la suite. En réalité, celle que d'Argenson surnomme « la surintendante des plaisirs de sa Majesté » dépense infiniment plus. Mais alors d'où lui vient cet argent ?

Sa femme de chambre et dame de compagnie, entrée à son service en 1746, une veuve de huit ans plus âgée qu'elle, Mme du Hausset, laissera des souvenirs[1], dont les historiens contestent l'authenticité, mais suffisamment amusants pour nourrir toutes ses biographies. Cette Mme du Hausset, à qui elle donne royalement 150 livres de revenus, rapporte une anecdote où apparaît le Dr François Quesnay, premier médecin du roi, économiste et « physiocrate », le type même du scientifique « moderne ».

« J'ai fait un drôle de rêve cette nuit, dit ce Dr Quesnay... Ma maison était vaste, j'avais des tas de blé, mais je souffrais d'un rhumatisme et ne savais comment le soigner. Un enchanteur parut et me dit : Tiens, voilà un petit paquet de poudre de perlimpinpin ; tous ceux à qui tu en donneras, te logeront, te nourriront et te feront toutes sortes de politesses. Je pris la poudre et le remerciai bien.

« Ah ! Comme j'aimerais la poudre de perlimpinpin, lui dit Mme du Hausset.

« Eh bien ! dit le docteur, cette poudre, c'est l'argent que vous méprisez... Tous les hommes obéissent à ceux qui ont cette poudre et s'empressent de les servir. C'est mépriser le bonheur, la liberté, les jouissances en tout genre que mépriser l'argent... Vive la toute-puissante poudre de perlimpinpin !

« La porte s'ouvrit, le roi entra, avec madame (de Pompadour) et M. de Gontaut. Le roi dit : "Vive la poudre de perlimpinpin ! Docteur, pourriez-vous m'en procurer ?" »

1. *La marquise de Pompadour telle que je l'ai vue*, Bibliothèque mondiale, 1960.

Il fallait y penser, l'argent n'est que de la poudre de perlimpinpin ! Un petit apologue qui, apocryphe ou pas, décrit mieux que tous les discours la relation que la Cour peut entretenir avec l'argent, et combien ces affaires-là peuvent compter pour le roi comme pour la marquise...

Mais qui s'en étonnerait, cet étalage ne va pas sans susciter la jalousie et la méchanceté. On invente des « poissonnades », on la traite de « catin », de « petite-bourgeoise », de « fille de sangsue ». Alors qu'elle se rend à Paris, et notamment pour y voir sa fille de six ans, elle se fait prendre, au printemps 1750, dans une émeute ; elle est reconnue, insultée. Effrayée, elle doit rebrousser chemin.

À son frère devenu grâce à elle marquis de Marigny, elle écrit : « J'ai vu tant de choses, depuis quatre ans et demi que je suis ici, que j'en sais plus qu'une femme de quarante ans... » Cinq années ont passé, trop vite sans doute, ces belles années de vingt-cinq à trente ans, les années heureuses. Son destin n'est-il pas en train de chanceler ? Le roi est-il las ? Il faut savoir que cette maîtresse si séduisante et si habile à émerveiller le roi, à le satisfaire au lit, est à ce point comédienne qu'elle est froide en amour ! « J'adore le roi, confie-t-elle à sa dame de compagnie, je voudrais lui être agréable. Mais hélas quelquefois, il me trouve une macreuse... » La voilà comparée à ce canard aquatique à chair noire et à sang froid ! Profitant de cette faiblesse, les complots redoublent pour la chasser.

Elle a soutenu la candidature de son ami Voltaire à l'Académie française, favorisé les « encyclopédistes », elle se défie du parti religieux. Voilà autant d'ennemis qui se réveillent, et chuchotent dans l'ombre. Le roi va-t-il céder aux campagnes d'opinion, aux injonctions du clergé, aux intrigues du marquis d'Argenson ? Elle a de quoi s'inquiéter. Ses relations avec le roi ne sont plus ce qu'elles étaient. Elle ne sera plus sa maîtresse, mais elle peut rester sa confidente. Alors, elle se domine, ferme les yeux sur les plaisirs du roi, observe, sans s'émouvoir, l'arrivée dans le paysage d'un tout jeune modèle de Boucher, la petite Marie-Louise O'Murphy qu'on appellera

Morphise, et dont les fesses rondes sur une des toiles du peintre ont ému Louis XV... Elle multiplie les comédies, les dîners, les fêtes, déjoue habilement les pièges qu'on lui tend. Le roi va lui marquer son attachement par un décret spectaculaire : il en fait une duchesse, le 17 octobre 1752. « Elle tranche, elle décide, elle regarde les ministres comme les siens », s'énerve d'Argenson. « Voilà bien des mardis où le roi ne pourra vous voir, messieurs », se plaît-elle à annoncer à ces mêmes ministres. « Elle a une qualité qui la rend très propre aux grandes affaires, c'est d'être d'un secret impénétrable », écrit le comte de Kaunitz, ambassadeur d'Autriche. La nouvelle maîtresse honoraire jouit auprès du roi de l'autorité et de l'influence d'une reine de la main gauche.

Serait-ce au point de s'étourdir elle-même ? Elle s'en préserve. Mais elle s'épuise à tous ces efforts, moralement et même physiquement, finissant par avoir besoin, à son tour, d'un refuge. Et même si Voltaire a quitté la capitale pour aller à Berlin, ce refuge ne peut être que Paris.

Nous sommes au mois de mars 1753, elle a décidé de danser pour la dernière fois ; elle porte un exquis travesti en interprétant une comédie ballet intitulée Zelinder, roi des Sylphes. Signe que les temps ont changé, elle ferme son théâtre de Bellevue après celui des Petits Cabinets, elle dissout sa troupe de comédiens. Le rideau tombe sur une période de sa vie.

*

Ces huit années passées auprès du roi, ce qu'elle a retenu des goûts de la Cour, ce qu'elle a appris sur ses chantiers, son art des décors, elle les apporte dans cet hôtel de Paris habillé à son image. Elle n'est plus la « surintendante des plaisirs » de Louis XV, mais son ministre de la Culture sans le titre, la protectrice des gens de lettres et des beaux-arts.

Elle signe l'acquisition du futur palais de l'Élysée la veille de la Noël 1753, devant notaire à Versailles, pour 500 000 livres « à payer en espèces sonnantes d'or et d'argent sans aucun billet de papier... » Le vendeur a-t-il en tête quelque souvenir de la banque Law ? Elle a emporté l'affaire en offrant un prix supérieur à l'estimation du bâtiment, 450 000 livres. Le chiffre de 500 000 est extrait des archives nationales, mais plusieurs historiens[1] citent un prix plus élevé de 730 000 livres ; elle-même indiquera 650 000 dans son relevé d'inventaire...

Avant même d'être propriétaire, son premier réflexe est de faire venir un architecte. Elle appelle Pierre Desmaisons à qui elle demande une étude des travaux indispensables à exécuter. Le devis revient à la fin de l'été, il s'élève à 140 000 livres... En moins de dix ans, observera son frère Marigny, elle y dépensera en réalité près d'un million de livres !

Elle ne laisse rien au hasard et passe partout, en commençant par l'essentiel : puisqu'il faut achever les appartements du premier étage, aménager des chambres à coucher pour mieux apprécier la vue qui domine les jardins, alors un nouvel escalier est indispensable. Elle agrandit les appartements du comte d'Évreux, crée une antichambre et une salle à manger, fait venir Verberckt pour remplacer les cheminées. Surtout, elle achète du mobilier, fauteuils, banquettes et canapés, commodes et consoles, elle ajoute des lustres, met partout de la lumière et de l'éclat.

Ici, le principal rôle est tenu par un marchand d'art de Paris, Lazare Duvaux, dont le magasin est à l'enseigne du « Chagrin de Turquie », rue Saint-Honoré. Né en 1703, il a ouvert cette boutique au début des années 1740 et y gagne le titre d'« orfèvre joaillier du roi ». Toute la Cour se fournit chez lui. Il laissera un registre, son Livre journal, sur lequel figurent les jours, noms et commandes de ses illustres clients[2]. La marquise de Pompadour y entre pour la première fois au mois d'avril 1750 pour y acheter des coqs et chandeliers en porce-

1. Les frères Goncourt, Évelyne Lever.

2. *Le Livre journal de Lazare Duvaux*, Société des Bibliophiles français, 1873.

laine. Elle y retourne en mai. À partir du mois de septembre, elle va y faire trois, quatre, parfois cinq, visites par mois. Elle lui achète de tout, bibelots, meubles, pendules, bijoux, étoffes, pour ses maisons, comme pour ses cadeaux, lui confie ses restaurations, lui loue des voitures pour transporter des meubles, des artisans pour une réparation. Bref, il devient l'homme à tout faire de la vie de tous les jours et son conseiller artistique.

Présentant le registre de Lazare Duvaux comme un témoignage exceptionnel et unique sur les goûts des amateurs d'art au XVIIIe siècle, Louis Couragod écrit en avril 1872 à la société des bibliophiles français: «La marquise de Pompadour avait horreur du banal, du commun, des meubles de pacotille, faits sur un type connu et répandu. Elle commandait jusqu'au dessin d'une cuillère, d'une boîte ou d'une pièce d'argenterie. Ses mobiliers ne furent qu'exceptionnellement exécutés en bloc. Elle préférait visiblement, aux objets modernes qu'on lui fabriquait, les vieux laques de Chine ou du Japon, les incrustations et les bronzes de Boulle, les lustres anciens en cristal de roche...»

Le jour même où elle visite l'hôtel d'Évreux, elle va naturellement chez son ami Lazare Duvaux. Elle y reviendra le lendemain pour une nouvelle commande et se fera livrer les jours suivants des chauffeuses, des cheminées, et par la suite des objets décoratifs. Elle joue avec son mobilier de Bellevue ou de Crécy qu'elle fait tourner avec son nouvel «hôtel de Paris». Elle imagine le salon des neuf muses peintes et rehaussées d'or, des rideaux de soie blanche encadrant les hautes fenêtres. Elle fait venir des tapisseries des Gobelins et de la Savonnerie, remplace les portraits de famille de son prédécesseur par des toiles de Boucher, Van Loo, Dubois, qui s'amusent avec les personnages de l'Olympe. Elle fait graver le double L de Louis XV au-dessus de la porte du grand salon pour l'accueillir comme il convient, le jour où il viendra...

Elle perd son architecte favori, Lassurance, au mois de septembre 1755, mais rien ne l'arrête, Gabriel est chargé de poursuivre l'ouvrage. Elle s'attaque aux jardins, en invente de nouveaux, veut un potager... Elle envisage même de couper les

Champs-Élysées, pour aller jusqu'à la Seine. Là, les Parisiens protestent : elle exagère. Seul son frère, Marigny, obtient de faire abattre quelques arbres pour créer le carré qui portera son nom.

Entre-temps, et c'est un drame, elle a vu mourir sa fille, Alexandrine, âgée de dix ans, qu'elle a eue de son mariage avec Le Normant d'Etiolles, sa seule fille, le cœur de son cœur. Les dévots diront qu'elle est punie pour sa conduite. Elle va faire sa conversion religieuse quand le roi la nommera, en février 1756, dame du palais de la reine. On la verra alors agenouillée pour prier, lire des livres pieux, faire maigre au carême, comme si « un rayon de grâce l'avait éclairée – mais sans ivresse », dit un témoin sans indulgence. Dès le 20 février, elle s'est précipitée chez Duvaux pour lui acheter une croix en ébène, un Christ avec clous et anneaux dorés ; elle en commande deux autres le mois suivant...

La grâce du ciel n'efface pas encore la grâce du corps. Boucher et La Tour la peignent avec une rose ou une dentelle sur le sein, côté cœur ; elle donne son nom à un négligé, à des couleurs pastel, jaune jonquille, vert pomme, rose « pompadour ». « Elle aimait les formes contournées du style rocaille, avec ses courbes et ses contrecourbes, ses coquilles et sa profusion de fleurs, qu'on retrouve sur les boiseries, les encadrements de tapisseries, les marqueteries, les bronzes et les porcelaines. Cela ne l'empêche pas de soutenir avec fougue Soufflot, Gabriel, Cochin, adversaires déclarés de cette esthétique[1]... » Pour faire mieux que les Chinois ou les Saxons, elle veut une « porcelaine de France », remplace les ateliers de Vincennes par la manufacture de Sèvres qui emploiera à la fin du siècle huit cents ouvriers ; elle a tant d'affection pour les soldats et les uniformes, tant d'admiration pour Mme de Maintenon aussi, qu'elle décide le roi à fonder l'École militaire confiée à l'architecte Gabriel. C'est à tout cela qu'elle attachera son nom pour l'Histoire.

---

1. *Madame de Pompadour*, par Évelyne Lever, déjà cité.

*

Et d'ailleurs cette Histoire semble hésiter au risque de la faire trébucher, mais elle se rétablit. L'année 1757 est une année de coups de poignard. Le roi est frappé en pleine poitrine, l'armée française défaite à Rossbach, et la marquise dicte son testament...

Il est six heures du soir à Versailles, le 5 janvier, quand le roi quitte les appartements des gardes pour prendre la voiture qui doit le conduire à Trianon. Entouré par le dauphin, le duc de Richelieu et le duc d'Ayen, il est protégé par une haie de gardes du corps. Mais, de l'ombre, surgit un homme qui se jette sur lui et le frappe violemment. « Je suis blessé », dit le roi qui s'effondre. Puis, comme il perd beaucoup de sang, il souffle : « Je n'en reviendrai pas... » Un chirurgien se précipite, examine la blessure, rassure le roi et l'entourage : la blessure n'est pas profonde. « Elle l'est plus que vous ne croyez, réplique le roi, elle va jusqu'au cœur. » Le fanatique qui l'a poignardé, Damiens, n'est pas l'instrument d'un complot, mais il ressemble à un signe du destin : le roi ne sera plus le même homme.

Pendant ce temps, la marquise, aussitôt informée, mais qui n'est pas autorisée à le voir, est au désespoir. Pour elle, c'est la fin. « Son appartement, raconte Mme du Hausset, était comme une église où tout le monde croyait avoir le droit d'entrer. On venait voir la mine qu'elle faisait – et madame ne faisait que pleurer et s'évanouir. Le docteur Quesnay ne la quittait pas... »

Le lendemain, le garde des Sceaux, Machault d'Arnouville, vient la voir, s'enferme avec elle une demi-heure. À sa sortie, sa femme de chambre la trouve une fois de plus en larmes.

« Il faut que je m'en aille », dit-elle à Bernis.

« Je lui fis prendre de l'eau de fleur d'orange dans un gobelet d'argent, rapporte Mme du Hausset, ses dents claquaient. Ensuite, elle me dit d'appeler son écuyer ; il entra et elle lui donna tranquillement ses ordres :

"Faites tout préparer à mon hôtel de Paris. Dites à nos gens d'être prêts à partir, à mes cochers de ne pas s'écarter..." »

La femme du maréchal de Mirepoix, gouverneur du Languedoc, entre à son tour :

« Qu'est-ce donc que toutes ces malles ? Vos gens me disent que vous partez ?

« Hélas, ma chère amie, le maître le veut, à ce que m'a dit M. de Machault...

« Mais qu'en pense-t-il lui-même ?

« Que je dois partir sans différer !

« Voulez-vous mon avis ? Il vous trahit, votre garde des Sceaux : celui qui quitte la partie la perd ! »

C'est bien vu. Mme de Pompadour se laisse convaincre. Son frère converse avec elle en tête à tête et en sort rassuré : « On va faire comme si on partait... Mais le petit garde des Sceaux le paiera ! »

Ainsi l'hôtel de Paris a bien joué son rôle : il était prêt à servir de maison de secours, de refuge, si les choses avaient mal tourné. Certes, le traître Machault est renvoyé par le roi qui est revenu voir sa confidente, mais le limogeage du garde des Sceaux fait les affaires d'un autre ennemi, d'Argenson, qui se dresse à son tour. Cette fois, Mme de Pompadour veut une explication en face à face avec lui et la colère monte :

« Monsieur, dit-elle, il y a longtemps que je connaissais vos dispositions pour moi. J'ignore comment tout ceci finira, mais ce qu'il y a de certain, c'est qu'il faudra que vous ou moi nous nous en allions... »

Ce sera lui. Le 31 janvier 1757, le roi signe une lettre de cachet qu'il fait porter à son ministre : « Monsieur d'Argenson, votre service ne m'étant plus nécessaire, je vous ordonne de me remettre la démission de votre charge de secrétaire d'État à la Guerre et de vos autres emplois et de vous retirer à votre terre des Ormes. »

Les deux adversaires écartés, l'autorité rendue au roi, Mme de Pompadour peut-elle enfin respirer ? Le coup de poignard suivant lui vient de l'étranger. L'année précédente, en 1756, elle a beaucoup poussé au renversement des alliances, à abandonner les Prussiens de Frédéric pour se rallier les

Autrichiens de Marie-Thérèse. Cette année, les Prussiens se vengent, les voilà qui, avec les Anglais, rouvrent les hostilités. Les armées françaises pénètrent sur le champ de bataille en défaisant leurs ennemis. Mais les Prussiens se ressaisissent, poursuivent les Français et les battent sévèrement le 7 novembre à Rossbach. Le maréchal de Soubise, qui était à leur tête, perd dix mille hommes et tous ses officiers. Un désastre. On en fera une méchante chanson qui traversera les siècles: «Soubise dit, la lanterne à la main: j'ai beau chercher, où diable est mon armée?» Mais Soubise a été nommé à la tête des armées sur l'insistance de la marquise, laquelle est évidemment accablée: «Il vaut mieux vous mêler des affaires de fermiers généraux, lui dit-on, que de généraux d'armées!»

Déprimée et malade, elle rédige en secret son testament dix jours plus tard, le 17 novembre, la mort dans l'âme, faisant de Soubise son exécuteur testamentaire. Testament dans lequel elle écrit: «Je supplie le roi d'accepter le don que je lui fais de mon hôtel de Paris, étant susceptible de faire le palais d'un de ses petits enfants...» Le 30 mars 1761, elle ajoute, en marge, de sa main: «Je désire que ce soit à Mgr le comte de Provence»...

Un à un, elle perd aussi ses amis: son fidèle Lazare Duvaux s'éteint au mois de novembre 1758, l'abbé de Bernis doit quitter ses fonctions et s'éloigner en devenant cardinal; il est remplacé par le comte de Stainville, futur duc de Choiseul. Détail piquant, celui-ci a épousé en 1750 une demoiselle Crozat, comme le marquis de Gontaut lui-même, et comme, cinquante ans plus tôt, le comte d'Évreux qui put bâtir l'Élysée grâce à la fortune de cette famille éclairée. Décidément, les Crozat savaient marier leurs filles!..

*

La marquise conserve la passion des bâtiments, mais elle ne peut plus tout entretenir: elle a revendu son château de Bellevue au roi, celui de Crécy au duc de Penthièvre (les deux disparaîtront durant la Révolution) ; elle acquiert ceux de Ménars, dans le Blaisois, et d'Auvilliers, aux environs d'Orléans. Elle donne encore le change, mais la maladie est là, trop souvent. Elle est aussi affaiblie que la France elle-même.

Les guerres coûtent toujours trop cher. Et le roi a dû consentir, avec soulagement, au traité de Paris, le 10 février 1763, pour faire la paix avec l'Angleterre en soldant les comptes de la guerre de Sept ans. Lourd traité pourtant, qui consacre la ruine de notre empire colonial, des Indes au Canada.

Mme de Pompadour a soudain vieilli.

Le peintre François Drouais entreprend de brosser un portrait d'elle au mois d'avril de cette année-là. Il commence par une ébauche, conservée au musée des Beaux-Arts d'Orléans, qu'il inclura dans un portrait d'ensemble achevé en mai 1764 et qui sera acquis par la National Gallery de Londres. Comme elle a changé ! Elle n'a pourtant que quarante et un ans ; on lui en donnerait vingt de plus. Le regard mélancolique, absorbé, ce double menton et cette coiffure retenue par une dentelle nouée dans le cou la vieillissent avant l'âge, malgré la magnifique robe de satin à décor de fleurs, débordant de ramages. Elle n'a plus dans la main un livre ou une partition de musique, comme autrefois, elle est assise devant un métier à broderie, son petit chien noir, Mimi, dressé devant elle... Où est la cage aux perroquets ? Nostalgie des jours enfuis !

Pourtant, elle jette ses derniers feux. La ville de Paris a décidé de fêter la paix en édifiant une statue équestre du roi sur la place à laquelle on donne son nom, entre les Tuileries et les Champs-Élysées, qui deviendra la place de la Concorde. La statue est signée Bouchardon, elle est entourée par quatre figures allégoriques exécutées par Pigalle, la justice, la force, la sagesse et la paix. Les Parisiens se moquent (« Les vertus sont à pied, le vice à cheval ») mais enchantés à l'idée des fêtes, des bals, des concerts organisés à l'occasion de l'inauguration de la place, du 20 au 23 juin 1763. La marquise de Pompadour est revenue pour l'occasion à son hôtel où elle entend bien offrir le plus beau feu d'artifice qui soit, en y invitant à la première « garden party » de l'Histoire !

L'avocat Edmond Barbier en est le témoin et en rapporte le récit dans son Journal : l'illumination du palais se fait après celle de la place, elle est si grandiose que tout le peuple y court, malgré la boue, car il a plu. « Les carrosses venaient de toutes parts, même du quartier du Palais-Bourbon... » Des files de carrosses, par rangées de trois ou quatre, créent un gigantesque embouteillage qu'il faudra trois heures pour dégager ! Au moins le coup d'éclat est réussi.

Ce sera le dernier.

Au mois de février 1764, Mme de Pompadour est atteinte par une fluxion de poitrine durant un séjour à Choisy. Son état s'améliore le mois suivant. Elle peut rentrer à Versailles. Mais le 7 avril, rechute et complications pulmonaires. « J'ai très peu d'espérances d'un parfait rétablissement, et beaucoup de crainte d'une fin trop prochaine », écrit-elle. Le dimanche suivant, 15 avril, fête des Rameaux, elle appelle son notaire, son frère et le curé de sa nouvelle paroisse de Paris, la Madeleine de la Ville l'Évêque, qui la confesse et lui administre les derniers sacrements. Au soleil couchant, elle retient le prêtre : « Un moment, monsieur le curé, lui dit-elle dans un souffle, nous nous en irons ensemble. » Elle s'éteint à 7 heures et demie du soir.

Les obsèques ont lieu le mardi 17 avril par un temps détestable. À l'issue de la cérémonie à Notre-Dame de Versailles, le cortège funèbre s'ébranle pour le dernier voyage : douze chevaux, drapés de noir, caparaçonnés d'argent, tirent un corbillard à dais de duchesse, escorté par quatre officiers et soixante-cinq domestiques.

Le convoi passe devant l'aile du château où se tient le roi, derrière une fenêtre, adressant d'un signe, d'une larme, un dernier hommage à celle qui fut auprès de lui dix-neuf ans durant. Puis le cortège prend l'avenue de Paris, traverse Sèvres et le pont, suit la Seine, emprunte le cours la Reine. Il est attendu au couvent des Capucines, qui se situe à l'époque près de la place Vendôme, au numéro 3 de la future rue de la Paix, où la marquise a désiré être enterrée.

Avant cette ultime étape, le convoi s'étire un moment, dans le lourd piétinement des chevaux et la marche lugubre des hommes, devant sa maison du Faubourg-Saint-Honoré, son hôtel de Paris où elle entra l'été de ses beaux jours. Le roi et Paris, inséparables, comme au premier jour.

CHRISTIAN COMBAZ

LE ROMAN DE BUDAPEST

Extrait

Afin de mesurer le miracle que constitue l'apparition d'une ville et pour rendre aux événements leur importance sous les étoiles, il est utile de comparer le temps des hommes et celui de la terre. Pendant que les civilisations se répandent sur la croûte mince qui nous supporte, pendant que les tribuns s'agitent sur les balcons, pendant qu'on s'arrache des places pour assister aux concerts, pendant l'arrivée des chars et les cérémonies du souvenir, la Nature, impassible et immortelle, égrène ses millions d'années dans une parfaite indifférence au sort des hommes. Et dans le cas de Budapest, il est facile de s'infliger le vertige du silence infini, il est aisé de se pencher sur les gouffres du temps, puisque la ville est bâtie sur un réseau de grottes où l'on trouve, çà et là, des coquillages et des oursins enchâssés dans le roc, à huit cents kilomètres de l'Adriatique.

Tout le monde connaît les eaux thermales qui jaillissent à 70° sous les rives du Danube, mais nul ne se doute en voyant cette ville très étendue qu'elle repose sur une cathédrale géologique, d'où provient une partie de son nom. *Pest* serait un mot de vieux bulgare signifiant « cavité ». Quand les eaux chauffées par le magma et chargées en soufre rencontrent les eaux de pluie, la réaction chimique qui s'ensuit provoque un dégagement acide qui dissout les couches calcaires. Dans le vide souterrain s'érige peu à peu une ville nocturne, une cité à l'envers, un dédale de vide avec ses galeries et ses niches, et son silence où les eaux perlent, ruissellent et gouttent en cadence. Au milieu des épopées les plus violentes, le lecteur gardera toujours, présente à l'oreille et dans un coin tranquille de son imagination, cette goutte d'eau tiède qui tombe sur un roc brillant, dans l'obscurité profonde de la terre.

La quiétude des lieux fut pourtant troublée très tôt par la naissance d'un campement préhistorique. Les outils et ossements trouvés dans la grotte du château de Buda par des archéologues hongrois au début du XIXe remontent à quatre cent mille ans. Le réseau d'îles sur le Danube permettait de franchir le fleuve plus aisément en hiver. Les glaces y tenaient plus longtemps que dans la partie du fleuve qui coule sous le coteau et dont le débit est trop puissant pour que la glace y supporte le poids d'une armée.

Quand on évoque l'échelle de la grotte dite « du Château », dont le réseau communique avec toutes les autres (Gellért-Hegyi, Szemlö-Hegyi, Pál-Völgyi), on ne parle pas en centaines de mètres, mais en dizaines de kilomètres. La plupart des entrées du réseau se visitent, l'histoire des hommes y a fait quelques incursions, surtout pendant les sièges, qui furent nombreux. On y trouve des chapelles, des abris antiaériens, des stations d'observation de la géothermie, des installations hospitalières datant de la dernière guerre, et des annexes aux établissements thermaux de la surface, l'air soufré qu'on y respire ayant, dit-on, des propriétés prophylactiques.

S'il fallait user des moyens qu'utilise le cinéma à grand spectacle pour raconter une histoire, celle de Budapest commencerait donc par une goutte d'eau dans une grotte obscure. Le spectateur, troublé dans le noir par l'épaisseur du silence, rentrerait les épaules en s'attendant à affronter quelque épisode brutal destiné à l'arracher de son fauteuil.

Cet épisode brutal pourrait être, par exemple, l'arrivée des premières escouades romaines dans ce lieu plat et marécageux, où le ciel pavé de nuages lents se reflète jusqu'à l'horizon sur les eaux scintillantes.

Devant ce qui ressemble à une sorte de delta répandu dans la plaine, au milieu des vols d'oiseaux sauvages, se dresse la proue d'un navire géologique échoué, le futur mont Gellért. C'est un relief d'une centaine de mètres, encore anonyme, qui domine les eaux du proto-Danube et où, depuis quelques siècles, des milliers de descendants de Celtes ont regardé passer les oiseaux entre les îles. Du mont Gellért, ils guettent aussi les hordes de guerriers nomades attirés par la plaine fertile et les repoussent ou les assimilent, au gré des batailles.

Mais dans le cas des Romains, l'assimilation eut lieu en sens inverse. Pendant plus d'un siècle, les limites de l'Empire passèrent justement par le Danube, et une succession de garnisons s'implantèrent autour du mont Gellért, qui devint, pendant trois siècles, le bastion le plus avancé de la paix romaine contre les Barbares venus des terres slaves et de l'Iran.

L'un des quartiers de Budapest, qui porte à juste titre le nom de Vieux-Buda, comporte encore les vestiges de l'occupation des troupes de Caracalla, de Marc Aurèle, et de leurs successeurs jusqu'à l'avènement de Dioclétien. En trois siècles, de campement fortifié, la Pannonie inférieure devint province romaine. L'importance des amphithéâtres qu'on a exhumés en cet endroit donne la mesure de l'embourgeoisement des conquérants romains. Le plus grand de ces lieux de divertissement pouvait recevoir quinze mille spectateurs, et les thermes, alimentés par les eaux chaudes souterraines, y forment aujourd'hui une sorte de terrain vague archéologique qui accueille les promeneurs à la sortie est de la ville, au milieu des barres d'immeubles et des échangeurs. Ils ont donné un nom à l'ancêtre de Buda, Aquincum, laquelle fut bientôt doublée, par l'empereur Dioclétien, d'une ville jumelle, située sur l'autre rive du Danube et qui deviendra, longtemps après, la cité de Pest.

L'importance de cette Pannonie romaine s'explique non seulement par la nécessité de protéger les marges de l'Empire contre les Barbares, mais aussi par sa proximité avec Rome et le nord de l'Italie. Aujourd'hui, il faut une demi-journée pour atteindre la plaine située entre Alpes et Carpates en partant de Trieste. À l'époque romaine, cela mettait l'envahisseur à une semaine du cœur de l'Italie. Le créneau situé entre l'arc alpin et les Alpes dinariques représente un point de faiblesse qui saute aux yeux sur une carte.

Avec la chute de l'Empire romain, ce créneau devient un boulevard. Les Huns, les Ostrogoths, les Lombards s'installent successivement pour deux ou trois générations. Une peuplade de l'Est, les Avars, reste un siècle environ sur les ruines d'Aquincum. Amollie par les bains chauds, et par la prodigalité de la nature, elle en est chassée par Charlemagne et par les Slaves. Le premier millénaire de l'ère chrétienne est presque bouclé. On fera mention des Huns pour mémoire, car ils n'ont rien à voir avec les vrais Hongrois, lesquels n'ont pas encore franchi les montagnes.

Sous les ailes d'un oiseau, par exemple le turul, sorte de rapace mythique, dont la légende prétend qu'il a guidé les premiers Magyars, on peut voir leurs tribus en marche. Elles sont sept, cuirassées et enrubannées, montant à l'assaut des cols de la mince chaîne des Carpates, suivies de leur bétail, de leur progéniture et de leurs femmes. Les chariots et les fers résonnent contre les flancs de la montagne. Dans le voisinage des guerriers, on distingue une ethnie prototurque dont la légende nous dit qu'elle vivait associée aux fils d'Árpád, guerrier fondateur, Magyar suprême, celui dont la statue trône aujourd'hui sur la place des Héros de Budapest.

Les Magyars (prononcez « Maudyar ») sont des gens singuliers au sens propre. Pendant que les pyramides s'édifient en Égypte, les premiers d'entre eux, à qui le climat ne convenait pas, se séparent des Samoyèdes dans le Nord sibérien. Puis ils prennent congé de leurs frères linguistiques, les futurs Finnois, qui remontent vers le nord. Un millier d'années avant Jésus-Christ, ils sont établis dans l'Oural et au bord de la Volga, où leur caractère et leur langue sont déjà établis.

Un Hongrois des premières tribus, s'il venait à rencontrer l'un de ses descendants sous un abri d'autobus à Budapest, parlerait à peu près la même langue que lui, ce qui tombe bien, car ils auraient beaucoup à se dire.

À l'époque où nous voyons les Magyars franchir les Carpates sous les ailes du turul vers leur Babylone future, soit au VIIIe siècle de notre ère, ils sont en butte à l'hostilité d'une peuplade d'un genre pénible, à ce que dit l'histoire, les Petchenègues. Ils fuient ces gens-là vers l'Ouest avec leur bétail. Ensuite, ivres du peu de résistance qu'ils rencontrent, ils abusent fâcheusement, toujours selon les chroniques de l'époque, de leur férocité naturelle pour martyriser les populations voisines, sur les territoires du Nord italien, de la Suisse et de la Bavière. Ils poussent l'indélicatesse jusqu'à massacrer leur monde en Europe occidentale et en Espagne.

Árpád et son fils ne sont pas plus scrupuleux que les Vikings, dont ils sont les contemporains. Leur aventure finit de la même façon : par une assimilation aux valeurs aristocratiques européennes, qui passe par la conversion au christianisme. Le petit-fils d'Árpád, mais surtout l'arrière-petit-fils, Géza, après quelques revers subis contre les princes des régions limitrophes, finit par juger que la plaine hongroise lui suffit. Il lui faut trouver à son fils un beau parti. Soucieux d'établir son pouvoir dans la durée, au lieu d'adopter la future Budapest, lieu de garnison et d'échanges, comme capitale administrative, il choisit Estergom, ville de moindre importance mais plus facile à défendre. Ensuite il s'entend avec l'empereur germanique Otton le Grand, dix ans après avoir subi contre ses troupes une défaite. Il se fait baptiser. Il envoie son fils épouser la nièce de l'empereur, la fille d'Henri II de Bavière, et réclame au Saint Empire des missionnaires, pour convertir son propre peuple au christianisme.

En ce temps-là, Budapest était à moitié peuplée de marchands sarrasins, et ressemblait, grossièrement, à une ville du Bosphore, une sorte de bazar ethnique qui pouvait très bien devenir une ville turque. Mais le premier roi de Hongrie, le fils de Géza, István, choisit d'imposer le christianisme par l'épée. Le pape de l'époque lui envoie, d'ailleurs, une couronne surmontée d'une croix pour l'y encourager.

Depuis, cet objet vénéré par la nation entière, maintes fois rapiécé jusqu'au XIIIe siècle, est pieusement conservé au Parlement comme symbole de l'appartenance de la Hongrie à l'Europe chrétienne. La dynastie d'Árpád ne compta pas moins de six saints dont une forte proportion régna par le fer, mais l'essentiel est dans le choix de son appartenance à ce qu'on appelle aujourd'hui le bloc européen. L'administration territoriale est aussitôt calquée sur celle des pays voisins : diocèses, comtés, etc. Tout ce qui relevait de l'âge tribal est balayé.

Dans cette frénésie de conversion généralisée, Budapest, la future capitale, déploie ses ailes dans l'imaginaire hongrois. Avec ses trois parties, le vieux Buda venu de l'âge romain, le petit Pest situé au sud et sur l'autre rive du Danube, et le Buda administratif, celui du château qui domine la ville, le centre urbain qu'elle devient, au cours des deux premiers siècles, affine ses légendes et nourrit sa geste nationale de hauts faits et de drames comparables à la mort de Roland à Roncevaux. La lapidation de l'évêque Gellért, qui évangélisa les tribus magyares livrées au paganisme et qui donna son nom au roc surplombant le Danube, fait partie de ces sacrifices symboliques dont René Girard a montré qu'ils fondaient la cité humaine[1].

Le choix qu'a fait la Hongrie de devenir chrétienne n'est pas sans conséquences sur l'histoire de Budapest. On sait qu'elles furent grandes au XVIIe siècle. Elles se perpétuent aujourd'hui. L'Europe se dispute à propos de la Turquie sans s'aviser que des Vikings aux Tatars, ce qui a toujours fondé l'appartenance à la culture européenne, c'est la conversion au christianisme. Au temps des premiers rois de Hongrie, la ville servit d'étape aux croisés de Frédéric Barberousse, ce qui confirme son statut de bastion de la chrétienté. La femme du roi de Hongrie n'était autre que la sœur de Philippe Auguste, et si la France, au début du XIIIe siècle, jouissait en Hongrie d'une faveur certaine, elle n'était pas la seule. À l'époque des premières croisades, Budapest était cosmopolite par nécessité. Les Sarrasins (qu'on nommait plutôt « Ismaélites ») et les Juifs

1. *Choses cachées depuis la fondation du monde.*

y côtoyaient les populations serbes, bavaroises saxonnes au nom du commerce. Mais surtout la royauté hongroise pratiquait instinctivement depuis deux siècles une méthode très libérale, au sens économique, prescrite par son roi Étienne : l'assimilation des talents, l'ouverture résolue aux influences étrangères et l'usage du latin comme dénominateur linguistique commun. Le latin s'est perpétué dans l'administration hongroise jusqu'à la révolution de 1849 où il était encore la langue parlementaire officielle.

Sans doute les rois de la dynastie des Árpád avaient-ils, au début du XIIIe siècle, un autre souci, celui de nouer des liens suffisamment solides avec les dynasties européennes pour que les invasions venues de l'est soient considérées par leurs alliés comme une offense. Dans ce qu'on appelle aujourd'hui l'atlantisme, c'est-à-dire la solidarité aveugle avec les États-Unis, il y a quelque chose de voisin, quelque chose qui ne s'explique pas seulement par l'arrivée des chars russes en 1956 ou par l'invasion turque du XVIe siècle : il y a le souvenir primitif de la pression des envahisseurs venus de l'est. Après tout, l'installation des Hongrois sur le Danube a commencé elle aussi par une poussée vers l'ouest : la leur. Ils savaient que la méthode était à la portée d'un autre peuple.

Quand on a marié ses filles à la plupart des cours européennes, quand on a passé deux siècles à établir une cité marchande qui attire la moitié du continent, on voit d'un mauvais œil des miséreux sortis de la steppe menacer de vous renvoyer à la préhistoire.

C'est, précisément, ce qui guettait les descendants d'Árpád.

GILLES MARTIN-CHAUFFIER

LE ROMAN DE CONSTANTINOPLE

Extrait

Théodora
La putain de l'empire

Très vite, le monde fut au courant : la nouvelle capitale de l'univers s'appelait Constantinople. Jusqu'en Chine, on l'avait baptisée la « Ville des villes ». L'argent afflua. Grâce d'abord à la nouvelle monnaie impériale : le solidus. Constantin en avait fixé la teneur à 4,48 grammes d'or. En somme, il fallait 72 solidi pour obtenir 1 livre d'or. Comme l'argent valait un douzième de l'or, on fixa le montant de la seliqua d'argent à 2,24 grammes – soit un vingt-quatrième du solidus. C'était clair, l'administration veillait et le système allait durer mille ans. Alors que le monde se déchirait entre royaumes moribonds et hordes barbares incohérentes, une ville assurait à tous les riches de l'univers un havre de sécurité pour leurs biens. Cette monnaie fut le plus solide rempart de la capitale. Même ses pires ennemis redoutaient de l'abattre. Ils n'auraient plus su où placer le fruit de leurs rapines et de leurs conquêtes. La détruire eut été comme, aujourd'hui, anéantir la Suisse. Mieux valait lui faire peur, négocier et, éventuellement, la taxer d'un tribut annuel. Cela arriva souvent. Byzance acceptait toujours de payer. Ses trésors semblaient inépuisables. On ne prenait jamais sa solvabilité en défaut. Il faut dire que, dans un monde livré au chaos, Byzance s'était soumis à un dieu entièrement nouveau : l'administration.

L'Empire était réparti en provinces, divisées en préfectures, animées par un diocèse. Dans chaque ville, les fonctionnaires impériaux, les administrateurs régionaux et le clergé se répartissaient les tâches. On levait l'impôt, on ordonnait les grands travaux, on créait des écoles, on nourrissait les indigents. Si une guerre ravageait une province, on laissait passer l'orage puis on rebâtissait et on réorganisait. Les Wisigoths, les Ostrogoths, les Huns, les Slaves menaient des razzias puis partaient flamber leurs gains sans jamais jeter les fondations d'une force durable. Pendant qu'ils festoyaient, les bureaux de Byzance réunissaient des fonds, puis envoyaient de nouveaux responsables. Aucune victoire ennemie n'était solide, aucune blessure byzantine mortelle. Le monde se penchait sur chaque plaie pour la cicatriser avec de larges couches d'or. Tout le commerce de l'époque finissait par s'amarrer au long des docks de la Corne d'Or. Dès le ve siècle, les quais du port s'étiraient sur plus de quatre kilomètres. C'était le grenier de l'univers, sa banque, sa bijouterie et sa Bourse.

La mer Noire livrait esclaves, peaux ou cuir, et achetait étoffes, bijoux et vins. L'Égypte et la Syrie alimentaient la ville en blé et en céréales. L'Anatolie fournissait les chevaux et l'Afrique les chameaux. L'élevage était prospère. Dans tout l'Empire, on regorgeait de chèvres, de moutons et de porcs, de blé, de vignes et d'oliviers. Des Indes arrivaient par la mer Rouge les épices, l'encens et la soie. L'Éthiopie exportait son ivoire et la Bretagne fournissait de l'étain. Au port, on s'approvisionnait en myrrhe et en résine balsamique d'Arabie, en peaux de léopard de Nubie, en verrerie d'Alexandrie, en vases d'albâtre d'Égypte, en coton du Yémen, en laine du Pont-Euxin, en dattes de Carthage... Sur chaque matière première était prélevée une taxe et, bientôt, la plus précieuse d'entre elles, la soie, se transforma en fleuve d'argent pour le Trésor impérial. Quand des marchands volèrent des vers en Chine, le gouvernement s'en attribua le monopole et, pour des siècles, Constantinople se transforma en fournisseur exclusif de l'Occident. Les marchands byzantins constituaient la première et la plus efficace armée de l'Empire. Leurs agents travaillaient dans les pays ennemis et en connaissaient mieux les faiblesses et les divisions que leurs propres rois. À peine une tribu guerrière s'attaquait-elle à Byzance que celle-ci finançait des séditions en son propre sein. Le solidus était une arme bien plus fiable que l'épée ou l'arc, sa source avait une adresse, une seule : Byzance. Quand, après des siècles de triomphes, la victoire changera de camp, c'est parce que l'or aura élu un autre coffre de prédilection : ce sera Venise. Il faudra des marchands pour vaincre Byzance. C'est normal : il s'agissait du premier empire commercial de l'Histoire. Mais ces tristes revers sont encore loin. Au ve siècle, Byzance est à l'aube de son bonheur. Quand elle ne compte pas ses solidi, elle les dépense. Sans compter !

Soyons clairs : l'État est chrétien mais la société ne l'est pas encore. Partout on célèbre toujours les cultes anciens. Et puis les marchands qui accourent du monde entier ont leurs propres dieux. Le commerce s'accommode mal d'une trop grande intransigeance morale. Les débats doctrinaux agitent les abbayes mais la cité, elle, s'amuse. Byzance est catho, *ma non troppo*. Aux caravanes arrivées d'Orient, aux cavaliers barbares venus s'amuser, aux équipages en bordée, aux promeneurs et aux commerçants locaux, elle offre des jeux plus volontiers que des messes. Ses courtisanes règnent sur leurs nuits et, dans la journée, on rôde sans fin dans les superbes et licencieux thermes de chaque quartier. Les plus célèbres, ceux de Zeuxippos, ont effacé en somptuosité les thermes de Caracalla qui avaient fait de Rome la nouvelle Babylone. Ils sont gigantesques. Des forêts de colonnes supportent des cieux de coupoles et on se promène sur des hectares de marbres venus de toutes les contrées connues ou inconnues : malachite, onyx blond, serpentine, jaspe... Toutes les couleurs se mêlent, toutes les décorations et, surtout, toutes les peaux. On ne vient pas seulement pour nager et se faire masser. Des dizaines de marchands proposent leurs repas, leurs parfums ou leur cheptel. Quelques dizaines de jeunes gens s'entraînent nus au milieu de tous mais servent surtout de friandises pour l'œil. Une fois affamés par ces appâts bien huilés, les visiteurs s'isolent dans les centaines de niches avec les prostitués de tous sexes qui mènent ici commerce. Qui aurait envie de détruire une ville si plaisante? Où iraient-ils s'amuser, ces pauvres Goths, si on fermait le grand lupanar du Bosphore? Certainement pas chez eux. Alors qu'à Constantinople, la noce est chaque jour à l'affiche! C'est simple d'ailleurs: alors qu'Athènes a eu l'Agora et Rome le Forum, Byzance a l'Hippodrome. C'est le cœur de la ville. Gigantesque, il mesure 450 mètres de long et 120 de large. Sa piste fait 400 mètres. Cent mille spectateurs peuvent s'entasser sur ses gradins. On dirait une montagne. Des degrés les plus élevés, on aperçoit la mer et ses nuées de voiles. L'indignation des patriarches a eu raison des combats de gladiateurs mais le peuple s'est donné corps et âme à une nouvelle passion: les courses de chars. On parie des sommes folles sur les cochers venus s'affronter d'Alexandrie, d'Antioche ou de Carthage. Les enjeux donnent parfois lieu à des émeutes. Deux grands clans se partagent les gradins et la cité: les Bleus et les Verts. Rien n'est plus sérieux et l'État veille. Comme il y avait à Rome des tribuns de la plèbe, le palais nomme lui-même les chefs des deux grandes factions et leur confie des tâches officielles telles que servir dans la police urbaine et veiller à la construction, puis à l'entretien des murailles extérieures. Les Bleus (et leur sous-parti, les Blancs) sont plutôt favorables à l'aristocratie, aux grands propriétaires terriens et à l'orthodoxie religieuse grecque; par réaction, les Verts (et leur sous-parti, les Rouges) soutiennent volontiers les marchands et les industriels, les intérêts de la ville et les tendances plus ou moins hérétiques en vogue à Alexandrie. Sans, pour autant, que les positions soient figées. Si un empereur augmente les impôts sur le commerce mais s'oppose sur la doctrine au patriarche de Constantinople, il séduira d'abord les Bleus, puis les Verts avant, sans doute, de se mettre à dos les uns et les autres. La vie politique à Byzance est la même que partout ailleurs: fondée sur des convictions initiales qui se transforment vite en alliances de circonstances. La seule originalité fondamentale réside dans le lieu des débats: l'Hippodrome et il convient parfaitement à une civilisation joueuse et jouisseuse qui scintille au cœur d'un monde de brutes. Les tribunaux y siègent, les bourreaux y officient. Parfois on flambe un hérétique ; à l'occasion, un fonctionnaire vénal. À tout instant, il se passe quelque chose. Du reste, ici, aucune résolution n'est tranchée pour l'éternité. On discute de tout et tout est matière à débat. On n'ergote pas que sur la politique. Chaque faction a ses champions dans tous les domaines de la vie : les commerçants sont bleus ou verts comme le sont les acteurs, les musiciens, les peintres ou les mosaïstes. La sincérité n'a guère cours. On défend les couleurs du plus offrant. Éventuellement, on en change. C'est Byzance. Tout est possible. Et même que l'empereur soit une femme.

La première fut Eudoxie. D'une beauté stupéfiante, elle fut présentée à Arcadius, le fils de l'empereur Théodose, par un vieil eunuque qui comptait grâce à elle tirer les ficelles du prochain souverain, jeune homme fade que rien n'intéressait, surtout pas l'administration. Avec elle s'ouvre une lignée d'impératrices sensuelles et cruelles dont les doigts surchargés de bagues vont s'accrocher au pouvoir et le confisquer. Cynique, Eudoxie se coiffait exprès d'une frange longue jusqu'aux sourcils, jusque-là marque déposée des courtisanes. D'emblée, elle entra en conflit ouvert avec saint Jean Chrysostome, l'archevêque de Constantinople. Pour lui rappeler qui commandait, elle fit dresser une statue d'elle en argent devant la porte de Sainte-Sophie, puis elle l'exila. Le règne s'annonçait agité quand elle mourut d'une fausse couche.

Mais on n'en avait pas fini avec les illuminées. Après la furie, Constantinople put goûter aux charmes de la mystique. Pulchérie, la sœur de Théodose, successeur d'Arcadius, confisqua à son tour le pouvoir. La Cour se transforma en couvent. On priait toute la journée, on consacrait la soirée à tisser du linge pour les autels et tout passait par la très habile grenouille de bénitier qui sut détourner Attila de ses propres terres pour le jeter sur l'Occident. Quand Théodose mourut, affolée par la perspective de renoncer au pouvoir, elle épousa un vieux militaire du nom de Marcien et l'installa sur le trône en affirmant que son cher frère, sur son lit de mort, l'avait désigné. Résultat de cette longue communion avec l'Évangile, Pulchérie régna trente ans et Byzance prit goût à ces impératrices de l'ombre qui géraient l'Empire aussi bien, sinon mieux que leurs frères. Mais Byzance n'avait rien vu. Bientôt allait apparaître la plus inouïe des souveraines : Théodora.

Dans la constellation des femmes fatales arrivées au firmament par la voie lactée des orgies, elle brille comme la lune parmi les étoiles mais, à sa naissance, en l'an 500, aucun astre n'est penché vers elle. Nul dans sa famille n'a jamais circulé en litière armoriée. Sa mère n'a pas les jolies mains des patriciennes encombrées à ne rien faire. Elle est acrobate dans un cirque. Et son mari est dresseur d'ours pour les Bleus, à l'Hippodrome, où il leur arrive de loger sous une volée de marches. Seulement Théodora illumine très vite les pupilles de tous ceux qui la voient. Ses longs cheveux noirs brillants comme le satin, ses grands yeux sombres, vifs et malicieux, son teint pâle comme le lait qu'elle ne rehausse jamais d'aucun maquillage, la grâce voluptueuse de ses expressions, la douce langueur de ses gestes, tout est charme dans son corps menu et son visage de chipie enjouée. Dès douze ans, elle en est consciente. Tant mieux pour elle, d'ailleurs, car c'est l'âge auquel elle se retrouve orpheline. Sa mère succombe au cours d'une des émeutes religieuses qui agitent la ville lorsque celle-ci souhaite exprimer son mécontentement au gouvernement. Or, celui-ci exaspère le peuple. L'empereur, Anastase, est un vieux sénateur arrivé sur le trône à soixante ans grâce à une réputation de droiture et d'intégrité. Rien d'usurpé dans ces deux titres de gloire sauf qu'ils signifient d'abord parcimonie. Anastase déteste les dépenses. Il économise sur tout. À terme, cela arrangera tout le monde car, à sa mort, il laissera au Trésor impérial le solde inimaginable de trois cent vingt mille livres d'or. Pour l'instant, cela agace Byzance qui aime assumer son luxe. D'où ces émeutes et d'où la brutale solitude d'une petite fille qui, du jour au lendemain, doit faire face à la vie. Et y parvient sans peine. À quinze ans, Théodora est une des courtisanes les plus réputées de la ville. Elle est haute comme trois pommes, maigre comme un bâton de vanille et piquante comme le citron mais, pour finir, cette péronnelle moqueuse est infiniment appétissante et, de l'avis unanime de ceux qui y ont goûté, délicieuse. Je précise que ce ne sont pas les historiens officiels toujours prêts à embellir les dindons pour les voir en aigles qui évoquent ainsi Théodora. Même Procope, son pire ennemi, a accumulé les éloges dithyrambiques sur son charme. Ainsi que des ragots croustillants qui la rendent pour toujours odieuse aux yeux des honnêtes gens (c'est-à-dire les plus ennuyeux, les plus conformistes et les plus hypocrites de la ville) et à jamais exquise dans la mémoire des gens honnêtes (c'est-à-dire ceux qui admettent qu'on est d'abord sur terre pour profiter de la vie). Un soir, sur une scène où elle venait de donner un spectacle de mime, seulement vêtue d'une espèce de string médiéval, elle s'étendit au sol et fit verser par ses *boys* sur son mont de Vénus des grains que deux oies vinrent picorer un à un. Byzance en parle encore. Mais Théodora n'était pas seulement une prémonition des Blue-Bell Girls, c'était aussi une reproduction théâtrale de Messaline. La légende veut encore qu'un autre soir, lors d'un banquet qui dégénéra en marathon sexuel, elle ait écrasé la concurrence en épuisant dix invités, puis quinze domestiques avant de conclure par cet aveu dépité : « Quelle pitié que la nature ne m'ait dotée que de trois trous. Je me ferais bien percer les seins. J'ai encore faim. » Inutile de préciser que ce genre de formule trouve vite un public d'amateurs. La vivacité de son esprit était à la démesure de la souplesse des reins de Théodora. Tout le monde savait que de la plus profonde gorge de la ville sortaient aussi les remarques les plus fines. Au point que tous l'invitaient, intellectuels, patriciens, sages et même voyants. Plusieurs d'entre eux lui ayant annoncé un destin exceptionnel, elle crut l'heure des prédictions arrivée quand Hécébole, grand commis de l'État nommé gouverneur de Cyrénaïque, lui proposa de l'accompagner en mission : « Anastase, disait-il, n'en a plus que pour quelques mois. Je vais aller remporter quelques victoires faciles contre les

Vandales. Elles me vaudront la couronne et je déposerai celle de l'impératrice sur ton front. » Théodora y crut, vendit ses biens et sacrifia sa position à Constantinople au profit d'un vieil homosexuel qui se débarrassa d'elle en la vendant à un marchand d'esclaves. Par chance, il en aurait fallu plus pour la décourager et on la retrouva bientôt à Alexandrie. Mais, pour elle, ce furent trois années perdues.

Pour un autre, en revanche, ce furent celles de la montée vers la gloire. En effet, vers 515, un nom se mit à circuler en ville : Justinien. D'où sortait-il donc ? De nulle part ! Né dans un village d'Illyrie, il était venu à pied à Constantinople pour s'engager dans un régiment où Justin, un oncle à lui, servait comme officier. L'un et l'autre avaient de la boue aux pieds mais savaient se battre et Justin gravit vite les échelons de la hiérarchie. Dans un régime où chacun peut espérer la couronne impériale, passer pour un âne devient vite un atout. Justin en était un de première catégorie. Il se retrouva à la tête de l'armée. Aucun ministre ne craignait ce paysan mal dégrossi. Pour leur malheur, aucun ne vit que, derrière le balourd illettré, se tenait un aide de camp subtil, manœuvrier et d'une ambition sans bornes. Pour s'emparer de l'Empire, Justinien le confia d'abord à Justin. L'exploit est tel que la légende s'en est emparée. D'après elle, Anastase, indécis quant au neveu qu'il choisirait comme successeur, en invita deux à dîner et à dormir puis plaça un bijou sous l'oreiller de celui que le hasard désignerait ainsi. Mauvaise pioche : ses petits neveux étaient aussi les deux grandes tantes de la famille et couchèrent ensemble dans l'autre lit. Furieux, l'empereur décida que, le lendemain, il nommerait héritier le premier homme digne de ce nom qui pénétrerait dans sa chambre. Ce fut Justin, le chef de la garde.

C'est trop romanesque pour être vrai. Et les récits de l'époque racontent autrement la transition. Rien n'étant réglé à la mort de l'empereur, les Verts et les Bleus désignèrent chacun leur champion en quelques heures. Jean, un officier, pour les premiers, Patricius, un autre militaire, pour les seconds. La confusion était à son comble, le sang coulait déjà, l'Hippodrome grondait, le palais prit peur, on s'accorda sur le nom de celui qui n'inquiétait personne et que chacun manipulerait à sa guise : ce fut Justin. Autrement dit, Justinien. Du reste, il ne cacha pas son jeu. À peine son oncle sur le trône, il se fit nommer consul et, pour fêter cette distinction, offrit les jeux et les spectacles les plus somptueux qu'on ait jamais vus sur les rives du Bosphore. Mille ans après, on en parlait encore : leur coût s'éleva à trois mille sept cents livres d'or. L'hystérie atteignit de tels sommets qu'il fallut annuler les dernières courses de char. La ville était en transe. Elle avait perçu le message. Une ère nouvelle s'ouvrait. D'immenses aventures l'attendaient. Justinien serait le nouveau César. En effet !

Les choses étant claires pour tous, Justinien ne se hâta pas et laissa son oncle régner paisiblement tandis que lui-même plaçait ses hommes en prévision des grandes réformes qu'il comptait entreprendre. Le pouvoir sans l'intelligence est un cheval sans selle. L'intelligence sans le pouvoir est une selle sans cheval. Inculte, Justinien sut trouver dans les meilleures écoles les mandarins dont il avait besoin. Il y en eut trois qui restent inséparables de sa grandeur comme Sully et Olivier de Serres pavent la voie à la renommée, chez nous, d'Henri IV – ou comme Louvois et Colbert assurent celle de Louis XIV. Chargé des finances et de l'ordre public, Jean de Cappadoce, lui aussi de basse extraction, montra la plus grande rigueur pour obtenir de ses services les moyens financiers exigés par l'ambition sans bornes de son maître. Pour débroussailler la jungle des lois et des règlements issus des traditions grecques et romaines, Justinien appela Tribonien qui sabra sans pitié dans la jurisprudence et fixa le Code civil justinien qui, pour la première fois dans l'Histoire, arrêtait de façon indiscutable les droits et les devoirs de chaque citoyen – ainsi que les châtiments auxquels il s'exposait en enfreignant ces règies. Restait à trouver un stratège pour reconquérir l'Occident et refaire de la Méditerranée un lac impérial : ce fut Bélisaire, encore un homme nouveau, venu de Thrace, général inspiré et lieutenant éternellement fidèle même aux heures les plus frustrantes quand on se trouve confronté à l'ingratitude des maîtres qui ne pardonnent jamais rien à ceux auxquels ils doivent tout. Pour que le règne commence, il ne manquait que la future impératrice: ce fut Théodora. Justinien en était tombé amoureux fou. Toute la ville cancanait. Personne ne pouvait y croire. Surtout pas l'impératrice en titre.

Celle-là aussi, il fallait la voir pour le croire. Elle sentait encore la paille. Tous les parfums de l'Orient n'auraient pas effacé l'odeur de la ferme d'où un miracle l'avait sortie. Euphénie était esclave quand Justin l'avait rachetée pour l'épouser mais ce temps remontait loin et elle l'avait oublié. Comme ces anciennes femmes légères devenues sur le tard d'intransigeantes paroissiennes, cette parvenue jetait volontiers l'anathème sur les jeunes femmes tentées d'emprunter son propre parcours. Exaspérée, elle reprocha à Justin de salir à nouveau le nom qu'elle avait eu tant de mal à décrotter et s'indigna de voir arriver dans la famille une fille aux pieds encore poussiéreux. Cette pauvre paysanne ne connaissait même pas le nom de Périclès et ignorait que le plus grand des Grecs, lui aussi, avait vécu avec Aspasie, une courtisane. Ses pleurnicheries n'eurent aucun effet car, aux yeux de tous, c'était l'écurie qui se moquait de l'étable. Justin le sentit et donna son accord au mariage. Sur quoi, il ne lui restait plus qu'à mourir après neuf ans de règne paisible. Alors Théodora fut sacrée impératrice. Une audace dont Justinien fut vite récompensé. Cinq ans plus tard, en effet, sans elle, il aurait tout perdu.

Dès janvier 532, en effet, Byzance n'en peut plus de Justinien. Ses rêves d'empire universel passent complètement pardessus la tête de ses sujets. Ils ne voient qu'une chose : le préfet du prétoire, Jean de Cappadoce, les accable d'impôts. Et l'empereur ne les écoute pas. À Constantinople, Justinien ne veut voir qu'une tête, la sienne. Les Verts et les Bleus n'ont qu'à obtempérer. Pas question de perdre des jours à négocier pour jouer les uns contre les autres. Un seul mot d'ordre: silence dans les rangs ! Il se croit encore à l'armée. Malheureusement pour lui, il est dans une grande ville raffinée et richissime qui supporte mal ces manières de soudard. Au début de l'année, à l'Hippodrome, alors que Justinien pénètre dans la loge impériale, des huées submergent l'enceinte. Puis, une fois lancées les courses, aucun des affrontements habituels. Les Verts et les Bleus poussent le même cri : *« Nika, nika »* (« gagne, gagne »). Qu'est-ce que cela signifie ? Que peu importe le vainqueur, vert ou bleu, du moment que c'est un homme du peuple ! Byzance hurle sa haine à l'empereur. Et, sur-le-champ, s'enflamme. C'est une traînée de poudre. L'église Sainte-Sophie toute proche est incendiée. Puis la résidence de Jean de Cappadoce, et le Sénat. Et Sainte-Irène... C'est la révolution. Justinien est atterré. Retranché dans le palais, il cède à toutes les revendications et limoge Jean de Cappadoce et Tribonien. Mais le calme ne revient pas. Au contraire. Plus il cède, plus ses adversaires surenchérissent. Pire encore : à l'Hippodrome, la foule assied sur le trône et couronne du collier d'or Hypatios, un vieux neveu d'Anastase. Le régime s'effondre. Justinien est en train de signer son abdication quand, soudain, en grande tenue d'impératrice, vêtue d'une lourde robe de soie blanche brodée d'or, couverte de la longue cape pourpre agrafée à ses épaules par une énorme fibule d'argent, apparaît Théodora. C'est Minerve tout entière à sa rage attachée.

« Bande de lâches. Avez-vous oublié d'où vous sortez ? Laissez-moi vous le rappeler : du ruisseau ! Et si vous ne vous souvenez pas de l'horreur de n'être rien, moi je ne l'ai pas effacée de ma mémoire. Et je ne retournerai pas là d'où je viens. Soyez des hommes. Luttez. Vous entendez reconquérir Rome et vous ne pouvez même pas traverser la rue ! Qu'est-ce qu'un empereur qui tremble. Je te le dis, Justinien, ce n'est personne. Reprends-toi et balaye-moi cette racaille. Donne un ordre, un seul, à Belisaire et une mer de sang nettoiera la ville. Qu'as-tu à perdre ? Tout. Mais, d'abord, sache-le : moi ! La pourpre est le plus noble des suaires et je ne retirerai pas mes vêtements impériaux. Ni ne tolérerai que, jamais, on ne s'adresse à moi autrement que par mon titre. Tu t'appelles César. Eh bien, sois-le ! »

Et il le fut. Pour rompre le front ennemi, il convoqua les chefs bleus au palais tandis que Bélisaire bloquait toutes les issues de l'Hippodrome. Affolés à l'idée d'être trahis par leurs alliés, les Verts en pleine assemblée générale ne prirent pas garde aux mouvements de la troupe. Et ce fut le carnage. Le pire massacre civil de toute l'histoire de l'Empire romain. Trente mille morts. Plus un, le lendemain, Hypatios, que Justinien souhaitait gracier et que Théodora en personne envoya réfléchir à l'avenir au fond du Bosphore. Avec son frère, à tout hasard. Désormais les cartes étaient posées sur la table. L'État, c'était l'empereur. Et lui seul. Et cela pour encore trente-trois ans, jusqu'en 565. Dirigée d'une main de fer passée dans un gant d'argent, Byzance allait éblouir le monde.

À l'extérieur, d'abord. En moins d'un an, l'Afrique et Carthage furent reconquis et Gelimer, le roi vandale, défila enchaîné derrière le char de Bélisaire depuis la porte d'Or jusqu'au palais. Vint le tour de l'Italie, de la Sicile, de la Sardaigne et de la Corse. Puis celui du sud de l'Espagne. Un à un tous les dominos tombaient. On avait chassé les Goths vers l'Occident, on leur avait offert des royaumes, désormais on les massacrait et Byzance récupérait ses biens. Le triomphe était complet et, pendant toutes ces années, sur le Danube, les Slaves et les Bulgares bougèrent à peine. Même les Perses, les éternels et pires ennemis, observaient sans vraiment s'agiter. Dieu était avec Justinien. Il fut bientôt temps de l'en remercier. L'occasion, là encore, de proclamer à l'univers où se situait la « Ville des villes » !

Des chantiers s'ouvrirent dans tous les quartiers. On agrandit l'église des Saints-Apôtres qui servait de crypte impériale pour les souverains morts, on rebâtit Sainte-Irène, on éleva Saint-Serge-et-Bacchus mais, surtout, on offrit à la sagesse et à l'humanité le plus grand temple de la chrétienté : la nouvelle Sainte-Sophie. Ses deux architectes, Anthémios de Tralles et Isidore de Milet, ne reçurent qu'une instruction :

« Effacer des mémoires le temple de Salomon. » Pour les siècles des siècles, Constantinople devait abriter le plus sublime hommage au seul vrai dieu, le sien. Il n'y aurait aucune limite aux fonds disponibles. Menés par cent maîtres maçons, dix mille ouvriers furent affectés au chantier. À nouveau, toutes les provinces de l'Empire furent mises à contribution. Éphèse envoya huit colonnes de brèche verte enlevées au temple de Diane (une des Sept Merveilles du monde), Rome se sépara de celles enlevées autrefois par Aurélien au temple de Jupiter à Baalbek. Athènes, Delos, Antioche, l'Égypte, toutes sacrifièrent des parcelles de leur patrimoine. L'Empire ne parlait que du chantier. Les mieux informés murmuraient que l'empereur avait reçu lui-même les plans d'un ange. Sans doute un ange coupable du péché d'orgueil. L'église de plan carré (70 × 75 mètres) était entièrement tapissée de marbre et on vit se dresser mètre après mètre la plus énorme coupole de tous les temps. Pour ce dôme, les briques venaient spécialement de Rhodes où on les moulait dans une terre si légère que douze d'entre elles pesaient le poids d'une normale. En permanence, des prêtres priaient entre les établis. Et ils furent entendus. À soixante mètres du sol apparut enfin la fameuse coupole (de 32 mètres de diamètre et 33 mètres de haut). Grâce à quarante fenêtres percées à sa base, elle semblait suspendue au ciel par une chaîne d'or. C'était sublime. Et le reste de l'édifice était assorti. Iconostase en argent massif, autel incrusté de pierres précieuses et, pour éclairer le déambulatoire des cinq cents prêtres attachés au sanctuaire, d'innombrables lampes en or...

Constantinople crut que jamais sa puissance ne pourrait être plus grande. Elle se trompait. Des siècles plus tard, les empereurs macédoniens allaient la faire resplendir plus encore. Mais eux seraient de vrais Byzantins et leur ville serait définitivement devenue une capitale grecque. Tandis que Justinien, dernier empereur romain, écorcha toute sa vie la langue de Socrate. Grâce à lui, cependant, l'adieu à la civilisation des Césars fut grandiose. Jamais une disparition ne parut plus magnifique.

MICHEL GURFINKIEL

LE ROMAN D'ODESSA

Extrait

Richelieu

La statue de bronze, œuvre d'Ivan Martos, fut érigée en 1828, par souscription publique. Elle surplombe toujours, près de deux cents ans plus tard, le port d'Odessa, au débouché des Escaliers, ces deux cent vingt degrés de grès et ces treize paliers édifiés dans les années 1840, qui relient le front de mer aux quartiers hauts. Le personnage, debout sur un triple socle, est accoutré en empereur romain : il porte la toge, son front est ceint de lauriers. Un rouleau serré dans la main gauche, il désigne, de la droite, des bâtiments en demi-cercle bâtis par l'architecte Melnikov. Le 1er avril, jour des Fous, les écoliers s'amusent à colorier ses lèvres en rouge, à lui faire des moustaches. On ne leur en veut pas. On ne les empêchera pas, dans un an, de recommencer. Pourtant, le monument a quelque chose de sacré. Il a survécu aux guerres : le siège franco-anglais de 1854 (que rappelle un boulet de canon, encastré dans le socle), le Blitzkrieg allemand de 1941. Et aux révolutions : les bolcheviks – qui n'avaient pas épargné le mémorial, autrement imposant, de l'impératrice Catherine – n'ont pas eu le cœur de l'abattre en 1917, ni Staline dans les années 1930. C'est le véritable symbole de la ville, de son destin, de ses singularités, de ses espoirs sans cesse renouvelés.

Vu de près, les traits de l'homme de bronze sont empreints de noblesse, mais surtout de bonté. Il sourit. En dépit de ses habits à l'antique, ce n'est pas un tsar. Il n'est pas russe, ou ukrainien. Son nom, en caractères cyrilliques, étonne : Armand-Emmanuel, duc de Richelieu. Un Français. Descendant du cardinal. Rares sont ceux qui, dans le pays où il naquit, se souviennent de lui. Il y fut pourtant premier ministre. Mais ici, à Odessa, il était gouverneur. Si tant est que ce titre, dans son cas, signifie quelque chose. Catherine avait été le père d'Odessa, qu'elle créa en un instant, le temps de signer un oukaze. Richelieu, par une étrange inversion des rôles, en fut la mère : il porta la cité dans son sein, dans ses bras, de 1803 à 1814, la nourrit, la fit grandir, la cajola. Incroyable gouverneur, en vérité, qui vivait dans une maison délabrée à un seul étage, écrivait son courrier lui-même, se promenait sans escorte, et quitta ses fonctions aussi pauvre qu'en y arrivant. Étonnant gouverneur qui, aux marches d'une Russie despotique et aux lisières de l'Orient fataliste, inventait une sorte d'Amérique, où les hommes, soudain égaux, étaient libres d'entreprendre, de s'enrichir, de prier selon leur conscience, de poursuivre le bonheur à leur guise.

Le Palais d'Hiver

« Monsieur, veuillez me suivre auprès de Sa Majesté. » L'officier, fort grand, élancé, le cheveu noir et bouclé, le nez aquilin, un ruban jaune et noir au travers de la poitrine, se lève et suit le ministre de l'Intérieur, le gros, gras et affable Kotchoubey, à travers les longues galeries ensoleillées du Palais d'Hiver. Devant chaque porte, des cuirassiers, perruqués et bottés, sabre au clair, le torse bardé d'acier, et des laquais à la livrée écarlate, perruqués et gantés de blanc, qui livrent le passage avec des gestes d'automates. Le tsar Alexandre, en uniforme blanc et ruban bleu, les yeux globuleux mais incroyablement clairs, est debout près de la fenêtre, les mains derrière le dos. Il se retourne :

– Richelieu, mon ami, venez.

Les deux hommes se donnent l'accolade. Kotchoubey sourit avec onction.

– Le Premier Consul n'a donc pas voulu de vous. Je le regrette pour votre épouse et votre famille, qui auraient préféré vous garder auprès d'elles. Je m'en réjouis pour la Russie.

– Sire, il voulait un esclave. Je ne pouvais être qu'un sujet dévoué, mais libre.

– Je sais tout cela. Mon ambassadeur, qui n'a pas été économe de ses efforts auprès du Premier Consul en ce qui vous concerne, m'en a rendu compte. Je sais qu'on vous demandait de renoncer à votre grade de lieutenant – général de l'armée russe, comme si vous ne l'aviez pas conquis par votre valeur, et que vous refusâtes. Il n'est de liberté, Richelieu, qu'au sein des monarchies bien établies. C'est le meilleur de vos philosophes, Montesquieu, qui l'a dit.

– Sire, Bonaparte finira roi. Et je crains que sa monarchie ne dure quelque temps. Mais il ne rendra pas leur liberté aux Français.

– Mon ami, j'ai de grands projets. Je veux continuer l'œuvre de ma grand-mère Catherine, fonder l'État sur le droit et non sur le caprice, élever l'esprit public, assurer la prospérité de mes peuples. Mon père Paul, qu'il repose en paix au sein de Jésus-Christ, négligeait la Nouvelle-Russie, qui est pourtant la plus belle province de l'Empire ; je veux la mettre en valeur, la coloniser, la civiliser. Ayez la bonté de m'aider dans cette tâche, puisque vous êtes à nouveau disposé à me servir.

– Sire, je suis à vos ordres.

– Je vous donne le gouvernement d'Odessa. Y êtes-vous allé ?

– Jamais, Sire. Après la prise d'Ismaïl, en 1791, je n'ai pas passé le Dniestr.

– L'amiral de Ribas, qui en avait été le premier gouverneur, me parlait de six cents maisons de pierre, de casernements qui peuvent héberger dix mille hommes, d'une amirauté, de magasins regorgeant de sel et de vin, d'une douane, d'une Bourse. Pauvre Ribas, cela fait deux ans qu'il est mort. Des voyageurs anglais me décrivent aujourd'hui une sorte de campement grouillant de Grecs et de juifs, des chantiers abandonnés, une forteresse en ruine, un simple môle au milieu de la mer. Que dois-je penser, qui dois-je croire ? La seule chose dont je sois assuré, ce sont les armoiries que mon père Paul a octroyées à la ville : mi-partie à l'aigle impériale bicéphale, et mi-partie à l'ancre de marine. Si Odessa est telle que Ribas le dit, vous êtes un homme heureux. Si elle ne l'est pas, vous êtes deux fois heureux, car c'est à vous qu'il reviendra de la bâtir.

– Quand dois-je partir ?

– Le temps que les décrets soient signés, que le Sénat les enregistre, qu'un premier courrier parvienne sur place, qu'on prépare votre accueil, qu'un tailleur vous habille, que le Trésor impérial verse ce qui sera nécessaire à votre fonction. Quelques semaines.

DANIEL VERNET

LE ROMAN DE BERLIN

Extrait

Rosa la Rouge

En août 1914, l'Allemagne unanime ou presque se jette dans la guerre. Comme en France, les socialistes, on les appelle ici sociaux-démocrates, sont pacifistes jusqu'à la déclaration des hostilités. Une fois la mobilisation proclamée, ils ne veulent pas passer pour des traîtres à la patrie. D'autant que depuis l'époque de Bismarck, ils sont surnommés par la bourgeoisie et les junkers les *Vaterlandslosengesellen*, les « sans-patrie », à cause de leurs idées internationalistes. Ils sont réticents à voter les crédits de guerre, mais petit à petit ils se font une raison et rejoignent la droite. Seul un petit groupe, à la gauche de l'Internationale socialiste, dénonce la « capitulation » des dirigeants ouvriers qui, dans tous les pays capitalistes, ont serré les rangs derrière leurs gouvernements. Dans ce petit groupe, une jeune juive polonaise, qui habite en Allemagne depuis 1898. Rosa Luxemburg jouera un rôle éminent dans la révolution de 1918 à Berlin. Avec son amie Clara Zetkin et Karl Liebknecht, elle est marginalisée dans le SPD. Après la déclaration de guerre, Rosa est tellement déprimée qu'elle s'enferme plusieurs jours dans sa chambre et pleure sans retenue.

L'heure est à l'union sacrée. Il ne s'agit pas seulement d'un affrontement entre puissances qui se disputent des territoires ou l'hégémonie européenne. Il s'agit d'un conflit de civilisation, un choc des cultures, entre l'Occident et les empires centraux, entre la France révolutionnaire et la *Kultur* germanique. L'historien allemand Georg von Below le décrit ainsi : « Les événements de la guerre mondiale ont mis en évidence l'effondrement des idéaux de la Révolution française. Les idéaux de liberté, d'égalité et de fraternité ont été vaincus par les idées de 1914 : devoir, ordre et justice. » Le grand écrivain Thomas Mann s'acquitte aussi de son « service intellectuel armé ». Dès 1914, il compare la guerre contre les Anglo-Français au combat mené par Frédéric le Grand dans la guerre de Sept Ans contre une puissante coalition d'ennemis. En décembre 1917, quand s'engagent entre l'Allemagne et la jeune Russie soviétique les négociations devant mener à la paix de Brest-Litovsk, Thomas Mann pense que les choses rentrent dans l'ordre : c'est contre l'Occident et sa démocratie que se concentre la lutte, « uniquement contre l'Ouest, contre les trois pays libres, contre la "civilisation", la "littérature", la politique, le bourgeois rhétorique... ». Selon lui, l'Allemagne a plus d'affinités avec la Russie de Dostoïevski qu'avec l'Occident. Le comte Harry Kessler, un amateur d'art cosmopolite qui sera un des personnages phares du Berlin intellectuel des années 1920 et se présentera alors comme un internationaliste libéral, professe encore un nationalisme conservateur. Il participe à l'explosion de joie qui accueille l'annonce de la mobilisation générale. Des milliers d'hommes, et pas seulement des jeunes, n'ont rien de plus pressé que de s'engager. Ils assiègent les bureaux de recrutement et soupirent comme Harry Kessler, après avoir reçu leur paquetage : « On respire, la pression et la chaleur étouffante se dissipent, remplacées par une froide détermination. »

Deux grandes figures féminines

Cependant la victoire des « idées de 1914 » devait être de courte durée. L'exemple de la Révolution russe, la famine de l'hiver 1916-1917, les conditions de travail de plus en plus dures dans les usines d'armement, tout concourt à une radicalisation des ouvriers qui recommencent à se montrer attentifs à la propagande de la gauche socialiste. Le Reich est chancelant, la défaite inévitable, la révolution en marche. Rosa Luxemburg en sera l'égérie. Dans son *Histoire de l'Allemagne*, Joseph Rovan, qui n'a pourtant aucune sympathie pour le radicalisme révolutionnaire, n'hésite pas à la comparer à Marie-Thérèse, montée sur le trône de Hongrie et de Bohême en 1740, en même temps que Frédéric II, dit le Grand. Cette archiduchesse d'Autriche, plus tard impératrice, est une femme pieuse, mère d'une famille nombreuse. Et pourtant, écrit Rovan, Marie-Thérèse et Rosa Luxemburg « sont les deux seules grandes figures politiques féminines de l'histoire allemande qui ne compte ni grandes reines, ni grandes favorites, ni plus tard de grandes dirigeantes démocratiques ».

Rosa Luxemburg – à l'époque elle s'appelle Rosalia Luksenburg – est née le 5 mars 1870 à Zamosc, une petite bourgade proche de Lublin, en Pologne, alors partie de l'empire tsariste. Sa famille est un îlot de culture dans une ville pauvre, étriquée. Son grand-père a amassé une petite fortune dans le commerce du bois, ce qui lui a permis de fréquenter la noblesse et de voyager à l'étranger, en Allemagne. Se sentant étranger à la foi juive orthodoxe et aux rigueurs du ghetto, il a voulu donner à ses enfants une éducation moderne. Le père de Rosa a fait des études en Allemagne, à Berlin et à Bromberg, où il s'est frotté aux idées libérales et à la littérature de l'Europe occidentale. La plus jeune de cinq enfants, Rosa a une enfance heureuse, certainement pas typique des petits juifs des ghettos d'Europe centrale, même si quand elle sera au lycée à Varsovie, une sorte de triple oppression la portera de la rébellion adolescente vers la révolte politique. « Elle appartenait au peuple russe enchaîné par le tsarisme, au peuple polonais écrasé par la domination étrangère et à la minorité juive foulée aux pieds », note son compagnon d'armes et biographe Paul Frölich. Quand elle a trois ans, ses parents quittent Zamosc pour la capitale afin de pouvoir donner à leurs enfants une meilleure éducation. Rosa est handicapée par une légère disgrâce physique. Quand elle était petite, une douleur à la hanche a été prise pour une tuberculose osseuse, a été mal soignée et depuis Rosa est affublée d'une claudication qui ne l'empêche pas d'aimer l'activité physique et les longues promenades dans la nature.

Au lycée, elle se joint à un petit groupe de jeunes socialistes. La police veille. Pour ne pas être déportée en Sibérie, Rosa doit fuir à l'étranger. Le passage de la frontière ne peut se faire que clandestinement. Il faut user d'un stratagème. Le chef du parti socialiste va voir un prêtre. Il lui explique qu'une jeune fille juive veut se convertir au catholicisme, mais qu'elle ne peut le faire qu'à l'étranger étant donné l'hostilité de sa famille. Le curé se laisse convaincre. Rosa passe la frontière cachée sous la paille d'une charrette de paysan.

Un beau jeune homme à la barbe blonde

Elle commence des études à Zurich qui est alors, en 1890, le lieu de rassemblement le plus important de l'émigration polonaise et russe, « l'université de la jeunesse révolutionnaire », dit Paul Frölich. Elle loue une chambre d'étudiante dans une famille de sociaux-démocrates allemands, Karl et Olympia Lübeck. Peu de temps après, arrive à Zurich Leo Jogiches, un beau jeune homme au collier de barbe blond, un révolutionnaire professionnel, un organisateur hors pair, entretenu par sa famille, et dont Rosa tombe amoureuse. Elle partagera sa vie pendant dix-sept ans, acceptant ses conseils, ses remontrances, au gré des rencontres et des séparations, des missions et des prisons. Elle collabore au journal *Sprawa Robotnicz* (la « Cause ouvrière »), destiné au public polonais.

À Zurich, Rosa écrit sa thèse de doctorat sur le développement industriel de la Pologne. En 1896-1897, elle passe quelques mois à Paris où elle se lie d'amitié avec l'ancien communard Édouard Vaillant et soutient la fraction de Jules Guesde contre Jean Jaurès au sein du parti socialiste. Elle n'en admire pas moins le directeur de *L'Humanité*. « C'est sûrement un beau type d'homme, écrit-elle, ouvert, naturel, débordant de chaleur intérieure et d'intelligence. » Elle n'est pas mécontente de quitter Zurich et le milieu des émigrés qui grouille de magouilles et bruit de rumeurs. Un moment, Rosa Luxemburg passe pour une agente de l'Okhrana, la police politique russe, très implantée à l'étranger. À un autre moment, on l'a dit dans les meilleurs termes avec le colonel de gendarmerie de Varsovie, Markgravsky. Même le vieux Wilhelm, le père de Karl, semble ajouter foi à ces ragots.

Rosa arrive en mai 1898 dans la capitale de la Prusse et du Reich. Le Berlin de l'époque wilhelmienne est une grande métropole, une ville industrielle où le prolétariat s'est développé dans toutes les directions, produisant comme des polypes les cités ouvrières. Les fameuses *Mietkasernen*, ces immeubles de location autour des enfilades de cours, typiques de l'architecture berlinoise, accueillent cette nouvelle main-d'œuvre. Plus que la Russie agraire, encore marquée par le féodalisme, l'Allemagne semble être le laboratoire de la révolution prolétarienne annoncée par Marx et Engels. En Prusse, toute activité politique est interdite aux étrangers. Pour tourner la difficulté, Rosa contracte un mariage blanc avec Gustav Lübeck, le fils de ses logeurs de Zurich qui sont devenus ses amis. Ayant acquis la nationalité prussienne, elle se sent plus libre de sacrifier à son esprit militant. Elle est très bien accueillie à Berlin où son sens critique, son talent oratoire, fondé sur des raisonnements impeccablement logiques plus que sur une rhétorique fleurie, et sa capacité théorique font merveille auprès de ses camarades de la gauche sociale-démocrate. Leo Jogiches, qui est resté à Zurich, en ressent quelque amertume. Le succès de Rosa, ses liens d'amitié avec les grands noms de la social-démocratie allemande, August Bebel, Franz Mehring, Karl Kautsky, le rendent un peu jaloux pour des raisons politiques. Et d'un point de vue sentimental, il a peur de la perdre. En septembre, Rosa travaille au *Sächsische Arbeiterzeitung* puis prend la direction de *Neue Zeit* (« Temps nouveau »), la revue théorique du SPD. Cette activité journalistique lui permet de gagner sa vie et d'entretenir sa maison.

Exigeante avec les domestiques

Elle habite d'abord, au numéro 58 de la rue Cranach, un appartement qu'elle aime bien mais qu'elle doit quitter en 1911 à cause de la circulation et du bruit. Elle s'installe alors dans le quartier périphérique de Südende, jusqu'en 1916, avec quelques interruptions pour des voyages à l'étranger, notamment en Pologne au moment de la révolution russe de 1905, ou pour quelques séjours en prison. Son ménage est tenu comme celui d'une bonne bourgeoise allemande. Les domestiques lui coûtent cher, mais elle tient à ce que l'ordre règne dans sa maison et elle est très exigeante avec ceux qui la servent. Sa domestique préférée, Gertrud Zlottko, la quitte à plusieurs reprises et cependant elle lui revient toujours. Un ami, Hannes Diefenbach, avec lequel elle entretiendra une liaison platonique bien qu'elle rêva de partager avec lui une vie amoureuse, lui a légué par testament une coquette somme d'argent qui devait être administrée par un tiers, « car ma très chère amie, écrit Diefenbach, n'est pas aussi généralement douée pour l'économie privée que pour l'économie politique ». On pense à la boutade attribuée à la mère de Marx. Elle trouvait que son fils aurait été mieux inspiré d'amasser du capital plutôt que de l'écrire...

Rosa Luxemburg a laissé des lettres charmantes et touchantes qu'elle adressait à ses ami(e)s ou à ses amants. De Paris, le 5 avril 1894, elle écrit à Leo Jogiches qu'elle appelle « petit singe » : « Mon chéri ! Nous ne nous embrasserons pas tout de suite et ne dirons pas un mot, car les mots n'expriment rien et ne font qu'affadir les sentiments. Simplement nous courrons chez nous, nous nous regarderons et nous nous sourirons. Et à la maison, nous nous asseyons sur le sofa et nous nous étreignons... et je fondrai en larmes tout comme en ce moment. » À son amie Mathilde Jacob, elle écrit en 1915 de la prison de la Barnimstrasse : « Un merci tout particulier pour les fleurs ; vous ne savez pas le plaisir que vous me faites. C'est que j'ai la possibilité de m'adonner à nouveau à la botanique, ce qui est ma passion et la meilleure détente après le travail. Je ne sais pas si je vous ai déjà montré mes herbiers où, à partir de mai 1913, j'ai classé à peu près deux cent cinquante plantes, toutes magnifiquement conservées [...]. L'hépatique mise à part, toutes les autres fleurs étaient très correctement pressées, ce qui est très important quand on herborise. »

Son amour pour Leo Jogiches cesse brusquement en 1907 quand elle apprend que cet homme tout entier tourné vers l'action politique, extrêmement discret sur ses sentiments et ses pensées intimes, partage ses secrets avec une autre femme. Lui ne veut pas rompre et, pendant plusieurs années, ils font comme s'ils étaient toujours ensemble, vis-à-vis de leurs camarades de parti. Pour Rosa, il est très pénible de continuer à fréquenter, pour des raisons politiques, un homme avec qui elle a rompu pour des raisons personnelles. Mais cette comédie lui permet de séparer sa vie privée et sa vie publique. Au cours de la Première Guerre mondiale, l'ancienne camaraderie se remit à vivre. Leo Jogiches ne survécut que quelques mois à Rosa. Mais il les utilisa à rechercher ses assassins pour qu'ils soient punis et à veiller à ce que ses idées restent vivantes.

Une liaison secrète

Après la rupture avec Jogiches, Rosa noue une relation avec le fils de son amie la plus proche, Clara Zetkin. Costia Zetkin, qu'elle a connu enfant, a treize ans de moins que sa maîtresse. À la demande de Rosa, leur relation reste secrète, pour éviter les commentaires désagréables dans le parti et les basses attaques dans la presse « bourgeoise ». Costia partage tous les penchants de son amie. Alors que Leo Jogiches détestait les promenades et les animaux, il adore la nature. Ils rêvent de voyages lointains, ils rêvent de l'Afrique. Ils ne dépasseront pas Gênes et la Corse. Par deux fois, elle lui rend sa liberté. Par deux fois il revient, jusqu'à la rupture définitive de 1912. C'est un peu le rouge et le noir, reconnaît

Rosa. Elle aura une dernière liaison pendant quelques mois, en 1914, avec son avocat et camarade de parti, Paul Levi.

Les amours n'empêchent pas l'activité militante et la réflexion théorique. Rosa Luxemburg écrit des essais sur le marxisme, polémique avec les grands dirigeants de l'Internationale socialiste, dont Lénine, développe des idées originales sur la question nationale. Elle défend la liberté de parole et de pensée, au moins au sein du mouvement ouvrier. Sa phrase la plus souvent citée, qui sera reprise quelque quatre-vingt-dix ans plus tard par les manifestants de Berlin-Est contre les dirigeants communistes de RDA, donne lieu à des malentendus : « La liberté de penser, c'est toujours la liberté de celui qui pense autrement », disait Rosa Luxemburg, sans pour autant défendre les « libertés bourgeoises formelles ». Son objectif, c'est la révolution socialiste, la dictature du prolétariat. Pour y parvenir, elle ne rejette pas le recours à la guerre civile qui, pour elle, n'est qu'une forme de la lutte des classes. Si elle critique Lénine et les bolcheviks, après 1917, c'est pour avoir supprimé toute discussion à l'intérieur du mouvement ouvrier russe et pour avoir mis en place, après la révolution d'Octobre, un système de dictature du prolétariat devenu une dictature *sur* le prolétariat.

Sur le modèle des soviets

À la fin de 1918, la révolution semble être à l'ordre du jour aussi en Allemagne. La défaite qui se profile jette des soldats et des marins désœuvrés dans les rues des grandes villes. À Berlin, un mélange de revendications matérielles et slogans politiques pousse à la formation de conseils d'ouvriers et de soldats, sur le modèle des soviets russes. Rosa Luxemburg est encore en résidence surveillée. Karl Liebknecht, l'autre dirigeant du groupe Spartakus, qui s'est formé à la gauche du parti social-démocrate indépendant (USPD), en rupture de ban avec la social-démocratie officielle, a été libéré de prison le 23 octobre à la suite de l'amnistie décidée le 12 du même mois par les gouvernements de Prusse et d'autres États allemands. Liebknecht est accueilli à Berlin, à la gare d'Anhalt, par une foule immense et immédiatement conduit à l'ambassade des Soviets au numéro 7 de l'avenue Unter den Linden, qui est l'ambassade russe depuis 1913.

L'amnistie ne vaut que pour les condamnés. Comme elle est simplement en résidence surveillée, Rosa Luxemburg doit attendre quelques jours avant d'être relâchée de la forteresse de Breslau où elle se morfond depuis deux ans. Pendant ce temps, à Berlin, les événements se précipitent. La grève générale est déclarée tandis que les dirigeants modérés du parti social-démocrate négocient tous azimuts sur leur droite avec ce qui reste du pouvoir impérial pour assurer un transfert pacifique de l'autorité. Les socialistes « majoritaires » sont entrés dans le dernier gouvernement formé par l'empereur Guillaume II sous la direction du chancelier Max von Bade. Après la fuite du souverain en Hollande, c'est ce dernier qui remet le pouvoir au chef du parti social-démocrate, Friedrich Ebert, en lui disant : « Je vous remets le sort de notre Reich allemand. » L'ancien ouvrier lui répond sobrement : « À ce Reich, j'ai donné deux de mes fils. »

Sur leur gauche, les socialistes modérés négocient avec les responsables du soulèvement pour tenter d'éviter les débordements. C'est peine perdue. Le 9 novembre, du haut du balcon du château des Hohenzollern, symbole de la Prusse royale et impériale occupé par les soldats et les marins révoltés, Karl Liebknecht proclame la République socialiste. À quelques centaines de mètres de là, dans le Reichstag où le groupe parlementaire SPD siège sans désemparer, Philipp Scheidemann, qui fait partie du gouvernement provisoire aux côtés d'Ebert, proclame quelques minutes plus tard, au nom de son parti, la République démocratique afin de prévenir une prise du pouvoir par les plus radicaux. Le 11 novembre, le député centriste Matthias Erzberger, auteur l'année précédente d'une proposition de paix sans annexion, signe l'armistice. Il sera assassiné par l'extrême droite en 1922, notamment pour avoir accompli ce geste.

Les corps francs

La confusion est à son comble. « Tout le pouvoir aux conseils d'ouvriers et de paysans », tel est le mot d'ordre des sociaux-démocrates de gauche et du groupe Spartakus. Quand Karl Liebknecht lance ce slogan, « ce fut comme un éclair qui jaillit dans le cerveau » d'Édouard Bernstein, le père des sociaux-démocrates modérés, qui est pourtant encore membre de la fraction des indépendants. « Il va nous apporter la contre-révolution », poursuit-il. Pourtant les conseils soutiennent le gouvernement provisoire que viennent de former les sociaux-démocrates modérés, avec à leur tête Friedrich Ebert, qui sera le premier président de la République de Weimar. La majorité de ces conseils est composée de membres du SPD et de civils qui ne sont pas engagés politiquement, mais qui sont plutôt modérés voire conservateurs. Ils ne veulent pas des extrémistes en leur sein, et en tout cas pas de Rosa Luxemburg, déjà surnommée « Rosa la Sanguinaire » par la presse de droite et même par celle du SPD. Ils lui rappellent ses écrits : « L'idée qu'on puisse introduire le socialisme sans lutte des classes, par une décision parlementaire majoritaire, est une illusion petite-bourgeoise d'un ridicule achevé. » La question qui se pose est l'élection d'une Assemblée constituante. L'extrême gauche se prononce pour le boycottage du scrutin, contre l'avis de Rosa Luxemburg. Les conseils soutiennent le gouvernement provisoire qui s'efforce de canaliser le mouvement populaire et commence à rassembler des forces pour le mater si nécessaire ; ce seront les corps francs du ministre social-démocrate Gustav Noske, ouvrier imprimeur devenu commissaire du peuple – c'est ainsi qu'on nomme les ministres – à la Défense. Ebert proclame que la tâche la plus urgente du gouvernement est de rétablir l'ordre.

Les marins mutinés prennent le gouvernement en otage, à la veille de Noël 1918.

La révolution spartakiste est en marche. Il serait toutefois faux de s'imaginer que Berlin est à feu et à sang. La vie et la belle vie continuent. Le comte Harry Kessler écrit dans son journal : « Pendant ces événements sanglants, le marché de Noël se poursuit imperturbablement [...]. Les magasins sont ouverts, les bijoutiers d'Unter den Linden font leurs affaires. » L'industrie du divertissement bat son plein, même si beaucoup d'artistes sont en grève. « À côté, les morts s'entassent dans les écuries et pendant la nuit de Noël les plaies fraîchement ouvertes du château et de l'État allemand sont béantes », poursuit Kessler. Le jour même de Noël, les spartakistes organisent une manifestation monstre dans le centre même de Berlin, avec comme point d'orgue l'occupation des locaux du *Vorwärts*, le journal du SPD, dans la Wilhelmstrasse. En représailles, les locaux du KPD, dans la Friedrichstrasse, sont pris d'assaut, mis à sac et démolis. Après la description de la situation, Harry Kessler tente une analyse. Le « cœur du problème politique », dit-il, est la question de savoir « s'il y a encore quelque part quelque troupe utilisable et fiable. Ou bien, si ce n'est pas le cas, si on peut acheter et corrompre les matelots, afin qu'ils se retirent. Byzance ! » Il compare le soulèvement à un coup de canif dans la peau d'un éléphant, « il vacille mais il continue d'avancer comme si de rien n'était. » Cette appréciation date du 17 janvier 1919. Karl Liebknecht et Rosa Luxemburg sont morts depuis deux jours. Début janvier, en effet, le soulèvement est général, bien que Luxemburg l'ait jugé prématuré. Mais le 4 janvier, le préfet de police Emil Eichhorn, proche de la gauche sociale-démocrate, a été démis de ses fonctions parce qu'il se refusait à exécuter les consignes du gouvernement pour le rétablissement de l'ordre. Malgré les injonctions officielles, il reste à son poste et l'incident met le feu aux poudres, sans que ni les autorités ni les insurgés ne maîtrisent la situation. Mathilde Jacob, l'amie de Rosa Luxemburg, qui fut longtemps sa secrétaire, racontera plus tard l'atmosphère de Berlin : « Dans la Friedrichstrasse et sur Unter den Linden, il y avait foule. Pas des promeneurs, pas les flâneurs habituels mais des masses de gens discutant politique ; la joie se lisait sur les visages. »

La situation n'est pas partout aussi pacifique. Les journaux sociaux-démocrates et les publications « bourgeoises » sont occupés par les manifestants. Des informations erronées affirment que tous les régiments et les garnisons autour de Berlin sont prêts à se soulever. Karl Liebknecht est euphorique. « Dans cette situation, proclame-t-il, il ne faut pas seulement parer le coup contre Eichhorn, car le renversement du gouvernement Ebert-Scheidemann est possible et absolument nécessaire. » Mais le 11 janvier, les troupes fidèles au pouvoir reprennent le contrôle des bâtiments occupés. Les corps francs marchent sur Berlin. La tête des dirigeants spartakistes est mise à prix. Le caricaturiste Georg Grosz, qui soutient les communistes, raconte qu'il n'échappe à l'arrestation qu'en changeant chaque soir de logement. C'est aussi le cas pour Rosa Luxemburg et Karl Liebknecht. « La révolution prolétarienne ne peut accéder à une totale lucidité et maturité qu'en gravissant pas à pas, par degrés, l'amer Golgotha de ses propres expériences, en passant par bien des défaites et des victoires. La victoire de la ligue spartakiste ne se situe pas au début mais à la fin de la révolution : elle s'identifie à la victoire des millions d'hommes qui constituent la masse du prolétariat socialiste », écrit Rosa Luxemburg comme si elle entrevoyait déjà la défaite, provisoire peut-être mais prochaine. Rosa trouve refuge chez un médecin ami, près de la porte de Halle, puis avec Karl Liebknecht dans un appartement de Neukölln, avant de se retrouver dans le quartier bourgeois de Wilmersdorf, au numéro 53 de la Mannheimerstrasse, où des mouchards les donnent à la police. Ils sont arrêtés, le 15 janvier au soir, en même temps que Wilhelm Pieck, qui sera, après la Deuxième Guerre mondiale, le premier président de la République démocratique allemande. Ils sont amenés à l'hôtel Eden, (c'est le quartier général des corps francs), aujourd'hui le Grundkreditbank, dans la Budapesterstrasse. pour y être interrogés par le capitaine Waldemar Pabst, un homme mal dégrossi qui sera plus tard un nazi actif avant de devenir un marchand d'armes prospère en Allemagne de l'Ouest. Wilhelm Pieck, qui a des faux papiers et qui est peu connu, s'en tire. Cela lui sera reproché plus tard, dans les batailles internes au parti communiste allemand. Des soupçons, jamais vérifiés, laisseront entendre qu'il avait été élargi pour avoir donné ses compagnons de lutte.

À coups de crosse

Pabst confie Luxemburg et Liebknecht à ses hommes avec mission officielle de les amener à la prison de Moabit. En sortant de l'hôtel, les deux prisonniers sont frappés à coups de crosse de fusil par un soldat embusqué derrière une porte. Leurs corps inanimés sont jetés dans deux voitures. La première, dans laquelle se trouve Liebknecht, se dirige vers le Tiergarten. À la hauteur du Neuer See, il est sorti du véhicule, traîné sur quelques mètres et tué. Officiellement, ce sera « au cours d'une tentative de fuite ». Rosa Luxemburg est déjà à moitié morte quand elle est mise dans la voiture où un soldat l'achève d'une balle dans la tête. Son corps est jeté depuis le pont de Liechtenstein dans le canal de Landwehr. Le 16 janvier, le quotidien officiel du parti social-démocrate, *Vorwärts*, est le premier à annoncer la mort de Liebknecht et Luxemburg, tuée « par une foule déchaînée ».

En mai 1919, le jeune Felix Gilbert, treize ans, qui fait partie d'un petit groupe de curieux, est témoin de la manière dont un cadavre est retiré de l'eau trouble. C'est le corps, méconnaissable, de Rosa Luxemburg.

Elle ira rejoindre le 13 juin, au cimetière de Friedrichsfelde, ses camarades spartakistes morts pendant la révolution avortée. Le 25 janvier, Karl Liebknecht et trente et une victimes y avaient été inhumés. Au côté du cercueil de

Liebknecht on avait fait descendre un cercueil vide, celui de Rosa Luxemburg.

Le 13 juin 1926, un monument était inauguré à Berlin à la mémoire de Rosa Luxemburg, Karl Liebknecht et Franz Mehring. Rasé par les nazis, il a été reconstruit du temps de la RDA. Tous les 15 janvier, pour l'anniversaire de la mort de Liebknecht et Luxemburg, une manifestation organisée tout à fait officiellement par les autorités communistes avait lieu à Berlin-Est. Dans les dernières années d'existence de l'État est-allemand, elle était troublée par des jeunes qui brandissaient et scandaient des slogans « subversifs », reprenant la fameuse phrase de Luxemburg : « La liberté de penser est toujours la liberté de ceux qui pensent autrement. »

VLADIMIR FÉDOROVSKI

LE ROMAN DE L'ORIENT-EXPRESS

Extrait

L'ange de l'Orient-Express

Tout en songeant à Diaghilev, Anna et Kaï devisaient gaiement, confortablement calés l'un contre l'autre dans leur compartiment. Au cours des arrêts, les passants sur le quai regardaient par les fenêtres ouvertes l'intérieur chatoyant et coquet des voitures. Kaï déclara, frustré, qu'avec Venise et Diaghilev c'en était assez de parler des Slaves.

– Et les Français ? Et les Allemands alors ? renchérit-il.

Le couple s'accorda enfin sur le fait que Marlene Dietrich était un des personnages essentiels de notre train mythique. Pourtant, pour cette actrice allemande[1], entrer dans la légende de l'Orient-Express n'était pas assuré. Certes, ce train mythique inspira maints cinéastes, mais entre les deux guerres, les Allemands ne voyaient pas d'un œil favorable le développement de son réseau. Et les conditions précaires de la remise en circulation en 1919 de l'Orient-Express et du Paris-Prague-Varsovie Express, se doublèrent d'objections de toutes sortes de la part du gouvernement allemand : mauvais état des voies, manque de combustible, usure des machines... Aussi se décida-t-on à faire un nouvel Orient-Express qui éviterait de passer par l'Allemagne et rejoindrait Vienne par la Suisse et l'Autriche[2]. La situation politique ne devait lui permettre de

---

1. Voir John Hampton, une excellente évocation de *Marlene Dietrich*, aux éditions Balland.

2. En utilisant le parcours Bâle-Buchs, tunnel de l'Arlberg-Innsbruck-Salzbourg. Après les quelques mois d'essai (février-juin 1920) on décida de créer ce nouveau train qui porterait le nom de Suisse-Arlberg-

repasser par la voie classique Strasbourg-Munich que le 3 novembre 1924, non sans laisser quelques regrets aux Chemins de fer fédéraux, qui pourtant ne l'avaient guère accueilli favorablement pendant cette période transitoire.

Après la révolution spartakiste, écrasée dans le sang, des officiers de droite tentèrent un putsch. Combats de rue, assassinats politiques se succédèrent. Ce fut aussi l'époque des premières danseuses nues et des jeux morbides, quand certains s'amusaient à faire l'amour dans un cercueil. Le sexe et la mort fleurissaient sur le même arbre de désolation. Appauvries, affamées, des femmes naguère fières et farouches se vendaient au premier venu. Sur une affiche, on put voir un jour un squelette dansant dans la rue avec une fille dévêtue, et ces mots : « Berlin, ton partenaire est la Mort. »

Parallèlement à cela, l'industrie du cinéma était florissante. Avant la guerre, il y avait tout juste deux mille salles de cinéma dans le pays. Désormais, on en comptait plus de quatre mille. Et, pour produire six cent quarante-six films, il fallait des acteurs. En 1922, dans cette Allemagne à la croisée des chemins, on commençait à parler d'une certaine Marlene. Pas encore dans les journaux, mais dans la profession. On ne se bornait plus à répéter qu'elle avait de beaux traits et des jambes splendides : on disait qu'il y avait sûrement du talent chez cette fille, et qu'il ne fallait pas la perdre de vue. Elle était « différente ».

Marlene buvait un cocktail extravagant que les barmen du café de la gare centrale préparaient exprès pour elle. Tandis qu'un train sifflait au loin, un beau jeune homme grand et blond se dirigea vers sa table. Il était vêtu sans la moindre excentricité. Contrairement aux habitués du café, il demanda

---

Vienne-Express. À partir du 20 juin 1920, l'Orient-Express passa à nouveau par l'Allemagne, mais l'occupation de la Ruhr en 1923, l'obligea à reprendre une nouvelle fois le chemin Bâle-Buchs et le tunnel de l'Arlberg.

la permission de s'asseoir à la table de la jeune comédienne. Son sérieux détonnait un peu. Il se présenta :

– Je m'appelle Rudolf. Je suis assistant de cinéma. Je travaille avec...

Marlene l'interrompit d'un geste de la main. Assistant de cinéma ! Encore un !... Néanmoins, le garçon ne lui déplaisait pas et être vue en sa compagnie serait peut-être une occasion de faire parler d'elle.

Elle l'invita donc à s'asseoir. Du thé ! Il voulait du thé ! Décidément, ce garçon n'était pas comme tout le monde. D'un ton plutôt froid, il continua :

– J'ai entendu parler de vous. Je suis à une autre table là-bas avec des amis...

– Et vous voulez que je vienne me joindre à votre groupe, c'est ça ?

– Oh non ! Je viens vous voir... C'est pour du travail. Je suis l'assistant de Joe May, c'est ce que je voulais vous dire tout à l'heure.

Ce monsieur étant un metteur en scène connu et le mari d'une star, Marlene tendit l'oreille.

L'assistant du réalisateur résuma l'affaire en une phrase, celle que toutes les jeunes comédiennes attendent.

– Voulez-vous venir au studio le plus vite possible ? Nous tournerons un bout d'essai. Disons après-demain ?

La jeune femme fit semblant de réfléchir. Bien sûr qu'elle était libre le surlendemain. Mais pour ne pas avoir l'air d'être à la merci de n'importe quelle proposition, elle répéta d'une voix vague :

– Après-demain ?...

– Vous me feriez plaisir en acceptant. Nous avons prévu les essais pour ce jour-là.

– Bon, je me libérerai. Il faudra que je déplace un rendez-vous, mais c'est faisable. Vous m'avez demandé cela si gentiment...

Une année plus tard, ils étaient mariés et parents d'une petite fille. En fin d'après-midi, Marlene passait déposer sa fille chez sa grand-mère et se rendait au théâtre où elle revêtait des costumes excentriques. Elle participa à une revue dont le titre provoquait, explicitement : « De bouche à bouche. » Elle y chantait et dansait. Puis elle retrouvait son mari, Rudi, dans sa loge. Avec des amis, ils allaient souper près de la gare où elle rêvait à de lointains voyages. Marlene aimait aussi terminer la soirée dans des clubs de travestis. Elle avait réussi à se faire admettre dans un lieu très privé, puisque n'en étaient membres que les personnes capables de prouver qu'elles avaient fait au moins cinq ans de prison !

Dans la revue, la vedette n'était pas Marlene mais Clara Waldorf. Cette femme était une des figures les plus étonnantes de la scène berlinoise. Chanteuse, danseuse, meneuse de revue, ses cheveux roux et presque rouges l'avaient fait surnommer « le Phare ». Elle ne faisait pas mystère de ses attirances homosexuelles, bien qu'elle ait aussi affiché une liaison avec un caricaturiste connu. Elle avait une voix très masculine, rauque et grave. Elle apprit beaucoup de choses à Marlene en lui racontant ses tournées à Istanbul, Prague et Budapest.

La vie morale, à Berlin, devenait de plus en plus permissive. La cocaïne connaissait son heure de gloire et, dans certains bars, des femmes mariées, courtisaient ouvertement les femmes ou les amis de leurs maris. Marlene aimait côtoyer et observer tous ces gens.

La musique américaine arriva. On fit fête au jazz. Les couples s'écrasaient sur la piste de la boîte à la mode, le *Femina*. Une nuit, le directeur lâcha une centaine de souris blanches sur la piste, ce qui n'empêcha pas certains de continuer à danser sur les tables.

Après une représentation, Marlene fut invitée à une soirée déguisée « extrêmement chic » dont le thème était « les pays traversés par l'Orient-Express ». Tous les gens qui comptaient à Berlin étaient présents. Les plus belles femmes de la ville, les plus célèbres. Il y avait notamment une certaine Carola déguisée en femme de harem, sans doute la plus éblouissante. Pourtant, avec son frac, Marlene éclipsa tout le monde.

Quand elle se dirigea vers Carola pour l'inviter à danser, les gens s'écartèrent sur son passage. Tout le monde fut subjugué.

Marlene et Rudi vivaient avec leur petite Maria, qui maintenant était une adorable enfant de trois ans et demi. Mais Marlene avait besoin d'espace et l'harmonie du couple ne tarda pas à battre de l'aile.

– Je veux m'évader, disait-elle à son mari. Le mariage n'est pas une prison. Je t'aimerai toujours, tu ne te rends pas compte à quel point je t'aime.

– À quoi ça m'avance, que tu me dises ça ? répondait-il.

– Je veux être libre, tu comprends ? Toi aussi, tu es libre.

– Mais je t'aime, moi.

– Eh bien, tu es libre de m'aimer.

– C'est trop facile d'ironiser.

Rudi aurait voulu poursuivre, rappeler à Marlene que c'était elle qui avait le beau rôle dans cette affaire. Mais il préférait la laisser parler, parce que, finalement, elle lui disait sans arrêt qu'elle l'aimait et qu'elle ne cesserait pas de l'aimer. C'était agréable à entendre. Et, malgré la crise qu'ils traversaient, ils étaient encore capables de rire ensemble.

Souvent elle allait danser le charleston avec son nouvel ami, Willy[1], son partenaire au théâtre.

Ce fut au début de l'été 1928, à l'occasion d'un tournage, que Marlene entra pour la première fois dans un compartiment de l'Orient-Express. Willy était du voyage, bien sûr.

Apprenant cette escapade, Rudi s'efforça de ne pas provoquer la moindre occasion de dispute. Mais il était atterré. De toute façon, il n'avait jamais envisagé une autre existence qu'une vie amoureuse et conjugale avec Marlene, sa star à lui. Il consentait certes à la partager avec le public mais allait devoir partager, plus concrètement, avec un autre – si du moins il ne voulait pas la perdre. Et, tandis que Rudi souffrait

1. L'acteur Willy Forst.

en silence et préparait le petit déjeuner de sa femme, Marlene pensait à ce que son amant ne cessait de lui répéter :

– Tu dois briller, sortir. Je te ferai connaître les pays lointains...

En effet, Willy était plus célèbre qu'elle et connaissait tout Berlin. Mais pour l'heure, Marlene répugnait à mener une vie faite exclusivement de sorties mondaines. Tout cela lui semblait vain et hypocrite. Elle préférait lire ses poètes favoris ou travailler un beau rôle d'une bonne pièce, simplement pour le plaisir du travail, et se concentrer au lieu de se disperser. Elle aimait aussi s'installer à la terrasse d'un café afin d'observer les gens bouger, elle étudiait leurs poses et leurs mouvements pour pouvoir les copier plus tard, dans un film ou au théâtre. De retour à la maison elle sentait son époux errer dans l'appartement comme un fantôme, aussi lui était-il de plus en plus difficile de se concentrer sur son travail. Elle se décida donc à accepter les invitations de plus en plus pressantes de son chevalier servant, qui lui proposa quelques escapades amusantes. Ils prirent alors de nouveau le train, cette fois-ci pour Vienne, un autre haut lieu de l'Orient-Express. Dieu sait si elle aimait voyager avec Willy. Il était peut-être moins profond que son mari, mais il était léger, il la distrayait.

Que serait Vienne sans ses cafés ? Marlene appréciait tant leur ambiance. On pouvait y passer la journée pour lire, écrire, donner ses rendez-vous d'amour ou d'affaires. Certains habitués y recevaient même leur courrier. S'il n'y avait pas de table libre, l'usage était de s'installer à une table déjà occupée, ce qui était souvent l'occasion d'une rencontre. À l'instar de tous les voyageurs, Marlene et Willy avaient leurs lieux de prédilections. Ainsi, aimèrent-ils flâner sur la Wienzeile, une avenue séparée par un large terre-plein. À la fin du XIXe siècle, unis contre l'académisme, des artistes se rebellèrent et firent sécession. Peintres, architectes et décorateurs s'associèrent pour fonder, en 1903, les Ateliers viennois. Cette avenue en est la vitrine. Le couple visita un bâtiment blanc avec une coupole de lauriers d'or, et put s'extasier devant la transposition de la *Neuvième Symphonie* de Beethoven par Klimt où « les forces hostiles affrontent l'Amour ». Ils passèrent ensuite devant les deux immeubles d'Otto Wagner : l'un, dont la façade en faïence est semée de coquelicots, l'autre, toute blanche, couverte de grands médaillons enfermant les profils dorés de jeunes filles préraphaélites [1]. Puis le couple alla faire des emplettes au Naschmarkt. Sur ce marché formé de petites échoppes vertes en bois, les fins gourmets avaient les papilles en liesse. Des charcuteries paysannes aux poissons – fumés ou non –, des légumes oubliés aux fruits exotiques les plus rares ou aux épices de toutes les couleurs dorées par le soleil, on y trouvait tout. À chaque boutique sa spécialité ; ici, une centaine de vinaigres différents ; là, les fromages des quatre coins du globe.

Après avoir fait un tour au marché aux fleurs, Marlene et Willy se réchauffèrent devant un verre de vin chaud à la cannelle et au zeste d'orange, spécialité du lieu.

– Le train, symbole de notre vieille Europe, n'est pas suffisant pour toi, dit soudain Willy, ragaillardi. Ce qu'il te faut maintenant c'est un paquebot ! Et si nous partions pour les États-Unis ? Nous y ferions fortune. Toi aussi ! ajouta-t-il devant la moue de sa compagne. Regarde Greta Garbo, tu vaux bien cette Suédoise...

– Je la connais. Elle a un vrai talent. Et elle est partie pour Hollywood avec deux metteurs en scène, des Suédois comme elle. Non, non, il faut attendre. Il faut d'abord que je m'impose ici. Je ne partirai pas avant.

La réponse étant sans appel, Willy acquiesça.

Au dîner, il lui présenta un journaliste autrichien extrêmement drôle. Il avait à peine 20 ans et connaissait mille anecdotes sur les têtes couronnée de l'Orient et leurs harems ce qui lui permit de tenir sous son charme tous les convives. Il s'appelait Billy Wilder et allait devenir plus tard, à Hollywood,

1. Dessinées par Kolo Moser.

un des meilleurs cinéastes du monde avec des films aussi célèbres que *Certains l'aiment chaud.*

Marlene rencontra également un jeune auteur, Erich Maria Kramer. Celui-ci lui parla modestement d'un roman qu'il était en train de finir, *À l'Ouest, rien de nouveau*... Il devait le publier sous le pseudonyme d'Erich Maria Remarque. Il était très attiré par Marlene, la trouvant mille fois plus séduisante que toutes ces vedettes du cinéma berlinois des Années folles. À cette époque, ni le jeune romancier timide ni cette obscure chanteuse de revue ne savaient qu'ils deviendraient célèbres et encore moins qu'un jour ils s'aimeraient d'un grand amour.

Le jeune Erich aurait sans doute préféré aimer Marlene tout de suite, partir avec elle le soir même. Mais Marlene avait déjà une vie amoureuse bien remplie... Elle était simplement contente d'avoir rencontré cet homme sensible et attachant.

Si Marlene adorait voyager, il lui fallait quand même rentrer à Berlin pour travailler. Il faut dire que sa vie était animée : les trains, les films, le théâtre, sa fille, son amant, son mari...

Lucide, celui-ci admirait que sa femme parvienne à mener de front une existence si agitée. Elle obtint d'ailleurs d'excellentes critiques pour son rôle dans une pièce du dramaturge irlandais George Bernard Shaw, l'auteur de *Pygmalion*. Marlene avait gardé sa passion pour la bonne littérature, et Shaw avait reçu le prix Nobel : c'était une référence. Dans la pièce, elle incarnait ce qu'elle était dans la vie : une jeune femme moderne qui rompt avec les traditions bourgeoises de son milieu et ose parler ouvertement de ses désirs physiques pour les hommes.

Elle aimait toujours autant faire la fête. La plupart du temps, son mari restait à la maison :

– Je n'ai pas envie de t'accompagner dans des endroits où tu t'affiches avec ce Willy.

Il faut dire que souvent, les soirées étaient bien arrosées, tout le monde buvait trop. Et quand Willy avait bu, il faisait boire Marlene et chacun des deux trouvait l'autre encore plus beau, plus désirable. Puis Marlene apprécia moins les baisers parfumés à l'alcool. Enivré, Willy devenait répétitif et ne pouvait pas s'empêcher de poser les mêmes questions maladroites et inopportunes.

– Est-ce que tu dors dans le même lit que lui ?

– Je t'ai déjà dit que ça ne te regarde pas. Je suis libre...

Puis, de plus en plus fatiguée par les longues journées de tournage, Marlene cessa de sortir. Une voiture de la production la ramenait chez elle où elle retrouvait sa fille et son mari qui avait pu acheter d'occasion une petite caméra et filmait sa femme dans l'appartement ou promenant leur fille dans le parc voisin. Il fit un court métrage de toutes ces scènes, et l'intitula *Une mère heureuse*. Cette fresque faussement idyllique fut montrée plus tard dans les salles en Allemagne.

Willy, l'amant délaissé, trouva le piège idéal pour reprendre Marlene dans ses filets : une nouvelle escapade à bord de l'Orient-Express, pour les besoins d'un tournage.

Mais, s'il avait convaincu sans peine les producteurs, le scénario fut néanmoins refusé au dernier moment parce que trop onéreux.

Il ne faut jamais forcer le destin. Il sait très bien ce qu'il fait : quand, où et comment.

Et Rudi de consoler Marlene.

– Si tu n'as pas décroché ce rôle, c'est qu'un autre t'attend...

Marlene le coupa.

– Un autre ! Tu parles ! Tu as vu ce qu'on me propose ? Encore une pièce de théâtre minable !

– On ne sait jamais.

– Écoute, j'aurai bientôt 30 ans, et regarde où j'en suis.

– Toute l'Allemagne t'adore.

– Dix mille personnes et encore, c'est ça, peut-être, la gloire ? Si encore je jouais dans des chefs-d'œuvre incompris...

Puis, un soir, comme elle dînait avec deux autres acteurs à la veille d'une générale, Marlene entendit parler d'un film important qui allait bientôt se tourner, et pour lequel ses deux camarades venaient d'être engagés. Le film s'appellerait *La Tentatrice* ou *L'Ange bleu*. La jeune femme écouta attentivement. Peut-être y aurait-il un petit rôle pour elle ?

Le metteur en scène était autrichien, mais ses parents avaient émigré aux États-Unis quand il était encore enfant. Ses films tournés à Hollywood avaient obtenu de grands succès. Il s'appelait Josef von Sternberg.

– Il paraît que le « von » est de son invention, et qu'il n'est pas plus noble que toi et moi.

Marlene fit alors remarquer en riant à son camarade qu'elle aurait pu s'appeler, si elle avait voulu, Marlene von Losch, du nom de son beau-père.

– En tout cas, ce n'est pas n'importe qui. Et il va disposer d'un budget énorme : le film est coproduit par les Américains et réalisé en Allemagne. Ce sera le premier film allemand parlant et chantant avec une distribution internationale. Avec un voyage à Vienne de surcroît...

Marlene les regarda en soupirant. Encore une occasion manquée pour elle de prendre de nouveau l'Orient-Express. Et puis elle aurait tellement voulu travailler avec un bon metteur en scène.

La conversation fut vite oubliée car, chaque soir, le spectacle battait son plein. Elle se couchait tard. L'après-midi, elle consacrait une heure ou deux à sa fille et continuait à faire tout son possible pour équilibrer sa vie sentimentale.

Deux semaines après la première, en arrivant au théâtre, elle trouva tout le monde en émoi : le cinéaste Josef von Sternberg en personne avait fait réserver des places pour lui, sa femme[1] et ses assistants, pour voir sur scène les deux comédiens qu'il avait engagés.

Marlene joua comme d'habitude ni mieux ni moins bien que les autres soirs. D'ailleurs pourquoi faire des frais pour un metteur en scène avec qui elle n'avait aucun espoir de travailler ?

Sternberg s'était déjà rendu à Budapest, à Vienne et à Berlin, cherchant désespérément depuis bientôt un mois

1. Elle-même actrice de théâtre sous le nom de Riza Royce.

l'actrice qui jouerait le principal rôle féminin de son film. Il avait rencontré à peu près tout le monde, et n'avait choisi personne.

Une photo de Marlene était passée entre ses mains. Il avait interrogé son assistant.

– Et celle-là ? On ne se rend compte de rien sur cette photo. Vous la connaissez ?

L'assistant avait mieux regardé.

– Ah oui ! Ses jambes sont bien, mais vous cherchez plutôt un visage, non ?

Et la photo de Marlene avait rejoint les autres aux oubliettes.

Sternberg, qui trouvait le temps un peu long – la pièce était loin d'être géniale –, sembla y reprendre intérêt en voyant la comédienne entrer en scène. Certes, il la trouva mal fagotée, mal maquillée, mais il lui trouva du chien. Elle avait « ça », comme on disait à Hollywood.

Il se pencha alors vers un de ses assistants placé devant lui :

– Qui est-ce ?

Celui-ci consulta fébrilement son programme :

– Dietrich, Marlene Dietrich.

Sternberg répéta le nom pour le retenir. Ce qu'elle faisait n'était guère intéressant, mais il n'en avait cure, elle était probablement mal dirigée...

Après le spectacle, le célèbre metteur en scène, sa femme et ses assistants se rendirent dans les coulisses où les attendait une coupe de champagne. On alla chercher les acteurs, très flattés d'être présentés au grand réalisateur hollywoodien. Marlene n'était pas parmi eux. Sternberg demanda alors qu'on la trouve :

– Je voudrais lui dire que j'ai apprécié son travail.

Mais Marlene, qui s'était disputée l'après-midi avec son mari, avait eu des remords pendant toute la représentation et avait voulu rentrer tout de suite chez elle pour faire la paix et l'entraîner dans quelque boîte de nuit. Elle s'était démaquillée en vitesse et avait filé sans demander son reste.

Dépité, Sternberg abrégea sa visite, prétextant du travail à faire avant d'aller dormir. Dans le taxi qui les ramenait à leur hôtel, il demanda à sa femme ce qu'elle pensait de Mlle Dietrich, celle qui s'appuyait contre un portant et contemplait les autres d'un air indifférent, au début. Elle l'avait à peine remarquée...

Ce soir-là, avant de s'endormir, le metteur en scène se remémora la conversation avec un maître d'hôtel de l'Orient-Express qui lui avait raconté comment, au cours d'une soirée bien arrosée dans le wagon-restaurant, une actrice dotée de magnifiques jambes, nommée Mme Rudolf Sieber, avait interprété d'une manière impromptue un court prélude de Bach? Cette image aurait-elle pénétré le subconscient du glorieux cinéaste, bien loin de soupçonner, à l'époque, que cette actrice était Marlene?

Pendant ce temps, Marlene disait à son mari, la tête posée sur son épaule:

« C'est toi qui es important pour moi... »

Ils rentrèrent chez eux, passablement éméchés. Rudi trouvait stupide d'avoir raté l'occasion de rencontrer Sternberg.

Le lendemain, un message urgent adressé à Mlle Dietrich, et signé Josef von Sternberg, priait Marlene de se présenter à son bureau. Son mari jubilait:

« Tu vois! Il t'a remarquée! Il y a sûrement un petit rôle pour toi. Je sais que son scénario comporte des scènes de cabaret. On a dû lui dire que tu avais chanté dans des revues. »

Ce rendez-vous miraculeux n'aurait cependant jamais eu lieu sans l'obstination de Sternberg.

Pourtant, Marlene, secrètement, ne songeait pas à un petit rôle. Elle savait ce qu'elle valait et n'était pas dépourvue d'intuition, elle non plus.

Lorsqu'elle se trouva en face du fameux metteur en scène, elle fut quelque peu déconcertée: il avait l'air arrogant d'un dandy. Autour de lui, Marlene reconnut le célèbre acteur Emil Jannings, des assistants aux visages insignifiants et serviles, et un homme « plus collet monté que les autres »: le producteur.

Finalement, seul Sternberg lui souriait. Il la complimenta en lui signifiant qu'elle lui avait laissé une grande impression. Si elle pressentait sa propre valeur, elle n'en tomba pas moins des nues.

– Vous êtes bien aimable, remercia-t-elle.

– Évidemment, la détrompa-t-il, cela reste très en dessous de ce que j'attends de vous.

Elle ne répondit pas. Il reprit :

– Pourriez-vous me chanter quelque chose ?

– Quel genre de chanson ?

– Ce que vous voudrez.

Il avait une très belle voix, douce, persuasive. Elle trouva même quelque chose de féminin dans cet homme qui la toucha immédiatement. Mais quelque chose de buté aussi, qui lui fit peur. Elle répondit :

– Dites-moi quelle chanson vous voulez entendre, je préfère. J'en connais trop.

– Non, non, c'est à vous de choisir.

De guerre lasse, elle se mit à chanter à tue-tête un des airs de la revue « Broadway ». Elle comprit très vite que Sternberg ne l'écoutait pas mais la regardait...

Il demanda alors à un assistant de la conduire à la réserve des costumes où on lui proposa une tenue plus « sexy » que sa robe en soie trop sage. Il avait touché là sa corde sensible car elle adorait se travestir.

Entre diverses fripes, Marlene choisit une tunique ultra-courte et pailletée. Quand elle revint dans le bureau, les jambes exhibées dans des bas résilles, le producteur plus que dubitatif lui tourna le dos en grommelant. Sternberg, lui, était tout sourire. Il indiqua à Marlene un piano droit dans un coin de la vaste pièce. Elle l'ouvrit et joua quelques accords. Sternberg s'exclama :

– Alors vous savez aussi jouer du piano ? J'avais prévu un accompagnateur. Il arrive.

Sans répondre, Marlene interpréta le court prélude de Bach, comme autrefois dans le wagon-restaurant de l'Orient-

Express. Et tandis que le producteur regardait sa montre, Sternberg était bouleversé par le spectacle de cette femme habillée comme une entraîneuse concentrée sur la musique classique.

L'accompagnateur entra et, sans transition, Marlene chanta un de ses succès, un air parodique de la revue « C'est dans l'air ». Emil Jannings quitta bruyamment la pièce en signe de protestation. Rien ne semblait gagné.

Pourtant, Sternberg proposa à Marlene de tourner un bout d'essai dès le lendemain. Il la reconduisit jusqu'à la porte d'entrée de l'immeuble :

– Vous verrez, tout se passera très bien...

Ce soir-là, sur scène, Marlene fut plus nerveuse que d'habitude. Elle oublia une réplique, en bafouilla d'autres. Elle soupa avec son mari, et lui narra sa rencontre avec Sternberg.

– Si Jannings est contre toi, crut devoir lui expliquer celui-là, c'est mauvais signe. C'est lui qui a proposé Sternberg à la production. C'est sur le nom de Jannings qu'ils mettent tout leur argent.

– Peut-être, mais M. von Sternberg a l'air de savoir ce qu'il veut...

Le lendemain, Sternberg attendait impatiemment « son actrice ».

Quand il la vit, timidement assise dans le fond du studio, il fit couper le moteur de la caméra, se déclara satisfait de l'essai en cours et s'approcha rapidement de Marlene :

– Alors, vous m'avez trouvé une nouvelle chanson pour ce matin ?

Marlene se contenta de le regarder avec de grands yeux. Serait-il si difficile de tirer de cette fille tous les sentiments que le rôle réclamerait ? Non, c'était à lui de se montrer à la hauteur, auquel cas elle serait un merveilleux instrument.

On développa la pellicule en hâte et, en fin d'après-midi, Sternberg et tout son état-major visionnaient les deux tests. Du producteur au dernier des assistants, tous tranchèrent en faveur d'une autre actrice, Lucie Mannheim.

Ils se retournèrent vers Sternberg installé au dernier rang de la minuscule salle de projection. Tout en enfilant son manteau, celui-ci déclara placidement :

– Messieurs, je viens de choisir Mlle Dietrich pour interpréter Lola-Lola dans mon film.

Le tournage de *L'Ange bleu* devint alors fantasmagorique pour l'équipe. Mais Marlene, la première, pressentit combien le résultat serait phénoménal si elle s'en remettait entièrement à Sternberg, à son génie. C'était bien sûr la principale condition de la réussite.

Par contrat, elle fut obligée de continuer à jouer chaque soir au théâtre. Sur les nerfs, elle n'arrivait pas à rentrer se coucher et s'obstinait à traîner jusqu'au milieu de la nuit dans les restaurants où on lui posait mille questions sur le tournage en cours. Elle ne voyait pratiquement plus son mari. D'ailleurs, celui-ci avait une liaison avec une des grandes amies de Marlene, Tamara. Les deux femmes s'étaient connues lorsqu'elles étaient « girls » dans une revue. À l'époque, Tamara avait été un peu amoureuse de Marlene, et depuis elle la copiait, s'habillait comme elle, se maquillait comme elle et maintenant avait une liaison avec son mari. Marlene, éprise de liberté, ne leur en voulait pas et laissait faire ; elle n'était guère possessive et aimait davantage donner que prendre.

Sternberg, metteur en scène très exigeant, se révéla très imbu de lui-même, méticuleux, pour ne pas dire maniaque. Marlene se plaignait souvent de lui quand on lui demandait de raconter ce qui se passait sur le plateau. Il faisait faire des répétitions à l'infini du moindre geste. Mais chaque fois, le résultat sur l'écran était fantastique. Dans le fond, ce n'était pas pour déplaire à Marlene dont le souci de la perfection animait le jeu. Et, si elle n'aimait pas le rôle – une chanteuse de cabaret dont le corps excitant mène un homme jusqu'à la déchéance –, elle passa outre, acceptant les yeux fermés de faire tout ce que le réalisateur proposait ou imposait. Elle fut effectivement l'« instrument » de son pygmalion.

Sternberg, orgueilleux, avait largement minimisé la part de l'auteur du scénario :

– N'importe quel autre roman m'aurait convenu. Ce que je fais, c'est un film ! Pas de la littérature ! Et ne perdez pas votre temps à relire le livre. Votre personnage n'existera pas avec de la psychologie écrite. Il existera avec ce que je suis en train de faire de vous, grâce aux lumières et à mes directives.

Il la convoquait souvent dans un restaurant proche des studios. Elle arrivait à 1 heure de l'après-midi, pas encore bien réveillée. Pourquoi désirait-il tant la voir, pour mieux la tenir sous sa coupe, lui parler encore de son personnage ou plus simplement parce qu'il l'aimait et ne pouvait pas se passer d'elle ? Si Marlene faisait mine de ne rien remarquer, l'autorité du réalisateur masquait de moins en moins la tempête amoureuse qui l'agitait. Mais elle n'avait aucune envie de tomber dans la banale histoire de l'actrice et du metteur en scène qui couchent ensemble le temps du tournage.

Malgré toute l'emprise qu'exerçait le maître, la situation demeura inchangée jusqu'à la fin du tournage. Et, tandis que Marlene continuait à mener de front toutes ses activités (y compris les heures de palabre avec Willy, son amant, qui devenait jaloux et commettait l'erreur de demander des comptes), Sternberg était de jour en jour plus amoureux. Elle redoutait à chaque rencontre un aveu en bonne et due forme, ce qui eût été pour elle insurmontable. Mais le réalisateur s'efforça de n'en rien laisser paraître pour ne pas compromettre la fin du travail auquel il se devait de consacrer toute son énergie. Il savait que la tension de cet amour inavoué passait dans le film et Marlene savait qu'ils avaient le temps : Sternberg n'avait-il pas fait allusion à d'autres tournages ensemble ? Elle le trouvait touchant, aussi. En tête à tête, il avait l'air complètement ébahi devant elle. Jusqu'au moment, évidemment, où de retour au studio, il redevenait le seul maître à bord.

Malgré un emploi du temps bien rempli, Marlene et Sternberg passaient tous leurs moments libres ensemble. Puis, le soir, Marlene rentrait chez elle où elle dormait dès lors le plus souvent seule, son mari ne réapparaissant qu'au petit matin. L'épouse du réalisateur n'était guère enchantée par la nouvelle passion de son époux mais il avait beau jeu de lui opposer, comme une raison d'État, des raisons de travail.

Certains acteurs, en particulier Emil Jannings, essayaient de monter Marlene contre Sternberg. Si elle se disputait avec lui, le metteur en scène s'occuperait forcément moins d'elle. Et de lui souffler qu'elle était en train de se couler en suivant les conseils de Sternberg :

« Votre personnage est un personnage tout à fait antipathique et le public vous identifiera à lui. Vous ne trouverez plus de travail parce qu'aucun producteur n'engage les acteurs que le public n'aime pas ! Quand j'ai lu le script, le personnage de la fille n'était pas du tout comme ça, mais alors pas du tout... »

Bien sûr, Jannings était jaloux, Marlene le comprit vite et ne prêta plus attention à ce genre de récriminations.

Puis le dernier jour de tournage arriva. Fatiguée par l'entêtement de Sternberg, l'équipe technique ne fut pas mécontente d'en finir. Commença alors le montage du film.

Le réalisateur avait tout fait pour que Marlene soit extraordinaire, et elle l'était. Il se souvenait avec fureur de la petite phrase condescendante du romancier Heinrich Mann en visite sur le tournage : « Ce sera grâce aux cuisses nues de votre actrice que le film connaîtra un succès mondial... »

Mais Marlene valait mieux que ce jugement imbécile à l'emporte-pièce. Et Sternberg le prouverait bientôt à tout le monde.

Il décida de quitter Berlin avant la première. Lui, le grand Sternberg, n'allait pas s'abaisser à attendre le verdict du public. D'autre part, sa femme le pressait de rentrer aux États-Unis. Elle voulait mettre l'océan entre son mari et Marlene. Mais il était déjà trop tard.

Désormais, pour Sternberg comme pour Marlene, il y allait y avoir un avant et un après *L'Ange bleu.*

Sternberg dîna une dernière fois avec « son actrice » et lui demanda si elle était prête à le suivre à Hollywood. Il se faisait fort de lui obtenir là-bas un des meilleurs contrats possibles, et lui promettait de tourner un deuxième film avec elle dès qu'elle le voudrait.

Marlene se récria :

– Mais j'ai toute ma vie ici ! Ma famille ! Vous êtes fou !

Sternberg se durcit.

– Qui étiez-vous avant de me rencontrer ?

– Vous m'enverrez un câble pour me dire ce que vous aurez pensé ?

– Je vous dirai que j'ai aimé votre travail.

– Et vous n'oublierez pas que j'ai besoin de vous pour travailler ?

– Je n'oublierai rien.

Sternberg se décontracta.

– J'espère toutefois que vous oublierez la sévérité dont j'ai été contraint de faire montre envers vous pendant le tournage.

– Au contraire, je vous en suis reconnaissante. Vous m'avez beaucoup appris.

Tous les deux parlaient d'une voix tremblante chargée d'émotion. Marlene se demanda tout à coup avec effroi s'il allait, là, lui déclarer qu'il l'aimait. Elle ne se voyait pas en train de l'embrasser, au beau milieu du restaurant. Mais elle s'en voulut aussitôt – Sternberg était trop raffiné pour choisir un tel moment et un tel cadre.

Était-il, du reste, homme à se contenter d'un banal « je vous aime » ? Ne venait-il pas de lui faire une beaucoup plus belle déclaration d'amour en lui demandant de venir à Hollywood ? En la liant à son travail, à sa raison de vivre ?

Ils se regardèrent longuement dans les yeux en silence. Le visage de Sternberg, pourtant marqué par une extrême fatigue, lui apparaissait plus beau que jamais.

Le couple décida de se séparer à la sortie du restaurant.

– Je vais faire appeler deux taxis, dit Sternberg. Vous vous lèverez la première, je vous regarderai vous éloigner de dos parmi les tables. Avant de passer la porte, vous vous retournerez, à peine, à peine... et peut-être me sourirez-vous ? J'emporterai ce sourire avec moi sur le paquebot, comme l'image de cette actrice inconnue qui jouait Bach dans le wagon-restaurant de l'Orient-Express...

Le célèbre cinéaste avait aussi su mettre en scène ses adieux. Amusée, Marlene y répondit par un geste qui le bouleversa. Elle détacha l'une de ses boucles d'oreilles, chercha la main de Sternberg et la referma sur le bijou.

– Mon père les avait offertes à ma mère pour qu'elle me les donne un jour. Je les ai reçues à la naissance de ma fille.

Elle se leva, évolua lentement entre les tables et se retourna, les larmes aux yeux, en s'efforçant de sourire.

Le lendemain soir, la première de *L'Ange bleu* fut un véritable triomphe. La salle, debout, ovationna Marlene pendant vingt minutes. Elle aurait voulu applaudir, elle aussi, applaudir Sternberg. Elle le fit en direction de l'écran vide.

Pendant le grand dîner qui suivit, n'y tenant plus, elle voulut s'en aller pour poster un télégramme. Mais on s'opposa à ce qu'elle quitte la table.

Le soir même, elle annonçait à son mari son départ pour Hollywood avant la fin du mois.

Rudi s'effondra.

– J'ai souvent pensé que tu ferais ça, mais je ne voulais pas y croire. Marlene, tu me rends si malheureux. Que vais-je faire sans toi ?

– Tu sais bien que mon travail...

– Arrête de parler de travail ! C'est lui que tu vas rejoindre ! Au moins, ne me mens pas.

– Je vais rejoindre quelqu'un qui va me faire travailler. Ce n'est pas ma faute si tu n'es pas encore devenu metteur en scène.

– Évidemment, maintenant que Madame la star est lancée, elle n'a que faire de son assistant de mari.

– Rudi, tu exagères. D'ailleurs, que je sache, tu ne t'ennuies pas tant que ça dans la vie.

– Tu veux parler de Tamara ? Je la quitte demain, si tu veux.

– Mais je ne t'en demande pas tant. Nous avons chacun notre vie à mener. Tu sais que mon affection pour toi ne changera jamais.

– Voilà ! Tu parles d'affection, maintenant. Avant, tu disais que tu m'aimais.

– Ma décision est prise. Nous ferions mieux d'examiner comment nous allons faire pratiquement.

Marlene partirait seule. Son mari garderait l'enfant. La mère de Marlene s'abstint de tout commentaire mais reçut les confidences éplorées de son gendre.

Marlene envoya à Sternberg le télégramme promis.

Elle voulait partir le plus vite possible. Dans quelques jours, *L'Ange bleu* serait joué dans toutes les villes importantes d'Allemagne. Puis, deux ou trois semaines plus tard, à Paris, à Londres, à Rome. Sternberg lui avait expliqué qu'un succès dans une ville voulait dire le triomphe dans toutes les autres : le public est le même partout.

Il y eut une autre projection de gala du film à Berlin. Marlene y assista, découvrant la gloire. Elle partit le soir même. Comme la foule entourait le cinéma, elle dut renoncer à sa voiture et, aidée de la police, elle fut hissée dans le camion où elle avait fait entasser tous ses bagages, quarante malles, et même un piano !

Rudi ne voulut pas assister à ce départ, qui brisait sa vie. Willy, l'amant éconduit, l'accompagna jusqu'à la gare. En guise d'adieu il lui souffla :

« Hollywood remplacera donc dans ton cœur nos jours heureux, nos escapades... »

Sur le quai, les bras remplis de fleurs, elle embrassa fougueusement celui qui représentait pour elle, symboliquement, tout ce qu'elle quittait : la vieille Europe et ses trains mythiques, sa famille et son pays.

Dans le camion, Marlene se mit au piano et, comme autrefois, joua Bach...

Au port de Bremerhaven, elle monta à bord du *Bremen*, un des plus fastueux paquebots de l'époque.

Sternberg avait obtenu pour Marlene un magnifique contrat chez Paramount : deux films par an, et le droit de choisir elle-même ses réalisateurs. En imposant cette clause, consentie à très peu d'acteurs, Sternberg entendait bien demeurer le metteur en scène exclusif de celle que la Paramount s'apprêtait à lancer contre la Metro Goldwyn Mayer, qui employait Greta Garbo.

Sternberg exigea que sa chère protégée perde quinze kilos. Au bout de six semaines, grâce aux soins des masseurs et des maquilleurs de la Paramount, Marlene était méconnaissable et plus belle que jamais.

Dans cette aventure, l'amour non consommé avait été cependant le plus fort. Ils vécurent quelques années de complicité amoureuse et artistique, puis chacun suivit sa route sans jamais oublier les sublimes moments de *L'Ange bleu*.

D'autres célébrités étaient entrées par la suite dans la vie de Marlene, quand la guerre amena à Hollywood plusieurs Français, et non les moindres. Parmi eux, les réalisateurs Jean Renoir, René Clair et le comédien Jean Gabin. Elle l'avait un peu connu en France et admiré plusieurs fois à l'écran. Marlene, qui adorait vraiment la France et parlait français, les accueillit avec joie, les aida à s'installer, leur servit d'interprète et souvent de cuisinière, car elle maîtrisait fort bien l'art culinaire.

Gabin et Marlene ne tardèrent pas à tomber sous le charme l'un de l'autre et s'installèrent bientôt ensemble. Mais la guerre faisait rage en Europe et Gabin partit se battre. À son amant, elle avait raconté comment, pendant la guerre de 1914-1918, elle, petite Prussienne et fille d'un officier, portait des roses blanches aux prisonniers français. Et comment, le 14 juillet, elle arrivait en classe avec un bouquet bleu-blanc-rouge fait de bleuets, de pâquerettes et de coquelicots pour son professeur de français.

Cet attachement à la France, elle allait à son tour le prouver en réussissant à être incorporée dans un groupe de comédiens prêt à partir distraire les soldats sur le front.

Un jour, on lui dit que des soldats allemands, malades et prisonniers, la réclamaient. Accepterait-elle de leur chanter quelque chose en allemand ? Elle dont Hitler avait rêvé de faire la reine du cinéma du IIIe Reich, et qui avait refusé avec mépris, découvrait qu'elle était quand même l'idole des soldats de son pays natal. Et elle chanta en allemand devant les quelques blessés et les mourants, tous si jeunes, de la Wehrmacht.

Après la guerre et quelque temps passé à New York, Marlene revint à Paris où elle retrouva Gabin, rentré du front. Elle loua un appartement avenue Montaigne, près de la Seine et de la tour Eiffel, non loin du célèbre café Chez Francis, où le champagne est toujours bien frappé.

Elle se fit aussi de nouvelles amies, notamment Édith Piaf, dont elle disait : « Le seul mot qui puisse remplacer le mot Paris, c'est le mot Piaf. »

Elle se promenait avec Gabin dans les rues, ils prenaient le métro ensemble, flânaient sur les quais, comme Jean le lui avait promis quand ils étaient à Hollywood. Ils riaient en évoquant les leçons d'anglais de Marlene.

Et puis la mère de Marlene mourut à Berlin. Elle avait survécu à la guerre mais pas aux chagrins. Marlene était à Biarritz. Elle rejoignit la ville dévastée. Elle était définitivement orpheline et inconsolable. Il fallut la formidable nature d'Ernest Hemingway pour la remettre d'aplomb. Hemingway et sa femme, Mary, étaient à Paris. Marlene les rejoignait souvent au Ritz. L'écrivain la surnommait « Choucroute », elle l'appelait « Papa ».

Et puis Gabin et Marlene eurent très envie de tourner un film ensemble :

« Tu comprends, on s'aime et en plus, on fait le même métier. Alors, exerçons notre métier ensemble. Comme ça, on sera ensemble jour et nuit ! »

Ils tournèrent alors *Martin Roumagnac*, de Georges Lacombe (1946).

Le couple ne cachait ses relations à personne. Devant leurs camarades, Gabin n'hésitait pas à railler Marlene :

– Dis, ce soir, tu me diras oui quand on en sera au blanc ?

– Mais je suis fatiguée ! Tu ne te rends pas compte ! Ce tournage m'épuise.

– Ah ! Je comprends tout ! C'est pour ça que tu n'as pas voulu avant-hier ?

Et tout le monde riait. Malheureusement, quand le film sortit en salle, tout le monde déchanta. Le public ne s'intéressa ni à l'histoire, ni aux personnages.

Tandis que Marlene continuait à refuser le mariage, Gabin commença à regarder des femmes beaucoup plus jeunes. Puis les infidélités surgirent, l'amertume, après l'échec de « leur » film. Ils se disputèrent plus méchamment qu'avant. Et le manque d'argent aidant, Marlene se décida à rentrer à Hollywood. Elle aimait encore Gabin au plus profond d'elle-même. Elle s'occupait de sa fille, qui faisait du théâtre et des émissions radiophoniques. Maria, mariée très jeune, venait de divorcer et de se remarier. Elle attendait un enfant. Ce fut un garçon. Marlene se vanta d'être la grand-mère la plus séduisante de l'histoire du cinéma.

Ensuite, elle tourna coup sur coup avec trois des plus prestigieux réalisateurs du monde : Billy Wilder, Alfred Hitchcock et Fritz Lang. Un critique écrivit alors : « Marlene est restée le modèle le plus convaincant de la femme fatale qui hante les rêves des hommes. »

La grande aventure, dans la vie, c'est ce qu'on devient soi-même et après 40 ans, on a enfin toutes les armes en main. Avec son mari, Marlene avait connu le mariage. Avec Sternberg, le métier. Avec Gabin, l'amour, l'amour et rien d'autre. Maintenant, elle ne voulait plus dépendre de personne. Elle se demanda alors comment exprimer tout ce qu'elle avait encore en elle. Le cinéma ? Elle avait tout connu, une gloire quasi inimaginable, et l'aventure de la création artistique avec

Sternberg : impossible d'aller plus haut. En revanche, elle savait chanter et rien n'est plus excitant que la scène, l'irremplaçable contact avec le public. Sur scène, on est maître du temps. On le dirige. On n'est plus à la merci d'un metteur en scène qui dit « Coupez ! » et qui casse le rôle en mille petits morceaux pour les recoller ensuite selon son bon plaisir. Et puis, n'avait-elle pas déjà en quelque sorte rodé son *one-woman-show* pendant la guerre ?

Marlene avait trouvé sa voie. Elle mit donc au point un tour de chant divisé en deux parties. La première, pour les hommes, où elle apparaissait dans des robes très décolletées et moulantes, la deuxième, pour les femmes, où elle apparaissait habillée en homme, frac, smoking, chapeau claque. Elle fit alors le tour du monde.

Plusieurs fois, on érigea son portrait comme symbole de l'Orient-Express. Comme ce train mythique, elle était devenue l'emblème de cette Europe ouverte au monde. Allemande d'origine, francophile par excellence, elle porta en elle ce formidable message cosmopolite dépassant les frontières et les clivages conventionnels.

Dans la revue de très grand tirage *Life*, Hemingway consacra un éloge à Marlene dans lequel il écrivait : « Je pense qu'elle sait mieux que personne ce que c'est que l'amour. »

Jean Marais garde un souvenir précis de cette femme étonnante. « Elle venait souvent avec Gabin dans la maison que Jean Cocteau et moi avions achetée. Nous discutions ensemble de littérature. Ils s'étaient rencontrés pour la première fois à Hollywood, alors que Cocteau faisait le tour du monde en quatre-vingts jours, l'itinéraire de Phileas Fogg, de Jules Verne. »

En mai 1964, Marlene se rendit aussi à Moscou, où elle reçut un accueil extraordinaire. Lorsque l'écrivain Constantin Paoustovski vint la saluer, incapable de communiquer avec lui, elle tomba à genoux et se mit à pleurer. Lors de l'un de ses tours de chant, elle fut applaudie quarante minutes, après quoi elle déclara au public: « Il y a longtemps que je vous aime, parce que vous n'avez pas de demi-mesure dans le domaine des émotions. Vous êtes très malheureux ou très heureux. J'ai moi-même l'âme slave, et son esprit insolent, sa franchise, son érotisme ensorceleur. »

C'est ce jour-là que, dans sa bouche, j'ai entendu pour la première fois le nom Orient-Express, quand elle évoqua ses voyages lointains sur la scène moscovite. J'avais alors 13 ans.

JACQUES DE SAINT VICTOR

LE ROMAN DE L'ITALIE INSOLITE

Extrait

Divorce à l'italienne

« Être amoureux, c'est se créer une religion dont le Dieu est faillible », disait Borges. Peut-être les Italiens, qui grandissent dans la religion révélée, sont-ils moins bien placés que les autres pour entendre cette vérité. Un détail de leur littérature semble le confirmer. Quel est le plus grand roman d'amour italien ? *Les Fiancés (I promessi sposi)* de Manzoni, un livre des années 1840 que personne, avouons-le, ne lit à l'extérieur de la Péninsule. Est-ce parce qu'il serait un « typique produit bourgeois ou Biedermeier », comme le disait très sévèrement le grand critique Mario Praz[1] ? N'est-ce pas, plus simplement, parce qu'il ne correspond pas, au fond, à l'idée qu'on se fait de la passion à l'italienne ? Le livre de Manzoni est pourtant un chef-d'œuvre ; il évoque dans un style nouveau pour l'époque, avec humour et dans une langue qui servira à l'unification de l'Italie, une belle histoire d'amour qui a pour sujet l'occupation espagnole du Milanais au XVIIe siècle. Dès l'époque de notre Vespasien de Gonzague, le funeste génie de Sabbioneta, la Péninsule est en effet définitivement passée, pour un siècle, sous la domination des Rois Catholiques de Madrid. Les Français, perdus dans leur guerre de religion, ont abandonné tout espoir sur le Milanais. Fernand Braudel peut en faire le sujet de sa thèse célèbre : la *Méditerranée de Philippe II*

1. Cité par Dominique Fernandez, *Le Voyage d'Italie*, *op. cit.*, p. 19.

(1556-1598) est bel et bien, à l'exception de Venise, aux mains des Espagnols.

Le roman de Manzoni se présente comme un manuscrit anonyme des années 1628-1630 dont l'auteur se serait contenté de corriger la langue et le style. Le sous-titre : *Chronique milanaise du XVIIe siècle.* Elle relate les malheurs de deux jeunes paysans, Lucia Mondella et Renzo Tramaglino, promis l'un à l'autre, mais que le curé du village, le médiocre et craintif Don Abbondio, refuse de marier. Il en a reçu l'ordre de Don Rodrigo, seigneur vaniteux, qui a croisé Lucia et a décidé de l'épouser. À l'arrière-plan de ce roman historique, il y a la peste, la corruption, la domination étrangère des Espagnols, la guerre. L'intrigue est riche en rebondissements qui permettent à Manzoni, en commentaire extérieur, de donner son opinion sur la lutte entre le bien et le mal, dialoguant ainsi avec le lecteur pour mieux l'associer à son récit. Évidemment, derrière les Espagnols, ce sont les occupants autrichiens qui sont visés par ce texte dont les préoccupations nationalistes sont réelles. *I promessi sposi* sera le grand roman du *Risorgimento.* Pourtant, ce qui touche encore aujourd'hui dans ce texte, c'est sa conception du monde. Manzoni a d'abord été, comme beaucoup d'intellectuels italiens de son temps, marqué par l'esprit des Lumières françaises. Mais il a craint que le matérialisme extrême d'un d'Holbach ou d'un Helvétius, en désacralisant l'homme, ne serve finalement de tremplin à l'utilitarisme marchand. Aussi Manzoni est-il revenu à la religion chrétienne, sans perdre sa lucidité sur l'Église elle-même, comme en témoigne le portrait au vitriol de Don Abbondio, le curé dur avec les pauvres et flagorneur avec les puissants. Ou l'ambiguë sœur, la *monaca di Monza*, entrée dans les ordres contre sa volonté et livrant Lucia, qui s'est réfugiée dans le couvent, à l'*Innominato* (l'innommable), sorte de grand seigneur dépravé à la Sade... Mais l'inspiration chrétienne de Manzoni est indéniable. À la fin du roman, le bien est récompensé, le mal puni. L'*Innominato*, qui capture Lucia dans le couvent, pour la remettre à Don Rodrigo, est frappé par la grâce. Il est touché par la douleur de la jeune fille et il décide finalement de la laisser partir pour retrouver son fiancé. On voit mal le *divin marquis* accomplir un tel geste (quoiqu'il se soit montré généreux en sauvant, sous la Terreur, la vie de sa belle-mère, la présidente de Montreuil, source de tous ses malheurs)... Au final, les deux paysans peuvent enfin se marier et ils vivent un amour tranquille.

C'est probablement cette fin heureuse qui surprend et ne convainc pas le public étranger. Dans l'esprit commun, la passion à l'italienne ne peut être que volcanique, tragique et sanglante. Il est vrai que les annales italiennes sont pleines d'histoires de maris jaloux, de femmes adultères ou trompées, de crimes conjugaux, surtout dans un pays où le divorce a mis tant de temps à être reconnu par la loi (il faudra attendre son adoption définitive en 1975). La littérature populaire et le cinéma se sont emparés de ce thème et la comédie italienne en a fait l'un de ses films célèbres, *Divorce à l'italienne*, avec Marcello Mastroianni. Dans une Italie où il est impossible de divorcer, les « crimes d'honneur » sont regardés avec une certaine bienveillance par la justice. Un article fameux du vieux Code pénal, l'article 587, permet alors à celui qui a été trompé de bénéficier d'une peine symbolique, s'il tue son conjoint en invoquant « le délit d'honneur ». C'est le cas de ce baron sicilien, Féfé Cefalù, joué dans le film par Mastroianni, qui ne sait comment se séparer de sa femme pour se marier avec sa jeune cousine. Il pousse alors la baronne dans les bras d'un de ses anciens amants et, feignant de les surprendre, abat son épouse « sous le coup de la colère ». Une fois sorti de prison, après une courte peine, il peut enfin se marier avec celle qu'il aimait. Cette ironique mise en scène un peu surfaite exploite évidemment des stéréotypes attendus sur la société sicilienne. Elle ne s'en inspire pas moins de faits réels.

Le « délit d'honneur » est devenu une spécialité italienne, au moins depuis le Moyen Âge. Car l'Italie est le pays de la passion assumée. En effet, comme l'a fort bien noté Stendhal, dans *De l'amour*, les Italiens n'ont pas la vanité des Français, ils se moquent bien de ce que peuvent penser les autres de leurs tourments. Ils préfèrent d'ailleurs la passion au calme. Dans ses *Neufs essais sur Dante*, Borges a très bien montré pourquoi l'auteur de *La Divine Comédie* a autant insisté sur la faute de Francesca da Rimini et de son amant Paolo Malatesta. En visitant les Enfers, avec Virgile, Dante reconnaît ce couple condamné à tourner sans fin dans les flammes éternelles. Oubliée en France, l'histoire de Paolo et Francesca est fort célèbre en Italie, presque autant que celle de Roméo et Juliette. Il est vrai que pendant des générations, Dante était lu aussi bien par l'artisan que par l'intellectuel ou le bourgeois. Paolo et Francesca ont préféré céder à la passion et à l'amour terrestre plutôt qu'à l'amour divin. Ils ont trahi, l'une son mari, l'autre son propre frère. Pourtant, Dante semble les en approuver. Eux, au moins, se sont aimés, même si leur amour criminel les a conduits à la chute. Même dans les flammes, ils sont unis.

« Amor, ch'a nullo amato amar perdona,
mi prese del costui piacer si forte,
che, come vedi, ancor non m'abbandona[1]. »

Dante, lui, ne peut en dire autant. Le grand amour de sa vie, sa chère Béatrice, il n'a pu, selon *La Vita Nuova*, que lui échanger un chaste salut, à deux reprises, puis elle est morte, peu après, à l'âge de 22 ans. Au Paradis, leur rencontre sera d'ailleurs des plus brèves. Béatrice le regarde de loin, lui sourit, « poi si torno a l'etterna fontana » (puis elle se tourna vers l'éternelle fontaine) (chant XXXI, 91). Dante est condamné à vivre toujours sans celle qui a rejoint le cercle des anges ; à sa

1. « Amour, qui force tout être aimé à aimer en retour, me prit si fort que, comme tu vois, il ne me laisse pas. » (*La Divine Comédie, L'Enfer*, chant V, 100-105).

place se tient un vieillard, saint Bernard. Dante veut-il nous dire, à travers Paolo et Francesca, que la passion, même tragique, est toujours plus vraie que l'amour platonique vanté par saint Bernard de Clairvaux? Pour décrire la tragédie de Paolo et Francesca, Dante se serait inspiré d'une histoire vraie qu'il connut alors qu'il vivait à Ravenne chez les seigneurs da Polenta. Francesca da Polenta, de la noble famille de Ravenne, avait épousé Giangiotto Malateste, le plus ancien des frères Malateste, puissants seigneurs de Rimini. Giangiotto était une brute épaisse et d'une grande laideur mais il avait un frère, l'aimable Paolo, qui était un esprit sensible. Francesca nourrit vite une passion impossible pour Paolo qui était lui aussi secrètement amoureux d'elle. Ils se voyaient souvent et le désir les consumait chaque instant un peu plus. Un jour, alors qu'ils lisaient tous les deux l'histoire d'amour secrète de Lancelot et de Guenièvre, l'épouse du roi Arthur, leurs nerfs cédèrent. En arrivant au passage où Galehaut (Galeotto) favorise le baiser entre Lancelot et Guenièvre, Paolo et Francesca s'embrassèrent à leur tour[1]. Dante s'attarde sur cette scène du baiser qui est devenu un «classique» de la littérature italienne. Mais le mari les surprend et les tue tous les deux avec son épée.

Si elle peut s'appuyer sur des faits avérés[2], cette tragédie n'a rien d'unique en ces temps médiévaux. La liste des barons sourcilleux et ombrageux, perdant la raison en découvrant la «trahison» de leur femme, est impressionnante en ce lointain passé italien. Mais peut-être est-ce partout la même chose en Europe en ce temps-là? Femmes emmurées vives avec

1. Le roman est devenu «leur» Galeotto et ce terme est encore utilisé pour désigner quelqu'un qui favorise l'amour entre deux personnes.
2. Dans la belle région de Rimini et des Marches, plusieurs châteaux revendiquent le «privilège» d'avoir servi de cadre à cette tragédie. À Gradara, joli bourg médiéval, toujours dominé par le château fort du XIIe siècle, celui des Malateste, on peut visiter la belle chambre médiévale qui aurait été celle du drame.

la dépouille de leur amant, comme la pauvre épouse de Vespasien de Gonzague ou la pauvre Esterina da Portole, épouse de Frédéric da Ratisperga, qui, sur une simple rumeur, l'enferma à vie dans la forteresse de Duino (Trieste), où elle mourut de faim. Femmes égorgées ou trucidées par leur mari, comme la pauvre Béatrice de Tende, accusée sans preuve d'avoir trahi son mari, le sanguin Filippo Maria Visconti en 1418, tandis que le 15 juillet 1576, Paolo Giordano Orsini tue sa femme Isabelle Médicis pour l'avoir trompé avec son cousin Troilo Orsini[1]. Bien que d'origine moins « féodale », les Médicis ne sont pas en reste ; Pierre de Médicis tue à la même époque sa femme, Éléonore de Tolède, dans sa villa de Cafaggiolo, parce qu'elle l'a trompé avec un jeune Florentin. Il le fait atrocement, en l'étranglant au lasso, comme une vache du Texas... On lasserait le lecteur en lui évoquant la liste infinie de ces « délits d'honneur ». Précisons toutefois qu'au pays de Cesare Lombroso (1835-1909), le père de la criminologie, auteur de plusieurs essais étranges de morphopsychologie, et notamment *L'Uomo delinquente (L'Homme criminel)*, ces tragédies à l'antique n'appartiennent pas uniquement aux siècles obscurs.

Dans la nuit du 30 août 1970, un drame a éclaboussé l'aristocratie milanaise. La police romaine, en arrivant dans un grand appartement de Parioli (le XVIe arrondissement), 9, via Puccini, découvre le corps de la marquise Anna Casati, âgée de 40 ans, et de son amant, Massimo, âgé de 25 ans. Tous les deux ont été assassinés par le mari, le marquis Camillo Casati Stampa di Soncino. Celui-ci descend d'une vieille famille milanaise dont une ancêtre aurait même servi de modèle pour la *monaca di Monza*, celle du célèbre roman de Manzoni. Mais la famille a perdu de son lustre au début du XXe siècle avec la marquise Luisa, extravagante amie de

1. L'amant s'échappa à Paris, où il fut tué à son tour par des hommes de main des Médicis, en 1577, estimant qu'il avait souillé l'honneur de leur parente.

Cocteau, de D'Annunzio, de Man Ray et de Marinetti qui l'a définie comme « la plus grande futuriste du monde ». Avide de reconnaissance, Camillo, de tempérament colérique, a été obligé de se frotter aux milieux d'affaires pour rehausser le nom des Casati. Il devient un industriel important, tout en continuant à fréquenter le « monde ». À Cannes, en 1958, alors même qu'il est déjà marié, il rencontre une jeune romaine, Anna Fallarino. La vie d'Anna résume à elle seule l'histoire de la *doppo guerra*, l'Italie de la reconstruction et du boom économique, avec ses illusions de progrès et de bien-être, l'Italie de Dino Risi, celle d'*Una vita difficile* ou de *Poveri ma belli*. Anna vient d'une famille de pauvres employés de Bénévent, en Campanie. Sa grande beauté lui a permis de « monter » à Rome et de commencer à fréquenter le monde du cinéma. Quand Camillo la remarque, il tombe aussitôt sous son charme. Il obtient de la Curie romaine de faire annuler son premier mariage – il a de bonnes relations dans la noblesse *noire* – et il épouse Anna. Dès la nuit de noces, la jeune femme comprend qu'elle n'a pas affaire à un homme comme les autres. Au serveur de l'hôtel qui apporte le champagne dans la chambre nuptiale, le marquis lui intime l'ordre de faire l'amour avec sa femme ! Son grand penchant est le « voyeurisme ». Il entend « brocanter » Anna au garçon d'étage, au plagiste ou aux militaires et regarder le spectacle.

Le journal intime du marquis donne la nausée : « Aujourd'hui, Anna a fait l'amour avec un garçon de façon si efficace que, moi aussi, de loin, j'ai participé à sa joie... » Tout est du même ordre. Pourquoi Anna se soumet-elle à ces jeux scabreux ? Elle tire de sa nouvelle position sociale des avantages. Elle fait alors partie de la jet-set romaine et milanaise. Peut-être le petit jeu lui plaît-il aussi. Serait-elle exhibitionniste ? Tout fonctionne jusqu'au jour où Anna rencontre le beau Massimo, un petit *play boy* fasciste. Anna tombe amoureuse. Le marquis l'apprend et devient très jaloux. Il entend bien « prêter » sa femme, mais cela doit se faire avec son consentement *et* en sa présence. Il le rappelle brutalement à Anna. Mais elle continue à fréquenter Massimo et, pendant des mois, le marquis souffre atrocement ; il rumine sa vengeance et explose parfois dans de terribles colères ; il se sent pris à son propre jeu. Comment imposer à la marquise le devoir de « fidélité » après ce qu'ils ont vécu ? Alors il la menace, lui rappelle d'où elle vient, ce qu'elle lui doit. Les domestiques témoins des scènes conjugales prétendent avoir entendu Anna s'écrier un jour :

– Mieux vaut manger du pain et des oignons plutôt que d'accepter les règles de ce monde corrompu, habité de gens comme toi qui sont à vomir. Si ça continue, un jour ou l'autre, je retourne au pays.

Elle n'en aura pas le temps. Le 29 août 1970, alors que le marquis est à la chasse chez des amis, en Vénétie, il appelle Anna. Celle-ci lui répond qu'elle dîne à la maison avec Massimo et des amis romains. Doutant de la présence d'autres amis, le marquis prend sa voiture dans la nuit et redescend jusqu'à Rome. Le lendemain, en fin d'après-midi, après avoir convoqué les deux amants, il abat sa femme, son amant et se suicide. Les inspecteurs s'étonneront de voir un étrange liquide blanc s'écouler d'un des seins d'Anna, celui transpercé par une balle. Ils découvriront que la marquise s'est fait agrandir les seins par un produit alors réservé à une très petite élite, du silicone [1].

Avec la modernité, ce ne sont plus toujours les femmes adultères qui sont les victimes de ces tragédies ; elles peuvent aussi en être les acteurs principaux. Les passionnantes annales italiennes du crime passionnel retiennent le nom de la comtesse Pia Bellentani, épouse, elle aussi, d'un industriel

---

1. Petite conséquence étonnante de cette terrible tragédie, les biens du marquis furent dispersés avec les précautions qu'on imagine. Une des propriétés milanaises fut cédée à un industriel, alors peu connu, du nom de Silvio Berlusconi. Pour les circonstances étonnantes de la vente de la fameuse villa Arcore, et pour tout ce récit fascinant, v. Corrado Augias, *I segreti di Roma*, *op. cit.*, p. 330 et s.

milanais, mère de deux enfants, et amante d'un autre homme marié, Carlo Sacchi. Leur relation adultère dure depuis huit ans, malgré des hauts et des bas, et de plus en plus de bas. Le 15 septembre 1948, lors d'une soirée mondaine sur le lac de Côme, Pia perd la raison. Blessée à mort par les nouvelles remarques cyniques et désobligeantes de son amant, elle remonte dans sa chambre d'hôtel, prend le pistolet de son mari (pourquoi tous ces pistolets, on ne se croirait pas en Europe mais au Far West ?) et redescend dans le grand salon où elle abat son amant. On reconnaîtra à la comtesse des circonstances atténuantes puis le professeur Saporito, le grand psychiatre de l'époque, affirmera qu'elle souffre de troubles héréditaires, ayant songé toute sa vie à se suicider. Au fond, en tuant son amant, c'est elle qu'elle cherche à atteindre. Elle bénéficiera à la prison d'Aversa (Campanie), où elle est enfermée, d'un traitement un peu particulier. On l'autorisera à y faire venir son piano à queue et elle y donnera de petits concerts aux prisonniers ! Au bout de sept ans de prison, elle sera libérée. Ce cas fait songer que ce ne sont pas toujours les maris trompés à être les principales victimes de ces drames passionnels. Le cas de la comtesse de Sant'Elia achèvera de nous en convaincre.

Depuis le 11 août 1909, la comtesse Giulia Trigona di Sant'Elia, dame de cour de la reine Hélène d'Italie, l'épouse de Victor-Emmanuel III, entretient une relation adultère avec un officier de cavalerie, le baron Vincenzo Paterno. Au début de l'année 1911, malgré des rencontres furtives dans un hôtel modeste d'un quartier de Rome, le *Rebecchino*, le comte Romualdo di Sant'Elia découvre la liaison et s'en émeut. D'autres personnes sont au courant, le scandale menace d'éclater et d'éclabousser les familles, la reine Hélène elle-même. L'amant de Giulia, le baron Paterno, juge lui aussi que les choses sont allées trop loin. Il faut cesser ce petit jeu. Mais Giulia est une passionnée ; elle aime le baron et ne veut pas que cette intrigue prenne fin. L'amant ne sait plus quoi faire. Alors, le 2 mars 1911, avant que son régiment ne parte le lendemain à Naples, il décide de voir une dernière fois la comtesse pour mettre les choses au clair. Il lui donne rendez-vous à midi à l'hôtel *Rebecchino*, comme toujours. Mais, en chemin, Paterno achète un grand couteau de chasse. Au cas où... Quand il retrouve son amante, toujours éprise de lui, il ne lui reste plus qu'une solution. Puisqu'elle refuse d'arrêter cette liaison, il la poignarde et se tire une balle de pistolet. Elle meurt sous les coups mais lui, s'il se défigure, ne parvient pas à mourir. Il est accusé de meurtre par préméditation et condamné à la prison à vie[1]. Pour bénéficier du «délit d'honneur», il faut en effet que le crime ait été commis sous l'impulsion du cœur. Ayant acheté un couteau avant le crime, le baron ne peut bénéficier de l'article 587. C'est aussi le cas d'Arnaldo Graziosi, pianiste de 32 ans, qui tue sa jeune femme, âgée de 24 ans, dans une sordide auberge de Fiuggi, la nuit du 21 octobre 1945. Au lieu de jouer la carte de la surprise, il tente de camoufler le crime en suicide. Mais il sera prouvé que la lettre où sa femme déclare vouloir mettre fin à ses jours n'est pas de son écriture. En outre, Arnaldo a une liaison avec une de ses jeunes élèves, ce qui signe son crime. Il est condamné à vingt-quatre ans de prison et, en 1959, après quatorze ans de détention, où il compose des musiques de film, il est gracié à la demande de sa fille. Peu de temps après, il tient un concert au théâtre Sistina de Rome[2]. L'histoire ne dit pas si ce fut un succès.

Il est évident que la «passion à l'italienne» a perdu de son acuité après l'adoption tardive en 1975 de la loi sur le divorce. Un écrivain d'avant-garde, Giorgio Manganelli, avait publié

---

1. Il sortira de prison en 1942, à 62 ans, il se mariera et aura un enfant. Il mourra en 1949.

2. Il épousera ensuite une jeune Espagnole en 1962. Le 7 mars 1997, une brève dans un quotidien romain annonçait qu'un certain Arnaldo Graziosi s'était suicidé en se lançant du haut du balcon de son immeuble, à Grottaferrata.

un pamphlet provocateur, intitulé *Objection au divorce*, dans lequel il donnait avec ironie les raisons de son hostilité à cette réforme tant attendue par beaucoup de couples malheureux. Selon Manganelli, le droit de divorcer entraînerait, d'une part, la disparition de toute vie intellectuelle en Italie car l'élite cultivée serait nécessairement la première concernée par la réforme et se ruinerait en pensions alimentaires, ce qui l'empêcherait d'acheter des livres. D'autre part, le divorce mettrait fin à la seule école d'anarchie que représentait le mariage catholique. En contraignant des millions de couples italiens à l'adultère, l'institution du mariage indissoluble était une source de vie et de liberté. L'adoption du divorce « calviniste » entraînerait, selon lui, le triomphe du conformisme moral...

FRANÇOIS CÉRÉSA

LE ROMAN DE LA BOURGOGNE

Extrait

Loiseau de paradis

Il vivait dans le coup de feu, un coup de fusil l'a tué. C'était le 24 février 2003. Je me rappelle, j'étais à Paris. Je revenais de Bourgogne. Huit jours plus tôt, ma femme et moi avions déjeuné à la Côte d'Or. Bernard était absent. Je l'avais eu au téléphone. Il m'avait dit que le Michelin, le Gault-Millau et certains critiques gastronomiques « les lui brisaient ». Nous nous étions moqués du monde frénétique et sautillant de ces petites plumes s'attaquant à de grandes toques, alors qu'il aurait mieux valu le contraire.

Bernard était un ami. Un bon ami. Nous nous sommes connus en 1978. Vingt-cinq ans d'amitié. Une amitié loin des feux de la rampe, loin de cette télévision qu'il aimait tant. Bernard Loiseau était un seigneur. Mais un homme fragile, comme l'a rappelé Paul Bocuse durant les obsèques. Bernard avait pourtant l'air d'une force de la nature. On le croyait Porthos, il était Vatel. C'est là le dilemme. Il avait 52 ans.

Un jour, Jean Troisgros a dit : « Si Loiseau devient cuisinier, je me fais archevêque ! » Aujourd'hui, au paradis des grands chefs, nul doute que messire Jean doit siéger aux côtés de saint Pierre, de saint Jacques et de saint Honoré, avec mitre et chasuble, un œil sur celui qui fut son turbulent élève chez Troigros à Roanne de 1968 à 1971. Jean et Bernard sont réunis. Contrairement aux prédictions de Jean, non seulement Bernard devint cuisinier mais, à l'aune de ce qui se murmurait dans les ramequins, le meilleur. Le roi des jus de cuisson. Il jongla de si belle façon avec les vingt-six lettres de l'alphabet gastronomique qu'il fut une sorte de dictionnaire à lui seul. À tous ceux qui, aux excès de beurre, de crème et d'alcool, préféraient l'authenticité des saveurs (si vous ne l'avez pas, procurez-vous au plus vite son livre *L'Envolée des saveurs*, chez Hachette/Michel Lafon), Bernard proposait sa cuisine de terroir allégée mais solide, où chaque produit était respecté dans sa personnalité, qui ressemblait à la sienne. Certains affirmaient même qu'il avait gagné le pompon, ce qui était logique pour un homme armoriant Saulieu, ville de saint Andoche, de l'archéologie des parfums et du sculpteur animalier François Pompon. Les clients de la Côte d'Or, ravis et comblés, ne lui disaient-ils pas : « Ah ! monsieur Loiseau, votre cuisine me rappelle celle de ma mère » ?

Sorte de frère Tuck de la subtilité travesti en Robin du roboratif, Bernard, dans son inexpugnable Sherwood, bannissait les fonds préparés à l'avance et les liaisons à la farine qui dissimulent le goût. Il optait pour la spécificité des produits. « Les produits, les produits ! » répétait-il à ses proches, à ses amis, à ses clients, à ses collaborateurs. Le plus souvent, au lieu de les faire cuire tous ensemble dans une cocotte où les goûts finissent par se confondre, il préférait accomoder les ingrédients séparément et les réunir seulement en fin de recette pour que chacun d'eux puisse délivrer son propre goût sans tuer les autres. Il dégraissait au maximum pendant la cuisson et n'utilisait le beurre ou la graisse d'oie que pour saisir ou faire caraméliser. Bernard faisait ses liaisons avec des purées de légumes et déglaçait avec du vinaigre, du citron ou de l'eau. Pas question d'altérer l'originalité d'un goût. C'était un Debussy des sauces.

Introduit en Bourse après avoir lancé trois restaurants à Paris (Tante Louise, Tante Marguerite, Tante Marie), véritable ludion des médias, une main dans la jambonnette de grenouille, une autre dans l'escarcelle des banquiers, cet homme de ventre avait de la tête. Il pochait, chemisait et épurait à fond la louche.

Roman dans la tournure, Bernard était cistercien aux entournures. Trappiste de l'assiette, il en faisait tout un plat. Entre la soupe de moule à la crème de lentilles, le ragoût d'asperges aux langues d'oursins et la poularde Alexandre-Dumaine, celui qu'on avait surnommé à ses débuts le « petit Mozart des fourneaux » alternait les symphonies héroïques, la musique de chambre et les grands opéras. Le petit Mozart tenait parfois du grand Verdi. La force du destin a fini par l'emporter.

Tout a commencé dans le Puy-de-Dôme. Bernard Loiseau est né à Chamalières en 1951. Je ne suis pas certain que ce petit rondouillard à la bouille épanouie ait eu une enfance aussi heureuse qu'il le prétend. Tout son talent a consisté à se forger une mémoire. Sans mémoire, on n'est rien. Quand il rapportait que chez lui, les repas suivaient le rythme de « ce que l'on ramenait de nos promenades, et que la gourmandise nous faisait parler du repas suivant à peine la fourchette posée », cela me fait sourire. Bernard enjolivait ses histoires. Il finissait par y croire. Plus tard, avec un enthousiasme digne de la comtesse de Ségur, il a raconté qu'avec sa mère fille de charcutier et son père fils de boucher, sans rouler sur l'or, la famille Loiseau, grâce à son petit bout de jardin et à ses cueillettes répétées, se régalait tous les jours de repas mémorables. Il était question de canard aux marrons, de « lessiveuses » entières d'écrevisses. Le petit bout de jardin des Loiseau était un jardin ex-tra-or-di-naire, comme chantait Trénet. Le côté terroir, confiture de mémé et grenouilles au chiffon rouge avec pépé, ça plaît toujours. Bernard a su se mettre en scène. Il a eu raison.

La réalité était plus prosaïque. Bernard, bien sûr, devait s'adonner à quelques cueillettes. Mais la nécessité l'emportait sur l'accessoire. Comme dans toute famille vivant en milieu rural, il arpentait la campagne environnante à la recherche d'escargots ou de cèpes en automne, de myrtilles ou de framboises en été. On flânait. Mais on travaillait également. Ce qui devint un plaisir relevait d'abord de l'ordinaire. Aujourd'hui, les chefs nous font tous le coup. Surtout ceux qui visent l'authentique. Il n'y a qu'à voir Veyrat et ses herbes, Veyrat et son chapeau, Veyrat et le reblochon... C'est le folklore et ça marche.

Ce que je crois plus volontiers, c'est que Bernard, gamin, n'allait jamais au restaurant. Son goût n'a pas été perturbé par une cuisine trop élaborée. Il est resté simple. Et la simplicité, pour cet enfant à l'école chez les curés, qui ne pense pas une seconde à « faire » cuistot, sera à la fois la rente et le label.

Contrairement à ses amis Billoux, Blanc ou Lameloise, Bernard s'est fait tout seul. Il fut le Rastignac des salamandres. Il n'avait pas de propriété familiale, de parents cuisiniers ou hôteliers. Son père était représentant en chapeaux. Une sorte de Raimu discret et réservé, aussi modeste que dur à la tâche. Là-bas, en Auvergne, les hivers sont rudes. Pour les repas d'anthologie, on peut repasser. Il faut plus imaginer du solide qui tient bien au corps, genre soupe au chou, aligot de l'Aubrac et petit salé aux pois cassés, que de l'inventif et de l'arachnéen, style ragoût de morilles à l'œuf cassé, fricassée de poulet à la crème et ris de veau au cresson. Les festins de Bernard ne furent que des paroles. Mais l'enfant rêvait. Le petit prince comptait les côtelettes de mouton. La réalité était tout autre.

Bernard faisait les quatre cents coups. S'il rigolait plus que les autres, il était aussi plus triste que les autres. Il en va ainsi des cœurs purs. La mélancolie est leur manteau. Bernard, surnommé « le gros », incarnait le bon copain qu'on retrouve dans *La Guerre des boutons* et les tournois de Du Guesclin. Sans être Poil de carotte, il n'était pas non plus le Grand Meaulnes. De toute façon, il n'en avait cure. Bernard ne lisait pas de romans. Il n'en a jamais lu. Si son père vendait des chapeaux, lui aspirait à en porter un. Peu importait lequel. Oui, porter le chapeau. Le doulos, en argot. Être un chef. Un cador.

Bernard, déjà enfant, se rongeait les ongles jusqu'au coude. C'est lui qui me l'a dit. Il se targuait volontiers de n'avoir ni secret ni jardin secret : « Je suis simple, moi ! Je n'ai pas le luxe d'avoir des états d'âme !... » Lorsqu'il faisait un effort physique un peu prolongé, son œil dansait dans son orbite comme un œuf dans un saladier. « C'est toujours pareil, dès que je force un peu, ça se déclenche », m'avoua-t-il un jour à Saulieu, alors que nous avions joué au tennis avec ma femme et le fidèle Hubert Couilloud. Bernard s'amusait. Une certaine inconscience le calibrait. Gérant de la Côte d'Or, il faisait des virées à Nice, à Paris, à Digoin. Ou au lac des Settons, avec ma femme et moi, dans une vieille Lancia Flavia coupé qui partait en tête-à-queue. Ses amis s'appelaient Jean-Pierre Billoux, Guy Savoy, Jacques Maximin, Jean-Pierre Tingaud (le talentueux photographe du Morvan). Il roulait en R5 Alpine et en Porsche 911. Nous allions déguster des vins chez la mère Bize-Leroy. Il posait pour *Lui* avec d'autres jeunes chefs de sa génération. En tenue de chef, bien sûr ! Michel Drucker venait s'installer à la Côte d'Or avec sa femme Danny Saval. Jean Amadou plaisantait dans le coin. Jean Bardet, le grand chef de Tours, se faisait le porte-parole du Saint-Nicolas-de-Bourgueil. Bernard rêvait d'épouser la ravissante Perrine Bize-Leroy. Il n'a jamais cessé de rêver.

Pour parvenir à ce stade, Bernard fit son apprentissage chez Troisgros. C'est grâce à son père qu'il obtint ce stage au sein d'une des plus belles institutions nationales de la gastronomie. En ce temps-là, Jean-Baptiste Troisgros fumait son cigare et buvait sa bière. Les banquettes en moleskine se faisaient la paire. Je connais la musique. Moume, ma mère, a fait sa communion solennelle chez Troisgros.

Les frères Troisgros, Jean et Pierre, qui sont deux, comme ne l'indique pas leur nom, sont nés à Chalon-sur-Saône. Leurs parents exploitaient un café. Bourguignon de souche, Jean-Baptiste Troisgros aimait la cuisine et les vins de son pays. C'est lui qui conditionna Jean et Pierre au métier de cuisinier. Lorsque le couple Troisgros reprit l'Hôtel des Platanes (l'actuel Hôtel Troisgros), juste en face de la gare de Roanne, madame fut aux fourneaux et monsieur à la table d'hôte. Cela devint très vite le rendez-vous gourmand de tous les représentants de commerce du coin. L'ambiance était conviviale, on buvait sec et on mangeait gras. Jean-Baptiste Troisgros expédia ses fils à Paris, puis à Vienne. Ils apprirent la cuisine classique chez Lucas-Carton (où ils formaient un joyeux trio avec Paul Bocuse), et la cuisine de liberté chez le grand Fernand Point à la Pyramide. De retour à Roanne, « ça déménagea », comme disait Jean. Première étoile en 1955, deuxième en 1965, troisième en 1968. Parcours impressionnant.

Bernard, lui, n'était pas impressionné. Il rêvait de balancer des pavés, fussent-ils au fleurie et à la moelle. « Je passais mon temps à vider des culs de poulet, m'a-t-il raconté. Et avec Jean, on prenait de sacrées fricassées. » Sans parler des grives qu'il fallait broyer pendant des heures pour la confection de la célèbre terrine et du charbon qu'il fallait aller chercher aux aurores pour alimenter les cuisinières. Un boulot de chien.

Bernard, comme les autres, fut désigné pour préparer les fourneaux. Il était au four et au moulin. Ainsi que le rappelle Guy Savoy, il était toujours enthousiaste et partant. Tellement partant, qu'un jour, dans le feu de l'action, par maladresse, et non par vice, au lieu de balancer le contenu de sa pelle à charbon dans le foyer, il le balança dans une grande poêle en fonte. Jean Troisgros s'apprêtait à faire ses fameuses escalopes de saumon à l'oseille. Vingt-cinq secondes d'un côté, quinze secondes de l'autre. Là, il vociféra pendant plusieurs minutes. Et Bernard décolla littéralement. « Jean Troisgros avait le coup de pied au cul facile », concluait-il dans un éclat de rire.

Des anecdotes de ce genre, il y en a plusieurs. Bernard amusait la galerie. C'était un Coluche mâtiné de Fernand Raynaud. Il faisait le clown. Auguste ou Pierrot, il jouait sur tous les tableaux. Il donnait toujours l'impression d'être parfaitement à l'aise et truculent. On ignorait le reste.

Un week-end (Bernard ne prenait jamais de vacances), Bernard et Dominique Loiseau vinrent à Mailly. Ma femme et mes parents étaient là. Après ses travaux, Bernard nous avait reçus à la Côte d'Or. Nous avions inauguré l'appartement dont raffolait François Mitterrand. Je voulais « traiter » les Loiseau à mon tour.

Deux jours plus tôt, le Gaulois et moi avions attrapé huit douzaines de grenouilles à la lampe. Des rainettes. Comme nous étions en juillet, il faisait beau. La journée, nous nous étions baignés. Bernard, autrement que dans sa cuisine, aimait l'eau. Janséniste, il avait fait remarquer à Dominique que son maillot était trop échancré. Plus tard, il avait passé un coup de fil à la Côte d'Or. « Combien ? » C'était toujours sa question. Combien de couverts ? Un dimanche soir. Bernard était ouvert toute l'année. Le lendemain, avant de repartir, il téléphona de nouveau à Hubert pour s'informer du nombre de couverts. Pourquoi n'était-il pas toujours plein ? Cette question le taraudait.

Danièle et Guy Savoy devaient nous retrouver à Roanne. Mon père, en effet, s'était mis dans la tête d'inviter les deux anciens apprentis de Troisgros chez Troisgros. Michel Troigros, qui avait pris la succession de son père, n'était pas au parfum...

En attendant, je fis sauter les grenouilles au beurre et à l'ail après les avoir légèrement farinées. Au moment de servir, je parsemai le tout d'un peu de persil plat. Un filet de citron, et on goûta. Pour accompagner la fricassée, il y avait deux bouteilles de gewurztraminer. Des vendanges tardives. Rien de bourguignon là-dedans, certes. Mais un nectar que je voulais faire découvrir à Bernard, signé André Ostertag, un jeune vigneron alsacien aimant du même amour les bourgognes des comtes Lafon, la cathédrale de Strasbourg (pour laquelle il a fait un film et composé des vers) et sa formidable cuvée Fronholz, un gewurtz aussi gouleyant qu'un jus de raisin. Emporté par sa faconde, Bernard en but une bouteille. Plus tard, il dégusta. Les avertissements de Dominique n'y firent rien. Il avait soif. Quand Bernard avait soif, il buvait. Quand il avait faim, il mangeait. Non, d'ailleurs, pas toujours... Le cyclothymique Bernard avait des hauts, des bas. Il lui arrivait de faire régime. Au prix d'efforts surhumains, il maigrissait. « T'as vu ? me disait-il. T'as vu un peu la ligne ? Je suis au top, non ? »

Comme Bernard Blier, c'était un salé. Après les résolutions, il craquait. Tout ce qui lui tombait sous la mâchoire était bon : pain, beurre, fromage, saucisson... Une irrépressible boulimie. Et en quantité incroyable. Son poids faisait du yoyo. La vie avec lui était agitée, épuisante. Pour la peine, il avait le palpitant qui lui jouait des tours. « Aux taquets ! » s'exclamait-il. Et il éclatait de rire. On le trouvait impayable.

Ce soir-là chez Troisgros, il le fut également. Je me souviendrai toujours de la tête de Michel Troisgros en nous voyant débouler.

– Euh... bon, c'est une surprise... Vous auriez dû me prévenir... Euh, qu'est-ce que je vais vous faire ?...

Il s'employa du mieux qu'il put. Il est gentil, Michel Troisgros. Seulement question cuisine, il est à cent coudées de son oncle. Le roi Jean, en effet, savait improviser et jongler avec les parfums.

Le repas fut moyen. Michel vanta ses écrevisses, grosses comme des langoustines, fades et mal accommodées, sans doute américaines, « extras » comme il disait, qui ne valaient pas tripette. A-t-il jamais goûté les écrevisses « pattes rouges » de la Côte d'Or, rôties à cru et servies juste avec un beurre d'herbes ?... « Il ne sait pas et il ne saura jamais », diagnostiqua Bernard un peu sévèrement. Il est vrai que Michel a fait des stages dans les plus grandes maisons. Mais on a le sentiment que l'apparat, chez lui, est plus important que le reste. Il ferait un potard épatant. Une sorte de Homais de la gastronomie.

Quoi qu'il en soit, Bernard fit le guignol. Il singea les apprentis qui débarquaient chez Troisgros, les frères eux-mêmes, tout le personnel du restaurant. Il se levait, allait et venait, grimaçait, gesticulait, parlait haut et fort, le verre de pommard Rugiens à portée de main. S'il n'avait pas été cuisinier, Bernard aurait pu être comédien. Je suis persuadé qu'il aurait brillé. Les déconvenues y sont là aussi légion. Mais on joue. Dans une cuisine, on ne joue pas. Chaque midi, chaque soir, chaque jour, et cela 365 jours par an, on se remet en cause. Le client est un spectateur qui n'apprécie guère les comédies qui dégénèrent en palinodies. Il en veut pour son argent. Sinon il râle. Et il a raison. Surtout quand on paye deux cent à deux cent cinquante euros par personne.

Une fois à Mailly, lorsque Bernard alla se coucher, il avait un sérieux coup dans l'aile. Mais il jubilait. Il avait passé un moment exceptionnel. « Exceptionnel » et « le top » étaient ses mots de prédilection. C'est aussi là qu'il entendait se situer. À une altitude de saint Georges défiant n'importe quel dragon.

Le réveil fut difficile. Bernard avait été malade toute la nuit. Au petit déjeuner, entre la glycine et les magnolias, j'eus le sentiment d'avoir un enfant en face de moi. Ma mère, ma femme et Dominique ne savaient pas quoi faire pour le soulager. Il se lamentait et riait à moitié, en proie à un épouvantable mal de tête. Il revivait à grand fracas les agapes de la veille et son indigestion. Boulimique, il mimait les scènes et chassait les guêpes attirées par les confitures, s'agitant dans tous les sens. « L'œdème, mon vieux, l'œdème ! me répétait-il. Si je suis piqué, j'avale mon bulletin ! »

En fait, ce matin-là, je me rendis compte que Bernard était vraiment compliqué. Lui qui cuisinait le pigeon rose à l'arête, il ne pouvait le consommer que très cuit. Le saignant le dégoûtait. Lui qui faisait des Saint-Jacques à peine saisies, il ne supportait ni les fruits de mer ni les poissons crus. Mon ami Bernard, comme on dit dans le Roannais, était un drôle d'arcandier. Il évoquait rarement ses problèmes qui, parfois, surgissaient comme éclatent les bulles à la surface d'un beurre de ciboulette que l'on chauffe un peu trop fort. Bernard, c'était ça. Quelqu'un de très fort et de très faible à la fois. Un paradoxe qui a échappé à beaucoup.

Cette fois, en tout cas, il partit de Mailly avec une migraine et quatre gros potirons du jardin. Le soir même, avec son chef Patrick Bertron, il mettait au point un velouté de potiron au clou de girofle et noix de muscade.

Une fois qu'il eut quitté Troisgros, Bernard fit ses débuts à la Barrière de Clichy, sous la houlette de l'invraisemblable Claude Verger. Puis à la Barrière Poquelin. Comme Rastignac, Bernard a eu son Vautrin. Mais contrairement à Rastignac, il accepta la main de Vautrin. Claude Verger, toute proportion gardée, zébulon balzacien à la démesure flaubertienne, fut ce Vautrin. Si je dis ça de lui, c'est que cet agité congénital, panaché du professeur Illico et de Rastapopoulos, aussi fasciné par les affaires que Louis de Funès par sa mallette dans *Oscar*, non content de ne pas tenir en place, vous entraînait dans son tourbillon tel un aimant surdimensionnel.

Un jour, il m'invita dans l'un de ses nouveaux restaurants. C'était à la Porte Maillot. On me servit une platée d'écrevisses « pattes rouges » comme j'en ai rarement eues. Présents, ma femme et Bernard bénéficièrent du même régime. On termina avec une remarquable canette rôtie, servie sur un paillasson de pommes de terre et une salade au vinaigre de xérès. Deux heures plus tard, je devais jouer un quart de finale du championnat de France des journalistes de Roland-Garros. Inutile d'épiloguer sur l'issue du match. En revanche, j'avais gagné une adresse. C'était dans les années 1980. À part les « Assiette » de Michel Oliver, ce n'était pas encore la mode des bistrots et des formules. Le restaurant de Verger semblait promis à un bel avenir.

Un mois plus tard, j'y conviai mon beau-père. À l'improviste. Et en toute confidentialité. Verger était absent. Les « pattes rouges » également. Remplacées par des écrevisses ordinaires. Et à un prix record. C'est bien simple, tout était lamentable. L'accueil, le service, l'assiette. Tout. À l'époque, je faisais la critique gastronomique au *Nouvel Observateur* – ou plutôt à l'*Obs de Paris*, que j'avais créé et que je dirigeais –

sous le nom de Jules Magret. Verger fut allumé. Je m'explique. Ce procédé qui consiste à arroser un critique, à mettre les petits plats dans les grands, tout cela pour, une fois qu'il a le dos tourné, le tromper dans les grandes largeurs, m'a toujours débecté. C'est peut-être la raison pour laquelle j'ai mis un terme à ce « passe-temps ».

Si les patrons de restaurants ont parfois tendance à être roublards, les critiques, eux, sont souvent vendus. Ceux qui se drapent dans leur dignité, genre « moi je paye mes additions et je ne me fais jamais reconnaître », sont les plus retors. Je n'avais pas ce problème. Je réservais sous mon vrai nom, jamais sous celui de Magret. Puisque je sucrais les tocards, mes additions étaient salées. En outre, je dois avouer que j'ai toujours été stupéfié par la médiocrité des critiques. Ils écrivent, mais ils ne font pas. Ils jugent, mais ils ne cuisinent pas. Un jour, j'ai été invité par La Reynière, alias Robert Courtine, le grand critique du *Monde*. Ce fut une catastrophe. Tout était sec et archicuit. Je me souviens aussi de Jean Didier, qui disait aux garçons comment il fallait placer les couverts, de Philippe Couderc, qui a toujours été désagréable. De toute façon, l'époque est aux donneurs de leçons. N'importe quelle feuille de chou a son critique gastronomique. Cela a de quoi agacer les chefs. Faire la critique gastronomique pour un journal est pourtant une chance inouïe. Se délecter aux frais de la princesse, que demander de plus ? Il faut comprendre les chefs. Tout un labeur réduit à néant par un fâcheux déguisé en suppositoire, coiffé en pétard, mal luné et se permettant de distribuer les bonnes et les mauvaises notes, c'est presque indécent. Les critiques devraient passer un concours gastronomique. Ils seraient notés par les chefs. En fonction de leur compétence, ils seraient aptes ou non.

Naturellement, il y a aussi le cas de ces chefs qui prennent les clients pour des imbéciles. La petite crotte de ceci à l'étuvée de cela, à peine visible sous le microscope d'un laborantin. Les anciens cuistots deviennent les nouveaux seigneurs. C'est le règne des laquais. Évoluer dans ce milieu où tout le monde se jalouse est insupportable. Il faut dire qu'on a autorisé les médias à venir mettre le nez dans n'importe quelle soupe. Beaucoup de chefs qui ont la tête plus large que la toque ont encouragé cet état de fait. Ils feraient mieux d'aller planter leurs choux ailleurs.

Bernard, lui, planta les siens à Saulieu. Belle gageure. L'antique temple gastronomique du grand Dumaine était un estanco où frayaient encore quelques ectoplasmes de poularde demi-deuil et de pâté aux truffes. Mais tout était obsolète. Il fallait dépoussiérer le piano. Histoire de faire suer les grosses légumes.

Posté devant les croupes du Morvan, Saulieu a toujours été une ville d'étape. Il paraît qu'on y mangeait bien au temps de Rabelais. Il est dit que Mme de Sévigné s'y grisa en 1677. Saulieu n'a pourtant rien de grisant. Encore aujourd'hui, à part la Côte d'Or, il n'y a pas de bons restaurants. On n'y trouve même pas un bon traiteur ou une pâtisserie digne de ce nom. L'effet boule de neige des Troisgros à Roanne n'a pas pris à Saulieu. Il y a de belles maisons, un petit musée archéologique et rigolo (le gardien d'autrefois avec ses oreilles à la Croquignol était fantastique), une belle église. Saint-Andoche, d'essence clunisienne, a été une abbatiale, une collégiale, puis une basilique. Ses chapiteaux sont puissants, élégants, avec une iconographie parfois étrange, car on y croise un diable grimaçant, une louve, des colombes, des chèvres, un cochon, un ours et des têtes grotesques dans les acanthes. Saint-Andoche vaut le détour, disent les guides. Je n'aime plus Saint-Andoche. On y a célébré les obsèques de Bernard. Voilà toute l'ambiguïté du mot « célébré ».

Avant de débarquer à Saulieu, Bernard avait fait des étincelles à la Barrière de Clichy et à la Barrière Poquelin. Il prit la gérance de la Côte d'Or en 1975. Il ne devait plus la quitter.

Bernard était phobique. Il avait une crainte irraisonnée de certaines situations. Un petit tracas ou un petit bobo prenaient une dimension titanesque. Son moral, comme son poids, jouait à l'élastique au-dessus des filets de merlans au jus de veau et des râbles de lapin à la purée d'oignons. Cela ne l'empêchait pas d'être d'une générosité de doge. Même s'il n'y avait personne, vous étiez son invité. Je n'ai jamais vu Bernard mesquin. Il n'était pas généreux, il était munificent. Grand dans la largesse, énorme dans la prodigalité.

Un jour, mon ami Serge Lentz, romancier et membre du jury du prix Interallié, m'a demandé s'il était possible de réserver à la Côte d'Or. Un samedi soir. J'ai appelé Bernard. Aucun problème. Bernard n'était pas franc-maçon, mais il n'ignorait rien de la franc-maçonnerie de l'amitié. Le fier Serge et la belle Claudia furent invités. Bernard leur confia qu'il n'y était pour rien. Quand Serge me remercia, je fis le modeste. Bernard avait fait passer son invitation pour la mienne. C'est du même acabit que Marcel Aymé réglant les ardoises d'Antoine Blondin en douce. J'en suis encore confus.

Pour tout dire, j'ai fait la connaissance de la Côte d'Or avant de connaître Bernard Loiseau. Le chef, à ses débuts, ne se montrait guère. En 1978, sa cuisine dépouillée mettait déjà l'accent sur les goûts et les produits. Bernard savait tirer la substantifique moelle d'un aliment. Je me souviens de mémorables langoustines au pamplemousse et à l'embeurrée de chou. Quelques concessions au modernisme armoriaient sa carte. Bernard, sous la tutelle de Verger, se cherchait encore. Il faisait beaucoup la foire avec Jean-Pierre Billoux et Jacques Maximin, ce Mad Max qui fit les beaux jours du Négresco à Nice, et qui officie à présent à Vence.

Mon père, ma femme et moi fûmes emballés. C'était en juillet, nous nous rendions en Espagne. Avant Grenade la belle Andalouse et ses jardins suspendus, Algésiras et le détroit de Gibraltar, la compagnie de Jean Daniel et d'Edgar Morin, nous avions garé la voiture devant cette légendaire Côte d'Or dont les étoiles, mal montées en sauce, avaient terni sous le fouet du pâle François Minot. En fin de matinée, nous nous étions arrêtés chez un géant au sourire de cyclope et à la chevelure de Samson. Maurice Clavel devait nous remettre un dossier pour Jean Daniel. Il nous reçut en robe de chambre et le torse bombé, christianisé par Vézelay, spartiatisé par Jules Roy. Ce saint Augustin léonin, célèbre pour avoir quitté un studio de télévision en lançant « Bonsoir, messieurs les censeurs ! », avait élu domicile en haut de cette colline inspirée que l'aube faisait sortir des brumes et que le crépuscule auréolait d'or. Un peu plus loin, Jules Roy, l'auteur emblématique des *Chevaux du soleil*, dont je me rappelle le visage de proconsul et le verbe incisif, car il avait partagé pendant un temps la vie d'une amie de mes parents, vivait à proximité de l'abbatiale dédiée à sainte Marie-Madeleine, la pécheresse repentie dont le culte fut précoce en Bourgogne. Cette fameuse « colline éternelle » a été le point de ralliement des pèlerins de Compostelle et la chaire de saint Bernard prêchant la seconde croisade. Notre ami Bernard, lui, prêchait l'amitié et la rigueur en cuisine. Il aurait pu être de Clairveaux. Ce fut le cistercien de la nouvelle cuisine.

La Madeleine de Vézelay n'a rien de proustien. Maurice Clavel s'y plaisait. Cet hercule à jambes maigres (« à prendre un bain de pied dans un fusil à deux coups », commentait Bernard en riant) nous avoua son amour pour la lumineuse Madeleine, autant que sa passion pour la cuisine de « ce petit Bernard qui avait le sourire comme le soleil ». Jules Roy était du même avis. Si la Madeleine était empreinte de toute la plénitude de l'art roman, Bernard Loiseau était empreint de toute la plénitude de l'art culinaire. Maurice Clavel et Jules Roy, au reste, préféraient le paladin Bernard au balladin Marc Meneau, pourtant sur place, amoureux lui aussi de cette Madeleine dont le porche est un monument à lui seul.

Quand on l'observe le soir, c'est frappant. Vézelay se couche debout. Un miracle qui nous autorise à mourir sans s'allonger. Romain Rolland, enfant de Bourgogne, de Nietzsche et de Tolstoï, savant panaché du bœuf bourguignon et du bœuf strogonoff, qui, pendant une bonne partie de sa vie, s'efforça de concilier la pensée de l'Inde et celle de Moscou, auteur rigolard du très bourguignon *Colas Breugnon*, mourut à Vézelay. Le regard tourné vers les cieux. Sans doute un effet de la lumière divine.

Ce jour-là, Maurice Clavel nous dispensa un cours magistral sur l'église. En sortant de chez lui, nous jetâmes un regard à ce porche devant lequel ma mère nous avait souvent entraînés. L'émotion et l'érudition de Clavel avaient évoqué en nous la conversion de saint Paul à Damas. Le gigantesque Christ en gloire étendant les bras pour infuser l'esprit saint aux apôtres n'était pas seulement clunisien, mais également brésilien. Un Dieu universel. À la fois roman et cubique, digne de Michel-Ange et de Brancusi. Un Golgotha de saveurs ultimes et miraculeuses. Prosper Mérimée, déjà, ami de Stendhal et génial auteur de *Colomba* et de *Carmen*, louangeait l'humble grandeur de cette magnifique basilique qui, au cours des siècles passés, avait subi d'épouvantables dégradations de la part des huguenots, puis des révolutionnaires. Dieu merci, c'est le cas de le dire, la Madeleine conserve son âme jusque dans ses pierres restaurées par Viollet-le-Duc de 1840 à 1849. Une cure s'impose. N'y trouvons-nous pas, précisément, en marge du Morvan granitique, aux pieds d'une lumineuse proue calcaire qui ressemble à l'éperon de saint Georges, la vallée de la Cure ?

Maurice Clavel nous rappela qu'au IXe siècle, un certain Girard de Roussillon, descendant des comtes d'Autun et héros de chansons de geste, y fonda un monastère féminin. Le nom semblait prédestiné. Avant de nous laisser partir, il éclata encore de rire. Il s'approcha de nous. Avec ses lunettes à grosse monture et sa robe de chambre nouée comme un kimono, il avait l'air d'un Fellini habité par l'œuvre de Péguy. Il nous demanda si, dans la nef de la Madeleine, au milieu des chapiteaux historiés avec verve et fantaisie, des éblouissantes saynètes évoquant la Bible et la vie des saints, nous avions remarqué, sympathiques béotiens que nous étions, l'enlèvement de Ganymède, côté sud ? Ganymède pourrait être le saint patron des gays. Ado d'une beauté fulgurante, comparable à cet Antinoüs dont s'éprit l'empereur Hadrien, il était aimé par Zeus qui l'enleva et l'emmena sur l'Olympe...

En quittant Vézelay, nous ressentîmes un petit pincement au cœur. Certains lieux, comme certains êtres, ont la particularité de nous rendre meilleurs. Il faut y croire. C'est ainsi qu'on progresse.

C'est la dernière fois que nous vîmes Maurice Clavel. Il disparut quelques mois plus tard, en avril 1979. Normalien à 17 ans et agrégé de philosophie à 21, il est mort à 59 ans. C'est tôt. On croit que l'éternité est un kaléidoscope de souvenirs fidèles. Erreur. Les souvenirs couchent avec tout le monde. Ils sont diligentés par une vieille maquerelle que l'on nomme la mémoire. On n'y peut rien. Il n'y a plus qu'à embrasser du regard l'Auxerrois, l'admirer dans le lacis de ses sortilèges et mourir d'avoir trop de souvenirs et plus assez de mémoire.

Un an plus tard, nous retournâmes à la Côte d'Or. C'était en automne, à l'occasion d'un reportage sur la Bourgogne. Je tenais à rencontrer Bernard Loiseau. L'opiniâtreté n'est pas un vilain défaut. Les femmes en connaissent un rayon. Il faut toujours accepter sa part de féminité.

Ce reportage nous marqua, ma femme et moi. En trois jours, nous essayâmes six restaurants. Parfois on a des lubies. La mienne consistait à boire du beaune Clos des Mouches. Dans le dessein de comparer, sans doute aspirais-je à une égalité parfaite. Nous bûmes donc six bouteilles de Clos des Mouches. À Saulieu, nous restâmes une demi-journée avec Loiseau. Nous n'étions pas pressés. Le soir même, nous dînions à Chagny chez Lameloise, à quelques kilomètres de là. Après le déjeuner, nous goûtâmes la terrine de foie gras aux petits pois. Bernard était enjoué. Attentif, aimable, d'accord avec tout ce que nous disions. Nous avions somnolé dans la salle Alexandre-Dumaine. Aujourd'hui réservée au petit déjeuner, elle était alors la salle à manger générale. Les pigeonneaux en salade et les grives rôties nous laissèrent un souvenir ému. Justesse des cuissons, abrégé des jus, à-point des saveurs.

C'était simple et limpide. La cuisine qu'on croit pouvoir réaliser et qu'on ne réalise jamais. Bernard, flanqué du rouquin Hubert, nous raccompagna à la sortie. Il était agité. Son regard s'échappait parfois. Il rectifiait tout d'un sourire. Bernard ne nous raccompagnera plus. Il ne sourira plus. Depuis sa mort, je n'ai pas remis les pieds à la Côte d'Or. Désolé pour Dominique. Désolé pour Éric qui ressemble tant à Bernard. Désolé pour le chef Patrick Bertron qui a secondé Bernard vingt ans durant. Désolé pour tous les autres. J'ai sans doute tort, mais je déteste les vieilles photos. Dans le pays de Niepce, ça la fout mal. Figer l'instant pour une éternité qui nous échappe me met mal à l'aise. Le goût s'est envolé. Passons à autre chose.

Tout le monde a son anecdote sur Bernard Loiseau. On s'approprie facilement les gens connus qui appartiennent à tout le monde et qui ne sont à personne. Bernard souriait tout le temps. Cela gagne les sympathies. Le sourire est le sésame de notre société. Bernard l'avait compris. Mais dans son for intérieur, il sanglotait. J'ai fini par croire que ses joies étaient feintes, que son inquiétude était permanente, que ses angoisses s'amoncelaient au fond d'un vieux fait-tout qui colmatait son cœur. Le stress avait formé une croûte autour de lui. Il cuisait de l'intérieur. Contrairement aux pessimistes qui ont la sagesse de la résignation, il avait la fulgurance de l'optimiste. Comme l'écrit Cioran, ce sont les optimistes qui se suicident, pas les pessimistes. Les uns savent, les autres non. Ses proches ne réussissaient pas à lui faire prendre quinze jours de congé d'affilée. « Il faut que ça tourne ! lançait-il. Tout le monde aux taquets ! »

Ailleurs ou chez lui, dans sa maison de la rue Gambetta que j'avais connue dans un état lamentable, que Dominique et lui avaient restaurée de belle manière, et où il s'est donné la mort dans l'après-midi du 24 février, il était comme un lion en cage. Rien ne l'apaisait. Plus le temps s'écoula, plus il s'agita. Avait-il encore des repères ? Je l'ignore. Une cure de repos l'aurait-elle sauvé ? Je l'ignore aussi. Après, c'est toujours facile de dire : il fallait faire ceci, il fallait faire cela... Le monde de Bernard rétrécissait. Il se limitait à la cuisine, aux médias, et à lui par rapport à la cuisine et aux médias. Enclin à se déprécier, il supportait mal les autres. La concurrence l'étouffait. Roi Lear d'un royaume qu'il ne percevait plus, ses propos slalomaient entre la mégalomanie et l'incohérence. Personne ne le mettait en garde contre lui-même. Il extravaguait. Il ne parlait plus, il braillait. Il parlait de lui à la troisième personne. Bernard Loiseau ceci, Bernard Loiseau cela... Un jour, mon père, qui a commencé à travailler l'âge de 13 ans, lui a dit que cela ne servait à rien d'être le plus riche du cimetière.

– Tu as raison ! s'était exclamé Bernard. Tout ça, c'est des conneries ! Mais il faut faire chauffer la machine ! Tout le monde aux taquets ! Ici, on est au top ! Non ?...

Pendant plus de vingt-cinq ans, j'ai entendu Bernard me répéter qu'il fallait être au top et, précisément, me demander s'il était au top. Il le demandait à tout le monde. Il assénait et s'interrogeait aussitôt. Bernard était un Descartes de la casserole. Il doutait. Il n'a jamais cessé de douter.

L'argent ? Il n'en avait cure. Il remboursait ce qu'il devait et n'était pas du genre à thésauriser pour devenir, comme lui avait dit mon père, le plus riche du cimetière.

Bernard était une blessure à cœur ouvert. Il avait besoin qu'on l'aime, qu'on le lui dise. Avait-il tant manqué d'affection pendant son enfance ? C'est le mystère Loiseau. Que souhaitait-il vraiment ? Être éternellement le meilleur, le plus grand cuisinier du monde, le chouchou des médias, le Bocuse du XXIe siècle, l'indéboulonnable star des fourneaux, sans admettre qu'un jour ou l'autre, comme en sport, on finit toujours par trouver son maître ?

Je me suis souvent interrogé à ce sujet. Je n'ai pas fait d'enquête. L'amitié, me semble-t-il, suffit. C'est un gage d'honneur. Bernard était peut-être fait pour être comédien, ou encore animateur de télé, mais à l'automne de sa vie, quand c'est la fin du jour, pour reprendre un titre cher à Duvivier, un acteur ou un animateur de télé, dès qu'il n'est plus au zénith, ne décide pas nécessairement de mettre fin à ses jours. Il rumine d'abord. Il en veut à la terre entière. Mais il se raisonne. Bernard, non. Son exigence était shakespearienne. La bonhomie de Falstaff, l'âpreté d'Hamlet. Il avait 52 ans. Il faut être vraiment désespéré pour se supprimer à cet âge. Ou fragile. Ou dément.

Bernard, à la force du poignet, avait édifié un lieu d'exception. Il fallait voir la Côte d'Or avant. Un galetas. Bernard, donc, avait une aura internationale, une équipe formidable, des amis haut placés, une épouse efficace, trois beaux enfants. Que lui manquait-il donc? L'inaccessible étoile de Don Quichotte? Le sacrifice d'Hector? Ou, à l'instar de l'enfant qu'il ne cessa jamais d'être, aussi bien pour sa candeur que pour ses coups de gueule, avait-il peur de sortir du bois et de tomber sur le loup?

Au *Nouvel Observateur*, je fis la connaissance de Pierre-Marie Doutrelant. Un grand reporter qui venait du *Monde*, spécialisé dans tout, ce qui est l'apanage du journaliste, et dans la gastronomie, ce qui était usurpé. C'était à la fin des années 1970. Je n'aimais guère Doutrelant. C'est comme ça. C'est injuste, mais c'est comme ça. Je me souviens très bien de ce qu'il disait. Pour lui, Bernard Loiseau était un primaire.

– Il n'aura jamais trois étoiles, il est trop limité...

À l'en croire, il n'y avait qu'un chef sur terre, et accessoirement en France: Alain Senderens. Senderens pensait la cuisine. Une tête. Moi, je défendais Bernard. Il cuisinait la pensée. J'affirmais que Loiseau était un grand, qu'il serait le Bocuse de demain. Doutrelant avait ricané. Loiseau était un bon garçon, certes, mais un rustre.

– La cuisine, c'est intellectuel, disait Doutrelant.

Il se trompait. L'instinct raisonnable fait parfois des merveilles. Comme le signalent Alexandre Dumas dans son *Dictionnaire de cuisine* et Jean-François Revel dans son *Festin en paroles*, « la partie intellectuelle d'un repas, c'est le vin ». Mais Doutrelant n'en démordait pas. Senderens, pour lui, était le Roland Barthes de la nouvelle cuisine. L'Archéstrate du structuralisme. Doutrelant se trompait encore. Il ne faut pas mettre de la pensée partout. Nous sommes assiégés par des intellectuels qui pensent plus vite que leur ombre et qui agissent moins vite que leur nombre. Aujourd'hui, Doutrelant n'est plus. J'aurais voulu qu'il assistât au triomphe de Bernard. Nous en aurions parlé. Jusqu'à sa mort. Digne de celle d'un héros grec.

Bernard pensait qu'un cuisinier, c'était fait pour cuisiner, et pas pour penser. Il rappelait, non sans humour, qu'un bon repas, le lendemain matin, disparaissait par les voies naturelles.

– Nous ne sommes que des charmeurs d'éphémère.

Bernard n'avait pas tort. Il n'intellectualisait pas la cuisine, il la cérébralisait. Il ne faut pas confondre penser et réfléchir. Bernard rôtissait les névroses et déglaçait les inhibitions. Tout à coup, l'ensemble des théories concernant la vie psychique consciente et inconsciente avait un parfum d'évasion. C'est là le problème. Le président Mitterrand qui a remis la Légion d'honneur à Bernard en convenait. Ce Loiseau qui nous conviait si bien à l'évasion ne s'évadait jamais. Toute sa vie il aura été prisonnier de ses jouets. De son enfance. De l'image qu'il voulait donner de lui et qu'il avait de plus en plus de mal à ajuster.

Il fallut une sacrée dose de volonté pour rester à Saulieu. Bernard l'avait. À Paris, il aurait fait fortune. À Saulieu, il se battait. Il ne se battait pas pour être le plus riche, mais pour être le meilleur. Nuance. Bernard était un *pistolero* du beurre blanc. Lorsqu'il a pensé qu'il n'était plus le meilleur, il a laissé la Camarde dégainer plus vite que lui. Il a fléchi sous le poids de la célébrité, du succès et d'un sentiment d'isolement croissant. Ç'a été plus fort que lui, il fallait qu'il le fasse. Peut-être pour tout envoyer promener. Peut-être pour se punir d'une faute qu'il n'avait pas commise. Peut-être pour hurler aux autres : je me tue, je vous emmerde, et c'est bien fait pour vous ! Un besoin irrépressible. Un coup de folie. On appellera ça comme on voudra. En tout cas, c'est arrivé.

En 1983, Loiseau racheta la Côte d'Or à Verger. Il avait déjà deux étoiles au Michelin. Le gérant devint patron.

Le bâtiment de la Côte d'Or était vétuste. Bernard se lança dans les travaux. Concernant la maçonnerie, le choix des sols, des charpentes, des carrelages, il prit conseil auprès de mon père qui, à ses yeux, pour avoir transformé notre maison de Mailly en une sorte de chef-d'œuvre, incarnait le parfait exemple du panaché maçon-architecte. Une nouvelle cuisine fut élaborée, une nouvelle aile, de nouvelles chambres. Loiseau rimait avec Relais et Châteaux. Le tout en évitant le clinquant, le tape-à-l'œil. Tout pour les matériaux. Comme la cuisine. Tout pour les produits.

Question cœur, ce n'était pas Byzance. Ma femme et moi avions connu Chantal. Une divorcée avec deux enfants. Jolie, un peu froide, pas née de la dernière pluie, le genre Gene Tierney dans *Laura*. Mais, sans doute plus Laura que Gene Tierney, elle finit par prendre la poudre d'escampette avec un des chefs de rang de la Côte d'Or.

En 1991, le guide Michelin lui accorde trois étoiles. Bernard est aux anges. À l'image d'Alexandre Dumaine, il répète qu'il n'y a qu'une seule cuisine : la bonne. Sur les plateaux de télévision, on se le dispute. C'est une mascotte. Il participe à n'importe quelle ânerie. Ce monde le fascine. Il en oublie de devenir objectif. Nous avons fait ensemble une émission de radio. Il était dans son élément. On pouvait croire qu'il avait fait ça toute sa vie.

Il faut se mettre à sa place. Le petit pécore du Puy-de-Dôme serre les paluches à tous les grands de ce monde. Mitterrand l'adore. Grands capitaines d'industrie, stars, écrivains, journalistes défilent chez lui. On est à tu et à toi. C'est la bonne franquette entre ceux qui jouent et celui qui sera joué. Bernard est le chef de file d'une bande que lui-même a du mal à cerner. Son franc-parler attire les micros. Il est le Danton de la gastronomie. « Du goût, encore du goût, toujours du goût ! » claironne-t-il avec un rire communicatif. Les tomates doivent pisser le sang, la fève exploser dans la bouche, le corail de l'oursin également.

Comme Michel Guérard, Bernard allège les plats par des sauces où l'eau remplace les crémages de jadis. Il est sur tous les fronts. On le sollicite de tous les côtés. Les banquiers lui font confiance. Les millions défilent. Il veut promouvoir la Côte d'Or et sa cuisine. Mais tout n'est pas rose. S'il occupe le terrain des studios d'enregistrement, les clients ne se bousculent pas à Saulieu. « Ici, c'est le trou du cul de la France », m'a-t-il plusieurs fois confié. Il ne désespérait pourtant pas d'en faire l'un des hauts lieux gatronomiques du monde. Un nouveau projet le mettait toujours en joie. Comme celui de la piscine et de la balnéothérapie. « Bon Dieu, il faut s'adapter ! » s'exclamait-il souvent.

Peu de temps avant sa mort, il regrettait de continuer de faire des débuts de semaine à quinze ou vingt couverts. Comment inverser la tendance ? Bernard ne trouva jamais de solution. Le week-end, en revanche, c'était plein deux mois à l'avance. Et les « Tante » à Paris marchaient du feu de Dieu.

Bernard, mon pote Bernard, mon ami Bernard, qui venait chaque année à Paris ou à Mailly, que je charriais sur son embonpoint lorsqu'il piquait une tête dans la piscine, qui avait le don de s'étonner, de s'émerveiller, ce Bernard-là devint une star. Chez lui, il n'était pas rare de rencontrer Kristin Scott-Thomas, Gérard Depardieu, Robert de Niro, Jean Réno, Christophe Dechavanne, Florent Pagny, Jean Amadou, Philippe Labro, Guy Roux, Michel Drucker, Paul Bocuse... Invité par Bernard, Robert de Niro, embarrassé, laissa un pourboire royal de cent cinquante euros. La Côte d'Or se « pipolisait » avant la lettre. Un soir, Depardieu, qui rendait souvent visite à son ami Gérard Bourgoin à Auxerre, avoua qu'il avait soif. On lui apporta un « impitoyable ». Un impitoyable est un grand verre qui contient environ quatre-vingts centilitres. Le sommelier versa une bouteille de maranges dans le verre. Cyrano de Bergerac le vida en deux lampées.

– Ah ! bon Dieu, ça désaltère !...

Il était vraiment le Léopold d'*Uranus*.

Contrairement à ce qu'ont écrit certains critiques gastronomiques, Bernard n'adorait pas venir en salle se frotter à la félicité populaire. Il y avait un salon pour cela. L'homme des médias détestait se médiatiser en salle. Il n'était pas du genre à parader avec une toque sur la tête, aussi fier qu'une sole à la Dugléré.

Les clients voulaient voir celui qu'on voyait à la télé. En chair et en os. Bernard s'en gaussait. En même temps, à l'instar d'un histrion ou d'un matamore de foire, il adorait ça. Grâce à sa faconde et à sa façon de rester très près de ses clients, il s'improvisait prince des cuisiniers et cuisinier des princes. Le seigneur des fourneaux. Une épopée à la Tolkien.

– Quand on vient à la Côte d'Or, on vient pour voir Bernard Loiseau, me disait-il. Et Bernard Loiseau, il est là !

Ce « moi » le turlupinait. Était-il le grand chef médiatisé, le môme moqueur d'Auvergne, le garnement de Chamalières, le mal-aimé des Troisgros, ou un peu tout ça à la fois ? Les héros pressés de Paul Morand, en regard de lui, étaient des amateurs. Derrière son éternel sourire perçait un doute. Sous ses paupières couvaient d'improbables vigilances. Son allégresse attirait ces graisses qu'il combattait, mais qui, de façon pernicieuse, parasitaient ses pensées.

Même après son mariage avec Dominique, qui aurait dû l'apaiser, du moins le poser, il ne se posa pas. Il se déplaçait à la vitesse d'un météore, se demandant comment rester au sommet, comment continuer à plaire, à être le meilleur. Il se le demandait et nous le demandait. Dans ses opinions sur les autres chefs, Bernard tranchait. La demi-mesure n'était pas de son monde. Il passait de un peu à beaucoup, de beaucoup à passionnément, de passionnément à la folie, de à la folie à plus du tout. Cette girouette subissait des vents contraires. Quand je dis girouette, je ne veux pas dire que Bernard changeait d'avis comme de tablier, mais que chaque compliment adressé à un autre chef que lui le fragilisait. Il le prenait comme une attaque personnelle. Les médias lui répétaient qu'il était le plus beau, le plus grand. Il avait fini par y croire, persuadé que sa disponibilité était synonyme d'indéboulonnable splendeur. Lui le modeste, il planait. Je pourrais écrire des pages et des pages sur ses rapports avec Veyrat, Troisgros, Robuchon, Gagnaire, Ducasse et quelques autres. La jalousie entre chefs ne cuit plus à l'étouffé. Elle éclate comme une fricassée de petits oiseaux.

Bernard, en fait, avait besoin d'être paterné. Bocuse et Ducloux s'acquittèrent de cette tâche. Bernard se sentait plus en sécurité avec les vieux qu'avec les jeunes, car les vieux avaient leur avenir derrière eux. Ce qui a toujours terrorisé Bernard, c'est l'avenir. Cette vapeur faite d'incertitude. Oui, la grande incertitude.

J'ai souvenir d'un « fabuleux » repas chez moi. Si je l'ai mis entre guillemets, c'est que le mot est de Bernard. C'était le 14 mars 1993, lors de l'anniversaire de mon père. Un dîner dominical. Étaient présents Bernard et Dominique Loiseau, Guy et Danielle Savoy, Joël Robuchon et son épouse, ma femme et moi, mes parents, ainsi qu'un éditeur, le gentillet Laurent Laffont, plus efficace autour d'une table que dans une maison d'édition, qui avait apporté un magnum de Cheval-Blanc 1950. Il faut préciser qu'à cette époque, j'étais pressenti pour remplacer Claude Lebey, directeur de collection de la gastronomie chez Robert Laffont, ce qui me permit, en deux coups de cuillère à pot, de faire, avec Joël, *Le Meilleur et le plus simple de la pomme de terre*. Malheureusement, Robert Laffont quitta le navire. Il fut remplacé par Bernard Fixot. Bernard Fixot avait pour femme une Giscard d'Estaing qui était autant faite pour la cuisine que son père pour l'Académie française. Je ne faisais pas le poids. Dès qu'il y a un Giscard quelque part, il faut qu'il soit à la barre. Certains trouvent ça barbare. C'est surtout barbant.

Le dîner était maousse. Je veux dire au niveau quantité. Il y avait six plats, sans compter les desserts exécutés par ma femme, à savoir une charlotte aux poires et un fondant au chocolat. Côté boisson, j'avais prévu seize bouteilles, le magnum de Cheval-Blanc compris. Vendanges tardives de gewurztraminer 1989 Ostertag, Comtes de champagne 1982, chambertin Clos de Bèze 1986 Faiveley, vosne romanée 1989 Engel, corton 1985 Laleure-Piot, Clos la Roche 1982 Dujac. Pour faire plaisir à nos grands toqués, ou peut-être pour les étonner, j'avais fait un foie gras mariné au gros sel, des huîtres chaudes à la purée de rattes, des flans d'étrilles à la vinaigrette de cerfeuil (une recette du formidable Claude Peyrot), des pâtés tièdes de pieds de porc, foie gras, truffes fraîches et châtaignes au vinaigre balsamique, un turbot de huit kilos avec son beurre de chou vert et un carré de côtes de veau sous la mère à la salade d'herbe fraîches. Deux jours de boulot à deux.

Le premier plat était un clin d'œil à Guy Savoy, le second à Joël Robuchon, le quatrième à Bernard Loiseau. Guy et Joël me félicitèrent avec chaleur. Ils dévoraient comme des affamés. Bernard, lui, me demanda avec sa fougue coutumière comment j'avais fait le foie gras. Guy m'avait fait jurer de ne rien dire. Bernard goûtait le foie, le dépiautait, l'observait sous toutes les coutures, mastiquait comme s'il s'était agi d'un vin miraculeux, avec du corps, de la fesse, de la mâche. On ne le tenait plus. Au moment du pâté tiède, il tomba des nues.

– Mais comment tu as fait ça ? Comment il a fait ça ? demandait-il aux autres en brandissant son assiette, en en montrant le contenu. Je ne lui ai pas donné la recette !...

L'air de reproche, aussitôt, se transforma en éclat de rire. Puis en félicitations démesurées. Bernard irradiait. Il prenait les autres à témoins. Si les amateurs étaient capables de faire ça, les cuistots n'avaient plus qu'à raccrocher le tablier.

– Non ? Vous n'êtes pas d'accord ?...

Le dîner se prolongea jusqu'à deux heures du matin. Les uns et les autres partirent sur les chapeaux de roue. Ils dévalèrent les escaliers. Guy fit du toboggan. Il avait du vent dans les voiles. Moi, je mis trois jours à m'en remettre. J'eus des boutons pendant une semaine.

Le lendemain du dîner, le premier à m'appeler fut Bernard.

– C'était fabuleux ! D'abord les amis réunis ! Ensuite ta cuisine ! Tu entends ? Fa-bu-leux !

Bernard était ainsi. L'entrain d'un hussard, la nostalgie d'un mousquetaire. Il brillait et faisait briller les autres. S'il se méfiait des grands sentiments, cela ne l'empêchait pas d'avoir le cœur qui mijotait et l'âme qui exhalait une douce candeur. Lui le perdu, il protégeait. Lui l'éperdu, il oubliait de se protéger. Drogué de télévision, il était certes devenu vorace de confirmation, tenaillé par l'angoisse, mais il rêvait. Sans doute pensait-il que les rêves laissent des traces plus profondes que les actes. Sans doute avait-il raison.

Il y a encore eu d'autres joies, d'autres bonheurs partagés. Et des malheurs. Lorsque ma mère est morte, nous avons ramené ses cendres en Bourgogne. Il fut question de les répandre entre un grand tilleul et des cèdres du Liban. Moume adorait les arbres. Pendant le voyage, j'avais l'urne dans les bras. Enfant, c'est moi qui étais dans les bras de Moume...

Nous fîmes une halte à Saulieu. Bernard voulait nous voir, nous témoigner son affection. Nous étions une quinzaine. Il nous invita tous. Je n'ai jamais oublié son geste.

Plus le temps passait, plus Bernard était pris. Il venait à Paris en coup de vent, il repartait en coup de vent. Il participait à des émissions où on lui demandait n'importe quoi. Était-il dupe ? Je l'ignore. Un jour, il m'a dit « c'est fini ». Ça ne finirait jamais. Il eut beau dire qu'il ne voulait pas être accaparé par tous ces profiteurs, il sombra de nouveau. C'était une drogue dure.

– Je choisis mes émissions, je vends ma sauce et je me tire !

Il n'a pas su se tenir à cette résolution. Les médias l'ont tué.

Bernard a apporté un peu d'air frais à la cuisine. Loin des simagrées ubuesques de quelques chefs modeux et chichiteux touillant à la fois dans l'écuelle le politiquement correct, l'humanitaire, la repentance, la bien-pensance et l'irrésistible envie de ne pas déplaire, il a su rendre hommage à l'esprit français dans tout ce qu'il a de plus hautement rabelaisien. Il ne maquillait pas les goûts. Quittant les modèles de la tradition, il a associé de manière instinctive, mais générale, grâce aux contrastes des textures, des saveurs et des couleurs. Il a réalisé des accords aussi parfaits que celui du chou et de la langoustine, du foie gras et du navet, de l'oursin et de l'asperge verte, du rognon de veau et du raifort. On a le sens des choses ou on ne l'a pas. Bernard l'avait. Comme Jean Troigros. Comme Alain Chapel. Je n'oublierai jamais ses fantastiques écrevisses « pattes rouges » rôties à vif avec un jus d'herbes, ses superbes jambonnettes de grenouilles à la purée d'ail et au jus de persil, sa magnifique côte de veau sous la mère avec sa purée de pommes de terre aux truffes, son irréelle poularde truffée à la vapeur avec un riz basmati à la truffe. Bernard a su renouveler les grands classiques. Son étonnante simplicité tenait de la fulgurance. La brandade de morue, avec lui, devenait une cantate de légèreté et de saveur, où l'on retrouvait bien sûr le poisson, la pomme de terre et l'ail, mais réunis d'une manière complètement différente. Même la pintade au chou prenait un envol particulier.

Loiseau aussi a pris son envol. Cette date du 24 février 2003, je la maudis. Il y a peu d'hommes de cette trempe. Il faut toujours que ce soit ceux-ci qui disparaissent les premiers. Les autres, ils restent. Ils s'accrochent. En plus, Bernard a choisi la façon violente. Spectaculaire. Sanglante.

Après coup, on accuse tout le monde. Bernard était hanté par le doute. Il était stressé, à bout de force, déstabilisé par la prise et l'arrêt de médicaments. Son élégance consistait à ne pas le montrer. Juste avant la tragédie, selon un membre du personnel, « tout se passait bien, il était enjoué comme à son habitude ». J'ai eu d'autres échos. Quinze jours auparavant,

Bernard avait confié à son fidèle Hubert : « Si ça continue, je me fais éclater la tête... »

Le Michelin lui avait fait peur en mettant en doute ses trois étoiles, un journaliste l'avait écrit, le Gault-Millau avait donné 20 sur 20 à Marc Veyrat et lui avait enlevé deux points... Des journalistes se sont répandus dans la presse. On a ricané. Cette star des fourneaux qui était devenue un fait de société, une action en Bourse, un héros des revues people, allait peut-être plonger. Quel délice pour les fossoyeurs, les plumitifs au talent de gratte-papier ! Autrefois, un chef menacé se repliait sur lui-même, comptait ses alliés, se réconfortait avec sa gloire passée. Un chef tel que Loiseau était trop fier. Il avait de l'orgueil. Il s'était trop exposé. De surcroît, quelques déconvenues personnelles, semble-t-il, l'avaient affecté. Trop sensible, il était vulnérable. C'était un homard sans sa carapace. Il consultait ses amis, rongeait son frein et son angoisse. « D'un coup de fusil de chasse, a écrit un journaliste, il a quitté un monde qui lui retirait son paradis sur terre. »

Y a-t-il un paradis ailleurs ? Bernard, dans son genre, était un mystique. On ne sait jamais pourquoi un être se supprime. Rétrospectivement, on s'en veut. On se reproche de ne pas avoir été assez présent, pas assez à l'écoute. L'après, c'est toujours terrible. Je me souviens d'un repas avec Louis Nucéra, Alphonse Boudard, José Giovanni et Bernard. Mes amis. Tous disparus. Mais était-ce vraiment un repas ?

XAVIER PATIER

LE ROMAN DE CHAMBORD

Extrait

Souvent femme varie

Le château de Chambord, avait-on répondu à l'ambassadeur Sozano qui s'était demandé à quoi il pouvait bien servir, poursuit deux vocations : une vocation de rendez-vous de chasse et une vocation de rendez-vous pour les dames. François Ier était assez pourvu en châteaux militaires et en châteaux politiques : il voulait un château cynégétique et galant.

Là encore, le roi innovait. Quand Louis XII – c'était son penchant vieux Capétien – se montrait volontiers pingre et misogyne, François se fit très vite une réputation de flambeur et de séducteur. En 1501, Louis XII avait accueilli au château de Blois la reine de Castille sur le ton bougon d'un père du désert : « Madame, allez-vous-en voir ma femme et nous laissez icy entre hommes. » François était plutôt du genre à expédier le mari. Aussitôt que devenu roi, il créa le titre de « gentilhomme de la chambre », qui lui permit d'offrir un débouché professionnel à ses anciens compagnons de la « petite bande » et – c'était le but principal – d'héberger sous son toit leurs petites amies. Il affirmait, selon Brantôme : « Une cour sans femmes, c'est un jardin sans aucune belle fleur. » Il recruta à tour de bras du personnel de maison. En quelques mois, il fit de la cour de France la cour la plus brillante d'Europe. La plus libérée, aussi. Isabelle d'Este observe en 1517 : « Si la cour de Rome est étonnante par ses cérémonies [...], celle de France est stupéfiante et extraordinaire par son désordre, sa confusion, l'absence de distinction entre les personnes et un mode de vie libre et sans contrainte. »

François ne badine pas avec certains types de liberté. Lors du baptême du dauphin, il impose une innovation majeure : un plan de table où alternent les hommes et les femmes. Chambord, son château à lui, il veut qu'il soit une prouesse destinée à séduire les demoiselles et à les égarer. Ce sera pour la « petite bande », devenue une quasi-institution (l'ambassadeur d'Henri VIII parlera avec envie dans ses dépêches de la *« privy band »* – dont il n'est pas –, et les diplomates italiens de la *« picciola banda »* – où ils rêvent d'être admis), un lieu de ralliement. Après son couronnement, François Ier prend l'habitude, qu'il conservera toute sa vie durant, de disparaître des semaines entières. Il s'enfuit avec sa « petite bande ». Il héberge le groupe à Montfraud, puis, quand le donjon est achevé, au château de Chambord lui-même. Rares sont les étrangers invités à ce genre de sortie : Chambord est une résidence privée. François s'y emploie au dur labeur de chasser le jour, et de séduire le soir. Il y est heureux, mais pas toujours. Il manque des cerfs ; des demoiselles lui gâchent la vie. Son ancien page, Gaspard de Saulx-Tavannes, raconte que le roi « eut quelques bonnes fortunes et beaucoup de mauvaises ». La chose, en tout cas, occupe ses soirées. Dans les quartiers du donjon, au milieu de ses compagnons, sur un sol jonché de fougères, devant les cheminées monumentales où brûlent des feux généreux, le roi pratique un mélange curieux de raffinement courtois et d'exhibitionnisme.

L'année où naquit le projet de Chambord fut celle où la brune Françoise de Foix éclipsa la blonde reine Claude. L'affaire commença de la façon la plus petite-bourgeoise, sous le regard expert de la reine mère Louise de Savoie. François reçoit à la cour Françoise de Foix et son mari, Jean de Laval. Le jeune roi estime le mari, dont le rôle en Bretagne est précieux à sa politique. Mais il tombe amoureux de la femme, une brune vive et saine qui parle latin, espagnol, italien aussi bien que français, et le dévore des yeux. On se regarde chastement. On se respecte. On s'estime de se respecter. On est fier de s'estimer. On échange des lettres de pure amitié. On s'adresse des signes de connivence. Le roi envoie de menus présents. Françoise, courtisée par son puissant ami, répond avec tact et réserve. Ah ! comme ce tact est une vertu rare ; cette réserve, une qualité irrésistible aux yeux d'un séducteur à qui d'ordinaire personne n'oppose de scrupule ! Françoise fait sentir dans ses lettres – toujours écrites en vers – cette distance respectueuse et à la fois affectueuse qui, dans le cœur du roi, crée l'irréversible. Elle-même, est-elle dupe ? Nul ne sait. Elle fait semblant de pleurer, mais ses larmes sont vraies. Elle fait semblant d'être partagée, mais se comporte en femme passionnée. Elle se présente comme la « mye du roi de France », en tout bien, tout honneur. Le « gros garçon » en devient balourd, la comble de cadeaux encombrants, des broderies à porter, des colliers, et pour se faire pardonner redouble d'attentions pour le mari, qui se retrouve commandant de compagnie sans l'avoir demandé. Françoise écrit finalement au roi qui l'a promue dame d'honneur de la reine :

Ce que je veux maintenant révéler
C'est qu'il te plaise de garder mon honneur
Car je te donne mon amour et mon cœur.

La jolie Françoise remettait au beau François son honneur et lui avouait sa passion : bref, ils n'étaient pas encore amants, mais l'affaire était faite. Cela se passait en 1519, au moment où le roi donnait l'ordre de bâtir Chambord. Une fois la reine Claude délaissée et Françoise installée dans le lit royal, Louise, mère du roi, la prit en grippe et lui chercha une remplaçante.

La remplaçante fut trouvée assez facilement par la sœur de François : ce fut une blonde diaphane âgée de dix-huit ans, une autre habituée de la « petite bande », Anne de Pisseleu. Elle conquit le cœur du roi dès son retour de captivité, pendant l'été 1526, au moment où le chantier du château allait recevoir un coup d'accélérateur décisif. Le roi qui regagnait la France avait perdu de sa superbe. Libéré dans des conditions peu glorieuses, il avait versé la rançon demandée, cédé la Bourgogne à Charles Quint en violation des lois fondamentales du royaume, abandonné ses fils en otage. Il était âgé de trente et un ans, l'âge où l'on cesse de se croire éternel. (« À trente et un ans, il reste si peu d'années de mois, de jours que *carpe diem* ne suffit plus », affirme lord Byron, qui s'y connaît en dandysme.) Sa jeunesse, le roi savait, et maintenant *sentait*, qu'elle lui échappait. Tout lui semblait urgent. Il ordonna de pousser les feux dans tous les domaines. Il n'était pas du genre à regarder en arrière. Il voulait recommencer sa vie. La brune Françoise de Foix en fit les frais. Anne de Pisseleu, qui la supplanta, ne fut jamais amoureuse comme elle, faute d'avoir nourri un temps une passion secrète ; elle ne parlait pas italien, ni latin, cependant elle possédait une ambition dévorante. Le roi avait besoin de retrouver des certitudes : elle en était bardée. Et elle eut sur le roi un pouvoir que personne avant elle n'avait possédé.

Françoise, d'abord, ne se laissa pas faire. Elle hurla comme une bête blessée. Puis elle intrigua. Puis elle attendit. Puis elle fit mine de penser qu'Anne ne serait qu'une passade parmi d'autres. Puis elle ironisa. Elle écrivit au roi une missive, sur le ton des *brunes comptent pas pour des prunes* dans laquelle elle tournait en dérision la pâleur d'Anne. (« Blanche couleur doit être méprisée... ») Le roi prit mal l'allusion. Elle insista. Il se braqua. Elle avait trente-deux ans, un an de plus que son ancien amoureux, douze ans de plus que la nouvelle favorite ; elle finit par comprendre qu'elle avait perdue la partie. Elle s'exila en Bretagne. Elle envoya quelques lettres en vers. Elle pardonna, puis elle mourut.

Pendant ce temps, le roi se préoccupait d'aménager à Chambord un appartement pour Anne. Il modifiait sur les plans l'agencement du donjon pour le prolonger par une aile royale où il pourrait s'isoler. Au-dessus de son appartement, relié par un escalier particulier, il prévoyait celui d'Anne. Il prenait son avis. Il la fit duchesse d'Étampes. Il la comblait d'argent et d'honneurs. Il s'en remettait à elle en tout. Il vieillissait. Elle le trompait éperdument, de préférence avec des amis communs, l'amiral Chabot, le poète Clément Marot. Le roi commençait à souffrir, car il commençait à aimer. Trop tard. Il fit alors ce que font les amants trompés : il s'aveugla. Il refusa d'entendre les allusions méchantes aux inconstances de la duchesse. Il fit tendre des tapisseries dans ses appartements, juste au-dessus du sien, dans la grosse tour nord. (Les tapisseries ont disparu, mais on discerne encore les crochets qui les supportaient.) Cependant, un soir des années 1540, le roi grava au diamant sur un vitrail de sa chambre de la tour nord, en présence de sa sœur Marguerite, la sentence fameuse : « Souvent femme varie, bien fol qui s'y fie. » D'autres sources disent qu'il écrivit : « Toute femme varie, malhabil qui s'y fie. »

Un petit in-octavo daté de 1552, provenant de la bibliothèque de Diane de Poitiers, donne une version musicale du propos. Il reproduit le texte d'une chanson dont les paroles et la musique (perdue, hélas) sont, d'après l'ouvrage, de François Ier lui-même :

Qui veult tout son service perdre
Vieil homme, enfant ou femme serve
L'homme se meurt, l'enfant oublie
En tout propos femme varie.

Vieil homme ! Le roi François, au crépuscule de son règne, devient gaullien. L'homme meurt, l'enfant oublie, la femme varie : telle est la conclusion de la vie du grand épicurien. Le monarque fougueux découvrait, tout surpris, le désenchantement amoureux. Il est douloureux, lorsqu'on a bâti sa gloire sur sa supériorité physique, de voir arriver la décrépitude, de pressentir cette heure où l'amour devra s'acheter à prix d'argent. François accepta cette nécessité sans sombrer. Sa mère était morte, sa maîtresse le ridiculisait, son corps le trahissait, et il refusait de donner dans le lamento ordinaire du don Juan fatigué. On raconta qu'un soir il avait découvert la duchesse dans les bras d'un de ses anciens compagnons de la

« petite bande », un de ses gardes, et qu'il avait fait semblant de ne pas la reconnaître. Il expédia quelques jours le garde au cachot sous un faux prétexte, parce que c'était bien le minimum, et à Anne il ne dit rien.

Le cœur n'y était plus. Mais il continuait à tenir le rôle. Il continuait à faire semblant d'être heureux, d'être triomphant, par égard pour ses amis. Jusqu'à la fin, il joua au séducteur insatiable. Il n'était pas dupe, mais il était devenu indulgent. La nature humaine, il connaissait. Il n'empêche, il laissa cette phrase : « Souvent femme varie »... La sentence ainsi gravée n'était pas un cri de désespoir, mais un avertissement de connaisseur.

Le vitrail a disparu. La tradition le situe côté est, sur la première fenêtre de la chambre du roi, en bas à gauche de l'escalier qui rejoint l'appartement de la duchesse d'Étampes. Si vous voulez méditer à son sujet, mettez-vous face au mur opposé à la porte en chêne (une belle porte à salamandre, une des rares qui soit d'origine, où vous verrez de minuscules traces d'or dans les moulures), et regardez la fenêtre : c'est là que François a écrit. On raconte que c'est Louis XIV qui a cassé le vitrail, à la demande de Louise de la Vallière. Voire. Ce qui est certain, c'est que le docteur Bernier, médecin ordinaire de Madame, mentionna encore la phrase : « Souvent femme varie, malhabil qui s'y fie », qu'il avait repérée « écrite sur un carreau de vitre ». C'est la dernière fois que la curiosité est mentionnée par un visiteur.

JACQUELINE MONSIGNY
EDWARD MEEKS

LE ROMAN DE HOLLYWOOD

Extrait

Et Scarlett O' Hara ?

– Mais, mon pauvre David, l'histoire avec un grand H, c'est un handicap ! La guerre de Sécession assomme le public...

– Pourtant, Louis, le livre de Margaret Mitchell est...

– *Autant en emporte...* je... ne sais plus quoi... Oubliez, n'achetez pas cette histoire cinquante mille dollars, c'est beaucoup trop cher, surtout pour un livre qui vient de sortir et n'est même pas reconnu comme un succès... En tout cas, tenez-vous-le pour dit, la MGM ne partira pas dans cette aventure folle avec vous ! affirme Louis B. Mayer à son gendre de trente-quatre ans, David O' Selznick, jeune producteur de Selznick Pictures, indépendant de son terrible beau-père.

Mayer n'est pas le seul de cet avis. Tous les amis et collaborateurs de Selznick lui conseillent de ne pas toucher au bouquin, beaucoup trop long et touffu, de Margaret Mitchell *Autant en emporte le vent*.

Assez ébranlé, Selznick part en vacances avec sa femme Irène, la fille de Louis B. Mayer, à Hawaï, mais il emporte quand même le livre tant décrié. Sur le bateau, il le dévore page après page.

De retour à Hollywood, David O' Selznick apprend que le livre de Margaret Mitchell devient un grand succès public. Quelques producteurs commencent à hésiter, mais rien n'est encore signé. C'est une question de jours.

Sans plus attendre, Selznick se précipite pour acheter les droits, le 7 juillet 1936. Il attend dans l'angoisse. Le 30 juillet suivant, Margaret Mitchell signe à Atlanta, où elle habite avec son mari, le contrat de cession de son livre qui est maintenant premier sur la liste des best-sellers.

« Il était temps », pense Selznick, car tous les *tycoons* de Hollywood se réveillent, mais trop tard !

Voilà David O' Selznick avec les droits d'un énorme roman. Il dira plus tard qu'il n'en avait jamais lu d'aussi gros.

Le jeune producteur, qui a rajouté un O' à son nom – peut-être pour Oliver, mais en fait d'après lui juste pour se différencier des autres Selznick, comme son frère Myron, agent renommé à Hollywood – se demande par où commencer ?

Très professionnel, il engage George Cukor, qui est un grand ami, pour la mise en scène et il demande à Sidney Howard d'écrire le scénario..

Selznick ne sait pas encore que trois metteurs en scène plus deux réalisateurs de secondes équipes et quinze scénaristes se relaieront sur le film, d'abord dans l'enthousiasme, puis les cris, la rancune, la fureur, la jalousie et que quatre-vingts fois, Selznick croira qu'il ne pourra aller au bout de l'aventure. Car *Autant en emporte le vent* ne se fait que sur et par la volonté du seul David O'Selznick.

L'énergie qu'il va déployer pour créer son rêve laisse pantois. Il voit tout, entend tout, est partout, ne néglige aucun détail.

Tout le monde connaît plus ou moins l'histoire du roman : nous allons tenter d'en rappeler les grandes lignes.

L'action se passe en avril 1861, en Georgie. Scarlett O' Hara est la fille d'un émigré irlandais, Gérald O' Hara, possesseur de la superbe plantation de Tara. Scarlett, qui a du caractère, est amoureuse en secret du bel Ashley ; elle découvre à sa grande rage qu'il va épouser sa cousine Mélanie. Scarlett essaie d'empêcher le mariage en tentant de séduire Ashley, mais celui-ci reste inébranlable. Il épousera Mélanie. Scarlett découvre avec horreur que Rhett Butler, un superbe aventurier de Charleston, a tout entendu. Rhett se moque de Scarlett. Mais la guerre de Sécession éclate entre le Nord et le Sud.

Tous les Sudistes pensent que la guerre va être très courte. Seul Rhett Butler n'y croit pas. Par dépit, Scarlett O' Hara accepte d'épouser Charles Hamilton, le frère de Mélanie. Elle devient donc sa belle-sœur. Tous les jeunes gens, joyeux, partent à la guerre.

Charles meurt et voici Scarlett veuve. Elle fait scandale en dansant, pour un bal de charité, tout de noir vêtue, dans les bras de Rhett Butler, qui ne l'a pas oubliée. Ashley revient du front et avoue à Scarlett que le Sud peut perdre la guerre. Il lui confie « sa rivale », Mélanie, qui est enceinte, et lui demande de bien veiller sur elle. Mélanie accouche grâce à Scarlett. Rhett Butler aide les deux femmes à quitter Atlanta en flammes avec l'enfant de Mélanie.

Scarlett revient se cacher avec Mélanie dans la belle plantation de Tara, maintenant ravagée par la guerre.

Scarlett tue un déserteur yankee qui les menaçait, Mélanie et elle. La guerre se termine. Scarlett revoit Ashley qui lui avoue « enfin » son amour mais il restera fidèle à Mélanie. Scarlett, désespérée, veut reconstruire Tara. Elle se décide, après s'être cousu une robe dans les rideaux car elle n'a plus de toilettes, à essayer d'obtenir de l'argent de Rhett Butler, qui est en prison. Rhett croit que Scarlett vient le voir pour lui. Sarcastique, il lui avoue que tout son argent est caché et que c'est pourquoi il est prisonnier. Scarlett, folle de rage, épouse Frank, le fiancé de sa propre sœur, qui est un marchand ayant fait fortune.

Mais les Yankees qui occupent le Sud tendent une embuscade à Ashley et ses amis. C'est Rhett Butler qui les aide à s'échapper. Ashley, au cours du combat, est blessé et Frank, le mari de Scarlett, trouve la mort dans l'embuscade.

Scarlett est veuve pour la seconde fois. Elle accepte d'épouser Rhett Butler, qui est très riche. Sous ses airs de séducteur et mauvais garçon, Rhett est en fait, depuis le début, sincèrement amoureux de Scarlett. Celle-ci, dans ce mariage, voit surtout qu'elle n'aura plus de difficultés financières et qu'elle va pouvoir enfin reconstruire Tara. Scarlett a une fille de Rhett, Bonnie Blue, mais, croyant toujours être amoureuse d'Ashley, elle est surprise dans ses bras en train d'échanger un baiser avec lui.

Rhett Butler, fou de rage, prend Scarlett de force et part le lendemain pour l'Angleterre avec leur fille Bonnie Blue. Scarlett est enceinte. Elle attend le retour de Rhett Butler et de Bonnie, mais Rhett, rentré à la maison après des mois d'absence, est méprisant pour sa femme. Il la repousse. Elle tombe dans l'escalier et perd l'enfant qu'elle attendait. La tragédie continue. Bonnie Blue se tue en galopant sur le poney que Rhett lui a offert. Mélanie meurt en accouchant d'un autre enfant et en demandant à Scarlett de prendre soin d'Ashley. Scarlett comprend bien tard que l'homme qu'elle aime est en fait Rhett Butler et non le faible Ashley. Elle tente d'empêcher Rhett de partir, désespéré de la mort de sa fille Bonnie. Rhett, impitoyable, lance alors à Scarlett, qui lui demande ce qu'elle va faire, « seule maintenant » ?

– *Frankly, my dear, I don't give a damn !* (« franchement, ma chère, je n'en ai rien à f... ! ») Phrase très osée pour l'époque, qui fit jaser tous les spectateurs. Selznick devra se battra contre le code Hays pour la conserver au montage.

Mais la toute fin est pour Scarlett O'Hara. Elle retourne vers sa plantation et veut continuer à vivre.

– Tara ! Ma maison ! Ma terre ! Je rentre chez moi... Je réfléchirai à un moyen de récupérer Rhett. J'ai toujours réussi ce que j'ai voulu !... Après tout, demain est un autre jour...

Ce sera la dernière phrase, sublime, de Scarlett O'Hara et des générations la répéteront.

*

David O' Selznick sait que le plus important est de trouver l'héroïne du film, Scarlett O' Hara, car tout repose sur elle. En effet, la personnalité de Scarlett, au début jeune fille riche, gâtée, mutine et coquette, qui lance sous sa grande capeline à deux grands nigauds, les jumeaux Tarleton « taratata » pour les aguicher, évolue avec les tragiques événements. Elle devient une femme volontaire, agressive, même méchante, pour survivre dans un Sud pauvre, anéanti par les Nordistes. Farouche, elle avoue qu'elle peut « mentir, voler, tricher ou tuer » pour ne plus avoir faim et défendre sa vie dans le désastre. Mais le film est-il totalement fini ? Beaucoup de lecteurs et spectateurs d'*Autant en emporte le vent* penseront du reste que Scarlett O' Hara sera capable de retrouver Rhett Butler et de s'en faire aimer à nouveau. Il faut donc dénicher l'actrice capable de jouer un pareil rôle.

Très malin, David O' Selznick organise une opération publicitaire où le public peut voter.

Mille cinq cents candidates se présentent. Deux cents tests cinématographiques sont réalisés avec crinolines, coiffures d'époque, capelines.

La fièvre monte à Hollywood. Les plus grandes stars féminines veulent décrocher le rôle de Scarlett. Au grand étonnement de Selznick, elles acceptent toutes de faire des essais comme des débutantes : Paulette Godard – la compagne de Charlie Chaplin dans la vie – Lana Turner, Joan Bennett, la grande Bette Davis, Tallulah Bankhead – surnommée la lionne en raison de son fichu caractère – Susan Hayward, Jean Arthur, Katharine Hepburn, Joan Crawford, Loretta Young... Peu à peu, les candidates, après moult discussions, hésitations et finalement sur décision de Selznick, seul maître à bord, sont éliminées.

Restent seules en lice Paulette Goddard, bien près de décrocher le rôle, et Katharine Hepburn, appelée alors par de méchantes langues « la poison du box-office » car plusieurs de ses films ont été dernièrement des échecs.

Mais David O' Selznick veut encore réfléchir avant de se décider pour Scarlett. Pendant tout le travail de préparation du film, Selznick fait peindre par William Cameron Menzies des centaines de peintures, paysages, plantations sudistes, pour donner une idée du style de son futur film.

Louis B. Mayer ne veut pas le montrer, mais il commence à s'intéresser à la « folie » de son gendre.

Selznick, réservant toujours sa décision pour Scarlett, se penche sur la distribution des hommes. Pour Rhett Butler, il aimerait Errol Flynn, Gary Cooper ou Ronald Colman. Mais le public, dans tous ses référendums, plébiscite Clark Gable qui, depuis *New York-Miami* et *Les Révoltés du Bounty* est devenu « The King » – le roi – à Hollywood.

Seul hic, Clark Gable est sous contrat avec la MGM et Selznick n'a pas très envie de négocier avec son terrible beau-père. Mais devant la pression populaire, il réussit à s'entendre avec Louis B. Mayer, finalement très satisfait de rentrer dans l'affaire qu'il avait tant décriée. Ce dernier accepte de « prêter » Clark Gable contre cinquante pour cent des bénéfices et les droits de distribution. C'est une bonne affaire ! Mais grosse surprise, Clark Gable, qui vit une belle histoire d'amour avec la star Carole Lombard, et qui a toujours ses idées, n'est pas emballé par le rôle. Il traîne les pieds, déclare qu'il n'a pas envie de prendre l'accent sudiste, du reste il ne le prendra pas et n'en fera qu'à sa tête... de bois ! Finalement, avec l'insistance de Selznick et de Louis B. Mayer, plus diplomate qu'au moment de *New York-Miami*, Clark Gable accepte et signe le 25 août 1938.

À partir de cet instant, Mayer, galvanisé, se lance à la suite de son gendre dans la folle aventure d'*Autant en emporte le vent*.

*

Pour les autres rôles importants, même s'il y a des hésitations et longs palabres, Selznick décide que le meilleur Ashley sera Leslie Howard et la douce Mélanie Olivia de Havilland. Bien sûr, il y a des quantités d'autres rôles, comme « Mammy », la nounou noire de Scarlett. Ce sera Hattie Mc Daniel et Thomas Mitchell, Gerald O' Hara, le père de Scarlett.

Le 10 décembre 1938, David O' Selznick a l'audace de commencer son tournage par l'incendie d'Atlanta et il n'a toujours pas de Scarlett !

Qu'attend-il pour se décider ? Est-il fou ?

Dix caméras Technicolor tournent de loin la fameuse scène où Rhett Butler sauve Scarlett et Mélanie d'Atlanta en flammes. Des cascadeurs remplacent les acteurs, surtout l'actrice absente. Les vieux décors du *Jardin d'Allah*, du *Dernier des Mohicans*, du *Petit Lord Fontleroy* et... de *King Kong* servent pour l'incendie de la ville sudiste.

Tous les pompiers de la région sont alertés.

C'est là que le miracle va se produire. Une histoire incroyable comme il n'en arrive qu'au cinéma !

Myron Selznick, le frère de David, amène sur le tournage une jeune vedette anglaise de son agence, Vivien Leigh.

Myron la présente en ces mots à David :

– Voici ta Scarlett O' Hara !

David O' Selznick regarde la jeune femme si belle, fine, élégante, brune au regard magnifique et pourtant volontaire.

Subjugué après des essais, David O' Selznick annonce qu'il a enfin trouvé « sa » Scarlett. C'est la fureur chez les actrices américaines que ce soit une Anglaise qui ait raflé le rôle.

En revanche, les Sudistes déclarent qu'ils préfèrent une Anglaise à une Yankee nordiste pour Scarlett O' Hara.

Enfin, après avoir épuisé une multitude de scénarios et supplié Margaret Mitchell de venir travailler sur le script à Hollywood, ce qu'elle refusera toujours, David O' Selznick donne la date du début officiel du film.

Le 26 janvier 1939, le tournage dirigé par George Cukor peut enfin commencer.

Selznick se rassure. Sa distribution est la bonne. Vivien Leigh est tout de suite sublime aux rushes dans son rôle de Scarlett O' Hara, Clark Gable royal avec sa célèbre moustache de Rhett Butler et son allure de mauvais garçon aussi séduisant que sarcastique. Olivia de Havilland, belle et douce à souhait pour incarner Mélanie. Quant à Leslie Howard, grand acteur du théâtre anglais, il se montre un Ashley hésitant et romantique à souhait.

David O' Selznick pense partir, avec une telle distribution, pour un tournage de rêve.

Ce serait trop beau !

Très vite, Clark Gable est mécontent de George Cukor, le metteur en scène trop délicat et sophistiqué qui de plus, à son avis, avantage les actrices, surtout Vivien Leigh.

Clark convainc Selznick que Cukor n'est pas l'homme de la situation.

Le départ de George Cukor furieux est rendu public le 13 février. Il n'aura « tenu » que seize jours. Clark Gable insiste de tout son poids de grande star pour prendre à la place Victor Flemming, avec qui il a déjà tourné deux films et avec qui il s'entend très bien. Flemming quitte la fin du tournage du *Magicien d'Oz* pour rejoindre *Autant en emporte le vent.*

Par la même occasion, Selznick et Flemming changent aussi de chef opérateur et un nouveau scénariste arrive, en la personne de Ben Hecht, qui réécrit les scènes principales sous les ordres de Selznick.

Vivien Leigh et Olivia de Havilland sont furieuses. Elles vont voir en cachette George Cukor pour lui demander des conseils dans la façon d'interpréter leur rôle.

Quelle ambiance !

Le tournage est épuisant, avec des scènes à grand spectacle comme celle de Scarlett au milieu des blessés dans la gare d'Atlanta. Le mari de Margaret Mitchell, venu voir le tournage, déclare :

– Si l'armée sudiste avait été aussi nombreuse que les figurants de ce film, nous, les Sudistes, nous aurions sûrement gagné la guerre !

Olivia de Havilland nous a raconté que Selznick faisait habiller les actrices, et même les figurantes, des soies, dentelles et tissus les plus précieux. Même leurs jupons, sous les crinolines, étaient raffinés. Comme Olivia s'en étonnait en déclarant à David O' Selznick : « Mais le public ne verra rien », il lui répondit, très calme : « Non, mais vous, les actrices, vous le saurez et cela changera votre attitude ! »

C'était un autre temps, un autre cinéma. Selznick suivait tout scrupuleusement, même les « dessous » de ses comédiennes !

*

Mais, nouveau rebondissement. Le 27 avril 1939, le pauvre Victor Flemming s'effondre, terrassé de fatigue. Sur l'ordre de Selznick, le metteur en scène Sam Wood le remplace le 1er mai, mais le 17 mai, Flemming, ressuscité, revient !

À partir de cet instant, rien de moins que cinq équipes tournent en même temps. Celles de Flemming qui supervise tout, de Wood, de William Cameron Menzies, auxquelles s'ajoutent James A. Fitzpatrick et Breezy Reeves Eason, chargés de plans d'atmosphère du Sud. Quant à David O' Selznick, il tourne lui-même certains plans, notamment la dernière scène d'adieu entre Scarlett et Rhett Butler.

Le 1er juillet, le film est officiellement terminé.

Sur l'ordre de Selznick, chef impitoyable, certaines scènes dont il n'est pas totalement satisfait sont retournées, tandis que les monteurs s'activent autour des bobines de pellicule.

La déclaration de guerre contre l'Allemagne nazie en septembre 1939, par la France et l'Angleterre, n'abat pas l'enthousiasme de Hollywood, impatient de voir enfin *Autant en emporte le vent*.

La première du film a lieu le 15 décembre 1939 à Atlanta. L'arrivée des stars provoque un fol enthousiasme : Clark Gable arrive au bras de Carole Lombard et pour Vivien Leigh, Scarlett O' Hara revenue enfin chez les Sudistes, c'est du délire.

Il faut quand même noter que les acteurs noirs n'ont pas été invités à la première ! Dans le Sud, la ségrégation sévit toujours. Il faudra attendre 1955, Rosa Parks, Martin Luther King et les présidents Dwight Eisenhower et John F. Kennedy, pour faire cesser ce scandale.

Leslie Howard est déjà parti, comme David Niven, tous deux citoyens anglais, afin de se battre pour leur pays contre l'Allemagne. Vivien Leigh veut rejoindre très vite son grand amour, Lawrence Olivier.

Autant en emporte le vent est partout un raz-de-marée. Les salles, mêmes nordistes, sont archipleines. Ce film très long, trois heures et demie, est hors normes. Le tournage a été l'aventure totalement démesurée de Hollywood. Parfois, avec les changements de metteurs en scène, le film a souvent frôlé le désastre. Dans la tempête, Selznick, le capitaine, a toujours tenu la barre. C'est une œuvre portée à bout de bras.

Elle a coûté quatre millions de dollars et en rapportera tout de suite vingt millions, mais au cours des années, cela se chiffrera par milliards, car le film est immortel et avec les rediffusions plus tard à la télévision, certains experts de cinéma ont calculé qu'*Autant en emporte le vent* rapportera autant que, bien plus tard, les deux immenses succès internationaux *E.T.* de Steven Spielberg et *Star Wars* de George Lucas.

À la cérémonie de l'Academy Award suivante, *Autant en emporte le vent* rafle presque tous les Oscars. Meilleur film, meilleure interprétation féminine, Vivien Leigh, meilleur second rôle féminin, Hattie Mc Daniel – la mammy de Scarlett – cette merveilleuse actrice noire est vengée par Hollywood de l'insulte d'Atlanta ! Meilleure interprétation masculine de second plan, Thomas Mitchell, pour le père de Scarlett. Meilleure mise en scène ! Comment tous les réalisateurs se sont-ils partagé la statuette ? Meilleur scénario – idem –, meilleure photographie en couleurs – c'est le triomphe du Technicolor –, meilleurs décors, meilleur montage, meilleurs effets spéciaux, plus un prix spécial à William Cameron Menzies qui a peint de si beaux décors.

Le grand oublié est « The King ». Clark Gable n'est pas nommé pour le rôle de Rhett Butler, où il est pourtant superbe. Il est battu par Robert Donat pour *Goodbye Mr Chips*.

*

Mais Clark Gable s'en moque, il est heureux. Pour la première fois de sa vie, il aime vraiment une femme à la folie. Elle sera la seule : Carole Lombard.

Pourtant, la nouvelle commère à la mode, Hedda Hopper, grande rivale de Louella Parsons, tire dans son journal sur le couple à boulets rouges, car Clark et Carole sont mariés chacun de leur côté. Mais la passion est la plus forte.

Carole divorce de l'acteur William Powel et Clark de sa seconde femme, Maria Langham, qui a, comme sa première épouse Joséphine Dillon, quinze ans de plus que lui. Clark Gable, le « dur de Hollywood », ayant perdu sa mère à l'âge de sept mois, il faut sans doute voir un manque de tendresse féminine dans son enfance, pour avoir par deux fois épousé des femmes plus âgées.

Avec Carole Lombard, c'est tout à fait différent. D'abord, il est au faîte de sa gloire et elle a sept ans de moins que lui. Sa jeunesse, sa blonde beauté, ses talents comiques, qui éclateront encore plus dans son dernier film *To be or not to be* de Ernst Lubitsch, en font une des reines de Hollywood.

Le mariage de Carole Lombard et Clark Gable est un grand événement comme Hollywood les aime.

Trois cents invités, triés sur le volet, sont conviés pour l'union du couple royal dans un lieu fastueux adoré de toutes les vedettes, producteurs et politiciens, le fameux hôtel Arizona Biltmore, à Phoenix, en Arizona, comme son nom l'indique.

Frank Lloyd Wright, une des gloires américaines de l'architecture, l'a bâti en 1929.

À la recherche de nos héros, nous nous sommes promenés l'an passé dans les superbes jardins pleins de fleurs tropicales, de palmiers et cactus géants, parmi les salons Art déco, et nous avons demandé au directeur de l'établissement la permission de voir la suite royale avec salon, patio privé, grand balcon et chambre spacieuse avec un immense lit capitonné et doré, d'origine.

Nous sommes restés à rêver un moment, émus, dans cet endroit qui, nous l'a assuré le directeur, n'avait pas changé. Tout au plus restauré à l'identique.

Les rois de Hollywood ne sont-ils pas les princes de Versailles en Amérique ? C'est donc là, dans ce lieu de beauté et de paix, que Clark et Carole ont vécu des jours de bonheur qui leur étaient comptés.

*

Dans très peu de temps, l'Amérique va se réveiller, plongée dans le plus horrible cauchemar, qui débute le 7 décembre 1941. Pearl Harbor, base navale des États-Unis à Hawaï, près de Honolulu, vient d'être attaquée par surprise et sans déclaration de guerre par l'aviation japonaise. L'effet psychologique est terrible aux États-Unis.

À Los Angeles, qui compte maintenant deux millions d'habitants, et à Hollywood, on vit dans la psychose de voir les « Japs » attaquer aussi la côte californienne.

Est-ce la fin de Hollywood ?

En tout cas, l'Amérique entre à son tour en guerre !

PATRICK MAHÉ

LE ROMAN DES AMOURS D'ELVIS

Extrait

La « Lolita » de Wiesbaden

Elvis Presley, le plus célèbre soldat de l'US Air Force, reçoit ses admiratrices et tolère avec une complicité amusée l'arrière-garde des chasseurs d'autographes. Il aime l'euphorie et la fraîcheur de tous ces jeunes gagnés par la fièvre du rock'n'roll, dans une région assoupie au cœur de l'Europe meurtrie d'après guerre qui vivote au rythme des curistes.

C'est à Bad Nauheim, ville thermale aux portes de Francfort et seulement à quelques tours de roues de Wiesbaden où se trouve le quartier général des forces américaines en Allemagne, qu'il pose ses valises. Il y est arrivé, après deux heures de train, du port de Bremerhaven où le *USS General Randall*, un gros transporteur de troupes, l'avait débarqué, à la fin de septembre 1958. Par une faveur octroyée à son manager, le prétendu « colonel » Parker, l'armée, qui l'avait déjà laissé jouer et se produire en direct pendant la traversée, lui accorde aussi la permission de s'installer en dehors de la caserne.

Il a donc investi l'opulent hôtel Grünewald, aux lourdes tentures et fauteuils de style, où des résidents sans âge tuent le temps, entre les soins et les parties d'échecs ou de backgammon.

Le vieil établissement feutré, à la clientèle discrète, n'hérite pas seulement d'Elvis, de son père, Vernon, venu de son lointain Tennessee avec sa propre mère Minnie Mae, mais de tout un équipage formé d'amis : l'avant-garde de la future

« Memphis Mafia ». Red West, copain d'école à Memphis, Lamar Fike, un Texan corpulent à l'humour gras, puis Rex Mansfield, alias Rexadus, un karatéka copain de régiment, qui n'a que le patronyme en commun avec la plantureuse Jayne Mansfield, future héroïne du film rock *La Blonde et moi*. Enfin, Elisabeth Stefaniak... fille de militaire. Elvis l'a croisée au cours de manœuvres, sur la base de Grafenwohr, puis engagée pour un salaire de trente-cinq dollars par semaine comme secrétaire en un clin d'œil et quelques baisers furtifs qui tourneront en câlins de nuit.

Elvis et sa compagnie ne se contentent pas de faire tourner la cuisine au rythme du chili con carne et des sandwiches à la banane. Quelques batailles de mousse à raser dans l'escalier, des lits en portefeuille à la manière de potaches et de fugaces mais tardives improvisations débridées sur le piano du salon ont raison de la clientèle aux cheveux blancs. Bref, les patients pétitionnent à qui mieux mieux, ce qui vaut au directeur cette réplique salée de Red West : « Regardez-les ! Ils ont déjà un pied dans la tombe ; grâce à nous, l'autre fait du patin à roulettes ! » Insolence et jeunesse font bon ménage au Grünewald, mais le temps de plier bagage finit par s'imposer. Alors, Elvis embarque sa suite un peu trop voyante dans ce qui deviendra son *home, sweet home* en Allemagne, entouré de barrières blanches, au 14 Goethestrasse. Une adresse qui devient un graal aux yeux des fans. Surtout des filles.

Depuis son arrivée au 32e bataillon de tanks, à l'automne 1958, un an plus tôt, celui qu'on surnomme, ici, King Creole, titre du film tourné au moment de son appel sous les drapeaux, aimante une noria de *Fräulein* blondes et bouclées, comme sorties d'un calendrier de l'office du tourisme.

Le soir tombe. Un soir gris d'octobre. Elvis est en pull-over rouge et pantalon beige, le cheveu court, coupe GI... Affalé dans un fauteuil sans âge, il claque des doigts, sur le tempo de Brenda Lee, rockeuse de poche, dont la voix métallique fuse de l'électrophone du salon. Formée à Nashville, patrie de la country music, dès l'âge de 12 ans, elle a fait du patrimoine musical d'Hank Williams, le plus pathétique et douloureux des bluesmen country, son héritage. Sa vie, son œuvre, tout un *jambalaya* à la sauce de sa Géorgie natale, à faire frissonner le Sud profond jusqu'au fin fond des bayous. Elle y a gagné le surnom de Miss Dynamite, saluant son énergie sur scène. Elvis voit dans le fantôme de Hank Williams, cow-boy décharné, parti, l'âme en lambeaux, rejoindre les étoiles à 30 ans, un véritable précurseur du rock. Il ne se lasse pas des intonations rauques de la poupée de scène, une élève électrique.

Elvis, émergeant de son évasion musicale, aperçoit soudain une jeune fille brune et pâle, un rien masquée par la carrure de son copain Currie Grant. Elle apparaît en tenue d'écolière, marinière et socquettes blanches, l'air candide d'une Lolita sucrée. Il se lève, spontanément. Currie, aviateur de première classe à Wiesbaden, s'empresse de soigner les présentations :

– Elvis, voici Priscilla Beaulieu. Je t'ai parlé d'elle. Son père est officier et vient d'être muté en Allemagne. Elle t'admire déjà depuis quelques mois, avec ses copines de l'école Del Valley, à Austin, Texas... Elle n'a que 14 ans, collectionne tes photos et vient d'être élue reine de son école. Carole et moi tenions à lui faire plaisir...

Carole, sa femme, est une enfant de la balle. Elle n'est autre, en effet, que miss Benedetto, sœur du chanteur new-yorkais Anthony Dominick Benedetto, plus connu sous le nom de Tony Bennett, l'homme qui imposa en bonne place sa chanson fétiche : *Rags to Riches* au début des années cinquante. Carole n'est pas pour rien dans la complicité qui unit désormais Currie Grant à Presley. Elvis s'amuse à le rebaptiser Cary Grant, nom d'un séducteur d'Hollywood, labellisé Hitchcock, qui tourne à en perdre la tête avec toutes les créatures de rêve, à commencer par la soyeuse Grace Kelly, gosse de riche, reine des studios, devenue vraie princesse, en 1956, à Monaco.

– *Hi, I'm Elvis Pretzel!* dit-il en se redressant et savourant sa plaisanterie, un zeste de jeu de mots gourmand. Clouée par la timidité, Priscilla finit par s'asseoir auprès d'Elvis qui se pose nonchalamment sur l'accoudoir du fauteuil. S'ensuit une discussion exquise autour de la vie au collège, du lointain Texas où il a fait ses classes, à Fort Hood, du long voyage en bateau, ou en avion, vers la Vieille Europe et des frissons d'adolescente éprouvée par Priscilla au rythme de *Blue Suede Shoes*, le premier 33 tours d'Elvis offert par son père, le capitaine Beaulieu.

Alors, dans un sourire de carte postale, Elvis se dirige vers le piano. Singeant le volcanique Jerry Lee Lewis, dit The Killer, compagnon de route de la déferlante du rock'n'roll et des tournées brinquebalantes à travers le Vieux Sud, il fait semblant de mettre le feu au piano, jonglant miraculeusement avec un verre d'eau en déséquilibre, mais ne provoquant pour éclats que des rires.

À peine sa voix dorée retombe-t-elle sur la dernière note de *Are you Lonesome Tonight?* que Currie, droit comme une sentinelle, fait tourner sa montre entre ses doigts. Permission, certes, mais permission de minuit. Pas question de ramener Priscilla *after hours*, Priscilla, si jeune, si tendre, si fraîche. Elvis s'amuse à la rebaptiser affectueusement « Cilla ».

On se quitte à la portière de la voiture sur un baiser fugitif et la promesse de prochaines retrouvailles. Priscilla est encore à l'âge où l'on croit au prince charmant. Les images s'emmêlent dans sa tête tandis que le brouillard d'automne noie la campagne et toutes les forêts noires. Wiesbaden, morne route...

Enfin, Currie sonne à la porte des Beaulieu. Des lueurs orange filtrent derrière les volets. Sans surprise, les parents ne sont pas couchés. Même si l'aurore ne menace pas encore de pointer, ils masquent difficilement un soupçon d'inquiétude qu'éclipse à peine la présence rassurante de Carole Grant, à l'avant de la voiture. Priscilla prend les devants : la route, le brouillard, pardon... Et puis cet Elvis, si sympathique, si amusant, si gentleman...

– Okay, se renfrogne Joseph Beaulieu, il est tard. On en parlera demain.

Demain, demain... Et s'il n'y avait pas de lendemain? Priscilla peine à s'endormir, brûlant d'illusions. Elle s'abîme, enfin, dans un demi-sommeil de nuit blanche, nerveusement bercée jusqu'à l'aube par le souvenir tout frais des sourires enjôleurs d'Elvis, tandis que les mots échangés se gravent dans sa mémoire avec l'acuité d'une aiguille de pick-up.

En une soirée intime, privilégiée, il a fait d'elle sa confidente des tendres années, lui expliquant son angoisse de l'éloignement du public, dévoilant l'inquiétude d'une relève ou d'une concurrence plus affirmée sur le terrain ardemment disputé du rock'n'roll.

Son avis d'adolescente à la page lui permet de mesurer l'attente des fans, surtout des plus jeunes, les teen-agers, son public d'hier, levé à coups de *Love me Tender* et de *Loving you*, celui d'aujourd'hui et, il le souhaite ardemment, celui de demain.

Tel l'enfant qui compte les moutons, Priscilla égrène dans la nuit noire des noms dont elle n'a encore qu'une connaissance buissonnière: Jerry Lee Lewis, bien sûr, Carl Perkins, l'inventeur des fameuses *Blue Suede Shoes*, Johnny Cash *(I walk the line)*, Gene Vincent, l'homme de *Be bop a lula*, Eddie Cochran, visage d'ange sous le cuir noir, feu Buddy Holly, arraché à sa *Peggy Sue* par la fatalité d'un accident d'avion, Chuck Berry qui adopte le maître des maestros du grand classique au nom de la révolution du rock *(Roll over Beethoven)*, Roy Orbison *(Ooby dooby)*, Ricky Nelson, enfin, nouvelle gueule d'amour dont Elvis semble redouter la vogue naissante.

Ainsi déroule-t-elle, partition magique, l'équipée des stars filantes ou montantes qui font tourner la tête des garçons et voler les jupes des filles. Un panthéon à la mesure de la nouvelle vague du cinéma, symbolisée par James Dean ou Marlon Brando.

Demain... Comme la plupart de ses copines de collège, celui de la Del Valley High School, hier, celui de Wiesbaden, aujourd'hui, Priscilla n'en finit plus de tracer, à grands traits de couleur bordés de cœurs, des Elvis et des Presley sur ses cahiers d'écolière.

Elle n'en est pas à créer le premier fan club de sa classe, comme tant de rivales en dévotion, mais au moins tire-t-elle de sa rencontre exceptionnelle le sentiment d'une exclusivité affective. Elle a une bonne longueur d'avance sur le peloton des fans anonymes qui pullulent sous tous les cieux où flotte la bannière étoilée. Pas question de laisser fondre cet avantage, mais comment faire pour le garder ?

Seul Currie, d'un simple tour de clé de voiture, possède celle de la maison d'Elvis. Quarante-cinq minutes de route seulement (par beau temps) séparent Wiesbaden de Bad Nauheim ; le bout du monde pour un cœur brûlant de ses premiers émois...

Un jour, deux jours, trois jours sans nouvelles. Même Currie ne se manifeste pas. Priscilla mise sur son rôle de manager influent au club des Aigles, un foyer pour militaires, « Downtown Wiesbaden », au 7 Paulinenstrasse, à deux pas de sa maison, pour en savoir plus. Les familles s'y retrouvent autour d'une bonne table. Elle espère bien que Currie y partagera avec son père un vieux bourbon ambré du Kentucky au sortir d'une partie de billard ou de flipper, en faisant vibrer le juke-box dont Elvis est l'indiscutable roi.

Seuls quelques standards de Perry Como, dont l'impayable *Bibbidi-bobbidi-boo*, les slows-rocks langoureux de Pat Boone et les classiques de velours de Mister *Ol'Blue Eyes*, alias Frank Sinatra, lui disputent les tours de pick-up, souvent couronnés, en baisser de rideau et déclin de lumières tamisées par *The Great Pretender* ou le très sucré *Only you* des Platters, qu'Elvis lui-même interpréta en concert, en 1956.

À Wiesbaden, Pat Boone n'a pas la cote. Currie Grant tolère son interprétation guimauve de *Long Tall Sally* (*She's built for speed / She has got... uh / She is in possession of everything*; « C'est une rapide / Elle a tout... uh / Elle a tout ce qu'il faut »), mais, en intendant du foyer vigilant en amitié, il protège Elvis de ses adversaires portés au pinacle par l'Amérique puritaine.

Car à la sexualité affichée reprochée à Elvis, à ses déhanchements, à ses lèvres charnues comme un appel au péché, les bonnes familles opposent la frimousse bronzée du chanteur de Floride, portant jerseys flottants et chaussettes blanches et promenant son air bien-pensant sur les plateaux des émissions convenables.

Descendant de Daniel Boone, l'un des pères fondateurs des États-Unis, Pat Boone, au sourire doré, fait fondre le cœur des grand-mères, ainsi que l'affirme sa maison de disques *(The first teenage idol than grandma can dig too)* et triomphe avec *Love Letters in the Sand* (« Lettres d'amour sur le sable »). Contrairement aux rockers de la génération spontanée, qui se disputent l'affection des filles chauffées à blanc à coups de *Tutti Frutti* et de *« A-bop-bop-a-loom-op / a-lop bop boom! »*, Pat Boone, en puriste éduqué, est capable de disserter à pertes d'heures avec les paroliers expéditifs d'une chanson pour trancher entre le titre *Ain't that a shame* ou plutôt *Isn't that a shame* d'un anglais plus orthodoxe.

Entre Pat, l'ange blanc du rock, et Elvis, bourreau des cœurs, le jeune public a rapidement choisi son camp, au grand dam des professeurs de vertu qui pourfendent la sexualité scénique d'Elvis.

Loin des imprécateurs de l'Amérique profonde, loin des blue-jeans et coiffures en banane des surprises-parties, l'armée des cheveux coupés en brosse et des treillis fait résolument d'Elvis son icône, prenant le camp conservateur à contre-pied et reléguant le trop sage Pat Boone au rang de Sinatra rythmique.

Depuis sa dernière apparition sur scène dans la poussière sèche du Russwood Park, à Memphis, le 15 mars 1958, avant d'endosser l'uniforme, la carrière d'Elvis était joliment charpentée pour un jeune artiste. *Don't be cruel* et *Loving you* faisaient craquer les filles, tourneboulées dès la première note d'un *Love me tender, love me sweet, never let me go*, vaste programme !

Outre les succès de son frère, Tony Bennett, Carole, la femme de Currie, passe en boucle *Heartbreak Hotel*, se projetant vers un quelconque hôtel des cœurs brisés, l'œil dans le vague et la mine défaite.

Moins romantiques, plus ardents et conquérants, les garçons claquaient des doigts autour d'une certaine *Lawdy Miss Clawdy*, dont le refrain, rythmé au piano, faisait danser dans leurs yeux une pléiade de filles imaginaires. Le rock'n'roll est une grande parade d'innocentes impudiques croquées d'une plume sensuelle. On les chante à bouches gourmandes : *Long Tall Sally* (version Eddie Cochran), *Crazy Legs* (version Gene Vincent), *Dizzy Miss Lizzy*, *Little Miss Dynamite*, *The Girl next Door (went a'walking)*, *Oh Baby Babe !* Toutes roulent des hanches, ondulent des fesses dans leurs jeans moulants, multiplient les pieds de nez à une société puritaine recroquevillée sur les stars mielleuses du soap opera.

Quand le garçon imite la lippe d'Elvis devant sa glace, jongle du peigne en demi-lune ou dégaine la brosse de poche en plastique, les filles se déploient face au miroir à trois faces, en pied, dans la chambre de leur mère pour tester leur tour de rein, à la manière d'une championne de hula hoop. Un coup d'œil aux trois battants et la coquine se fait coquette. Comme toutes les gamines éveillées au cri strident de *Rit it up !* du bondissant Little Richard, Priscilla fait son apprentissage de la séduction nouvelle vague en ondulant devant sa glace. De près, de loin, de dos, de face, elle multiplie les poses flatteuses et suggestives pour mieux attirer le premier des GI à sa traîne.

À Wiesbaden, il suffisait d'une dernière pièce pour armer le bras du juke-box et faire tomber un vigoureux *Rock around the Clock* du pionnier des temps modernes, Bill Haley (et ses

Comets), à qui Elvis, en grand uniforme d'apparat, avait rendu visite lors de son récent passage à Francfort.

Restait, enfin, l'indispensable *Jailhouse Rock* (« Le Rock du bagne »), pour précipiter les couples sur la piste de danse du club des Aigles. Trop jeune, et encore sans chevalier servant, Priscilla se contentait d'admirer les parents, les amis. Chouette ballet d'uniformes et de robes légères en avant-première du prochain succès qu'Elvis Presley ne manquerait pas de signer lors de sa démobilisation, au printemps 1960, le mémorable *GI Blues* ; un futur croquis de mémoire...

Mais, pour l'heure, *no news*. Priscilla se morfond. Elvis est aux abonnés absents. Enfin, le téléphone, un gros appareil noir en Bakélite à la sonnerie de réveille-matin la ramène à la plus heureuse réalité. C'est Currie, voix matinale, enjouée et stimulante :

– Elvis souhaite te revoir.

– *Il* veut me revoir ? Vraiment ?

– Oui, et dès ce soir.

Encore confus à cause du retour trop tardif de l'autre nuit, Currie prend sur lui de solliciter la permission des parents de Priscilla. Il l'obtient sans forcer, puisant cependant dans l'arsenal diplomatique de circonstance, sur fond de respect militaire.

Pour la deuxième fois, Priscilla se retrouve chez Elvis. Mammy Minnie Mae, grand-mère attentionnée, petit visage émacié sur un corps filiforme, le cheveu cendré épinglé sous un turban, s'empresse de mettre les petits plats dans les grands.

À la semelle de ses sandales, traînent les parfums de son enfance, de sa vie. Elle est fille du Mississippi. La famille Presley vient de Tupelo, ville épuisée à l'ombre des lointaines collines du Tennessee. À quelques lieues coulent les flots gris du Mississippi, qui a donné son nom à l'État. Son marché des quatre-saisons regorge des produits du fleuve qui mène aux plantations sur la route côtière vers le golfe du Mexique :

crabes à farcir façon cuisine cajun mais, plus encore, il regorge de gibiers et des légumes du potager géant qui pousse à ciel ouvert au milieu des étendues d'herbe bleue. Porc et bœuf garnissent la table des plus riches ; pain de maïs, puddings et tartes aux légumes constituent l'ordinaire des plus pauvres.

En plein hiver, le 8 janvier 1935, au sortir de la grande dépression de 1929, qui met l'Amérique à mal et le Sud à genoux, Elvis naît dans un baraquement à la sortie d'une ville noyée par les lourdes pluies d'hiver, accablée par les sécheresses de l'été. C'est son père, Vernon, avec oncle Vester et Grand-Pa Jessie, le mari de Minnie Mae, qui a construit ce modeste abri à peine plus grand qu'un appentis de jardinier. Ces bâtisses de quartiers délaissés, aux mesures de la misère locale, ont parfois trois pièces, cuisine comprise. Celle des Presley n'en compte que deux. Les voisins la montrent du doigt : un *shotgun shack*, autrement dit, un stand de tir aux pigeons, si minuscule qu'une balle pourrait traverser la porte d'entrée et celle de derrière dans un même souffle.

Elvis grandit entre les champs de coton et les marécages de Tupelo ; à l'ombre des épées et du blanc soleil des vaincus du Sud profond, dont les fantômes chevauchent les collines.

Un jour, le jeans et la chemise usés, les mains calleuses, son père pousse des balles de coton. Le lendemain, il fauche le blé. Lui grandit comme une herbe folle. Le matin, ce sont les journaux à livrer, le soir le lait à déposer, l'après-midi du bois à scier. Le reste du temps, il chante.

À Tupelo, la musique des Noirs, c'est le blues. Celle des Blancs, le hillbilly, un folk dynamisé par les jeunes fermiers à la ronde. Elvis s'en nourrit comme il se nourrit des gospels et des prêches au temple.

Il chante pour sa mère, il chante pour le bon Dieu, il chante pour les copains. Dans la grande tradition de la country et du western, il loue et psalmodie la vie rurale des cow-boys et des pionniers qui ont creusé leur sillon, ici, avec leur chariot. Tout gosse, il tire des larmes à sa mère en évoquant les vertes vallées, la lune du Kentucky, le fleuve Mississippi, les cœurs brisés dont il saisit la destinée au vol des feux de camp, l'épopée du rail, enfin... des chansons tristes. Des chansons d'hommes. Celles d'un petit peuple mélancolique, démuni, désargenté. Parfois, son accent du Sud accroche la tonalité du negro spiritual et de la soul, la musique de l'âme. Et les voisins sont épatés.

À l'âge de 8 ans, révélation de village, il monte sur le podium d'un radiocrochet ambulant, dans un déhanchement innocent. À la foire du Mississippi-Alabama, entre les tentes des forains et des marchands nomades, il grimpe sur l'estrade à tréteaux posée sur un terrain de poussière sèche, attaque *Ol'Shep*, de Red Foley et gagne cinq dollars ! Un magot à ses yeux. Ce second prix du concours incitera son père, plus tard, à racler les fonds de tiroir. Pour ses 12 ans, alors qu'il rêve d'un vélo – trop cher ! – Vernon lui offre une guitare. Sa première guitare. Naissance d'une vocation : il est désormais pendu aux stations de radio qui émettent de Nashville, dans le Tennessee, et les vocalises de Roy Acuff, le violon de Bill Monroe, grand maître de la musique bluegrass, les trépidations d'Hank Snow ou d'Ernst Tubb se fichent dans sa mémoire comme les plus appétissantes publicités pour les crackers, les gâteaux de maïs.

Chanter, d'accord, mais le remède contre la mélancolie ne nourrit pas son homme et moins encore ce tout jeune garçon qui grandit dans des salopettes trop courtes.

Des années plus tard, Elvis n'oubliera pas la fille de l'épicier du coin qui l'invitait, en douce, à finir les restes des repas de famille. Il en a grapillé des miettes à l'époque !

Armé de sa seule guitare, Elvis errait alors tel un *hillbilly trash*, un déguenillé des collines. Il a gardé de ces disettes à la petite semaine un faible pour les plats de Minnie Mae, peu raffinés mais consistants. Ses madeleines d'enfance s'appellent pain de maïs, purée de pois cassés, pommes de terre au four et tomates grillées. Mets de fête, il se souvient, non sans nostalgie rustique, des fumets d'une viande de hérisson sauvage cuit sur la brique, entre deux chansons de folk et de country.

Il est trop jeune encore, trop gamin, pour comprendre les paroles des chansons grivoises lancées à la cantonade dans les Honky Tonk Bars de campagne. Là, des routards en escale et les journaliers de retour des moissons avalent un bourbon bien raide, un rye whiskey *straight up*, cul sec, avec des filles de passage, sinon de passe. Il connaît le tempo rapide d'un vieux Roy Acuff ou de Bill Monroe, dont la radio WSM de Nashville passe les succès western, mais n'interprète pas encore à la lettre les mots enchaînés comme ces perles paillardes du licencieux *When Lulu's gone*, sorti à gorge déployée de derrière les fagots :

I wish I was a diamond ring upon my Lulu's hand
Every time she'd take her bath, I'd be a lucky man
Oh, lordy, bang away my Lulu, bang away good and strong
What're ya gonna do for bangin' when Lulu's gone ?

J'aimerais être un diamant au doigt de ma Lulu
Chaque fois qu'elle prendrait son bain, je serais un homme [heureux
Oh, doux Jésus, sauter ma Lulu d'un bon coup
Comment vas-tu faire pour baiser quand Lulu sera partie ?

Plus tard, après avoir déménagé à Memphis, la grande ville illuminée de néons et baignée de blues, Gladys, sa mère, le conduira aux pique-niques de la First Assembly of God, pour de plus sages oraisons. Après quelques swings incantatoires rythmés entre fidèles, le révérend de la congrégation y partage d'opulentes dindes rôties par ses ouailles avant de distribuer biscuits, sucreries et pièces montées crémeuses à l'envi. C'est là qu'Elvis, en ses jeunes années, découvre le goût du beurre de cacahuètes qui dégouline des tartines de Mammy Minnie Mae.

Priscilla goûte un premier mets. Elvis choisit un sandwich au bacon. Comme dans toutes les garnisons militaires, stationnées sur le territoire américain, en Europe, donc en Allemagne, ou dans les Philippines, le menu, préparé à l'école de cuisine de l'US Army à Fort Lee, en Virginie, expédié réglementairement dans les caissons réfrigérés de la flotte, est identique, avec une prédominance avérée pour les œufs saucisse. Menu standard connu sous le nom de Master Menu, qui varie en fonction des jours de la semaine, cinquante-deux fois par an.

Aussi les petites omelettes et tranches de roast-beef, cuits « maison », le jus d'orange pressé à la main, le Coca glacé en guise d'apéritif, donnent à la demeure d'Elvis, à Bad Nauheim, l'air d'un petit relais gourmand.

Priscilla, toujours aussi Lolita, mais ingénue, le visage angélique et la tenue d'écolière modèle, prend le pas d'Elvis qui, une fois encore, s'installe au piano. Il a fait de sa maison un studio d'agrément. Sa voix enveloppe les trois étages. Elle s'échappe, parfois, vers la rue où des fans, en grappes anonymes, cueillent des notes et des vers mélodieux au vol.

Il a fait de sa chambre, au deuxième, un havre de repli et d'intimité. Et voici, soudain, qu'il presse Cilla de l'y rejoindre.

Jamais Priscilla ne s'est retrouvée seule dans la chambre d'un homme, fût-il Elvis, fût-il le sex-symbol qui rend folles les filles capables en plein concert de se crêper le chignon pour s'arracher son peigne ou sa chemise, jetés dans l'arène. Vingt-cinq ans plus tard, toujours considérée comme la « veuve » légitime du King malgré leur divorce, elle transmettra l'émotion de ce premier soir dans un livre au titre intime, comme il se doit : *Elvis and Me*.

Nul, mieux que Priscilla, ne pouvait faire revivre et partager subtilement la révélation de son trouble d'adolescente courtisée. Version française :

« Après avoir chanté, Elvis vint vers moi.
– Je voudrais être seul avec toi, Priscilla.
Nous étions face à face, les yeux dans les yeux. Je regardais autour de moi, la pièce était vide.
– Mais nous sommes seuls, répondis-je nerveusement.
Il s'approcha plus près de moi, me coinçant contre le mur.
– Je veux dire, vraiment seuls, murmura-t-il. Viens là-haut dans ma chambre, tu veux bien ?
Sa question me paniqua. Sa chambre ?
Qu'Elvis Presley puisse s'intéresser à moi sexuellement ne m'avait jusqu'alors pas traversé l'esprit. Il pouvait avoir toutes les filles du monde. Pourquoi me désirait-il, moi ?
– Il n'y a pas de quoi t'effrayer, chérie.
En parlant, il me caressait les cheveux.
– Je jure que je ne te ferai jamais de mal (le son de sa voix me paraissait absolument sincère). Je te traiterai comme si tu étais ma sœur.
Troublée, embarrassée, je fuyais son regard.
– S'il te plaît...
Là, debout devant lui, je me sentais attirée presque contre ma volonté. J'avais confiance en lui et ce n'était pas difficile : j'étais sûre à présent que ses intentions étaient amicales et sincères. Le temps passait et je ne pouvais toujours pas réagir. Finalement j'acquiesçai.
– D'accord.
Il prit ma main et me conduisit vers l'escalier. Me signalant dans un souffle comment trouver sa chambre. »

Pas de *Jeux interdits*, promis, juré, au sortir de cette petite musique de chambre. Pas d'écart de conduite, de geste impudique. Désarmante d'innocence juvénile, Priscilla tétanise toute incitation sexuelle. Elle s'impose en antitentation au royaume de la sensualité...

Si Elvis rêve de découvrir Cilla, de se mettre à nu pour elle, sous le poster en noir et blanc de Brigitte Bardot, déjà symbole universel des plus excitantes fureurs de vivre et, comme pour beaucoup d'hommes, un de ses grands fantasmes, il ne pianote encore que sur la corde sensible des confidences à partager.

Dix ans les séparent, mais si le désir banal de glisser la main dans la lourde chevelure brune de l'adolescente lui brûle les doigts, de poser ses lèvres charnues sur la bouche colorée d'un rose Tender Pink ou Heartbreak Pink dont les gamines à cœur battant font provision au collège, il n'a pas le mauvais goût de briser le tabou, de faire de son réduit privé un guet-apens. L'heure est à la romance d'ados. Comme toujours à cet âge, elle tourne soudain à l'aveu des blessures de la vie.

Ses premières pensées sont pour sa mère, Gladys.

Elle aurait dû être là... Cilla l'aurait croisée, dès le premier soir. Bien sûr, elle est présente partout autour de lui et son parfum l'enveloppe dans toutes les pièces. Mais Gladys est partie, portée vers quelques cieux par les chants de gospel des Blackwood Brothers. Elle est morte à 46 ans, usée par des années de galère. Depuis sa naissance dans ce miséreux comté de Pontotoc, dans le Mississippi, elle n'a connu que l'horizon gris du travail d'ouvrière à la chaîne à Tupelo, puis des années, sous une blouse de femme de chambre à l'hôpital, ont meublé l'ordinaire de ses jours.

Dans l'aurore glacée de la naissance d'Elvis, le 8 janvier 1935 vers quatre heures, Gladys avait mis au monde un premier enfant, Jesse Garon... mort-né, trente-cinq minutes seulement avant de délivrer Elvis ! Deuil et bonheur mêlés... La fatalité enveloppait le toit familial.

Sur le tard, Memphis lui avait fait oublier les déboires professionnels de Vernon, son mari, journalier en tous jobs et toute saison. Celui-ci avait même connu la malédiction d'un séjour au pénitencier pour une sombre histoire de chèque trafiqué ; il n'avait rien trouvé de mieux que d'ajouter un zéro au montant de quatre dollars payé par un fermier du coin, le prix d'une vache ! Honte à la ronde pour les Presley. Et chienne de vie...

Seul le début du succès d'Elvis, à l'ombre des studios Sun à Memphis, au cœur des années cinquante, lui avait apporté ses premiers rayons de soleil.

Sun, tout un symbole.

De toutes ses chansons, Gladys penchait pour *Don't be cruel*... Mais elle ne s'était pas remise du départ d'Elvis sous les drapeaux. *Don't be cruel.* Bien trop cruel, au contraire... Visage défait, traits affaissés, œil noirci de fatigue à force de nuits blanches, guettée par l'intoxication médicamenteuse, elle l'avait accompagné, le 24 mars 1958 jusqu'à Fort Chaffee, en Arkansas où, dans une veste à carreaux digne des vêtements bluesy taillés sur mesure par les frères Lansky, dans Beale Street, Elvis était descendu de l'autobus en compagnie de douze autres appelés. Première étape : le ciseau du sergent coiffeur, sous le flash du photographe de service afin de faire de sa coupe d'incorporation un argument promotionnel pour l'institution militaire des États-Unis.

Quatre jours plus tard, Elvis et ses copains de régiment embarquent vers Fort Hood, au Texas, pour leurs six mois d'instruction : les classes.

Là, il loue une maison, rêvant d'y installer Vernon, Gladys et Minnie Mae. Mais avant même de le voir partir pour la Vieille Europe, le 22 septembre, Gladys s'éteint, le 14 août, à l'hôpital méthodiste de Memphis. Adieu Love... « Love » – Amour – le second prénom de Gladys...

Priscilla en est toute retournée. Elvis n'est plus à ses yeux l'idole inaccessible qu'envient les garçons, tombeurs de filles à portée de swing. Il n'est plus seulement le sergent modèle dont l'imagerie rehausse le prestige de l'uniforme, ni le séducteur qui fait fondre les cœurs fragiles. Il n'est plus qu'un jeune homme rongé de chagrin contenu, dont la solitude est un havre de paix et qui fait du rock'n'roll à déhanchements sulfureux et poses lascives sur scène une sorte d'exorcisme.

– Elvis...
– Cilla...

Elle se blottit contre lui, avide de partager ce refuge, de s'imprégner de ses soupirs, de boire ses paroles un peu saccadées, presque haletantes.

Alors, levant ses yeux turquoise légèrement voilés, elle lui offre son infortune, confidence échangée dans la gravité des aveux d'adolescence :

– Elvis, mon père n'est pas mon père...

– Ton père ? le capitaine Beaulieu ? Cilla !

– Non, Elvis. Je n'ai pas connu mon père. Il s'appelait James Wagner. Il était lieutenant dans la Navy. Il est mort en avion en 1945. J'avais 5 mois... Plus tard, chez nous, à Austin, au Texas, où son unité stationnait, le capitaine Beaulieu a épousé Ann, ma mère. Il est mon beau-père. Ils s'aiment. Ils m'aiment. Quand ma mère a connu mon père, elle avait 15 ans... Deux ans plus tard, ils se mariaient.

Elvis fixe Priscilla. Elle a presque l'âge d'Ann quand celle-ci tomba amoureuse du lieutenant Wagner.

Entre deux longs silences, deux soupirs, il s'entend dire :
– Cilla... On ne se quittera jamais.

HERVÉ BENTÉGEAT

LE ROMAN DE PRAGUE

Extrait

Franz et Milena

D'un côté, il y a Franz. Celui qui est devenu un mythe, un écrivain considéré aujourd'hui comme l'un des plus grands du xxe siècle, n'est alors qu'un obscur gratte-papier. Il a 36 ans. Il est malingre, introverti, souffreteux. Il passe son temps entre maisons de repos et sanatoriums, depuis que la tuberculose s'est déclarée trois ans auparavant. C'est un grand échalas timide, complexé, sûr de rien, qui travaille depuis plus de dix ans dans l'assurance, d'abord aux Generali, vieille compagnie conservatrice de Trieste, puis à l'Institut pragois d'assurance contre les accidents du travail. Il s'y rend tous les jours en bon petit rond-de-cuir qu'il est, au fond, tout en étant travaillé par des tas de désirs et de pulsions qu'il n'osera jamais vivre.

Non, à première vue, Franz Kafka n'a vraiment rien d'un homme séduisant. Quoi qu'en disent ses thuriféraires, c'est un être gris à la vie grise. Aucun de ses condisciples que l'on a plus tard interrogés n'avait gardé un souvenir précis de l'enfant et du jeune homme qu'il fut. Il était déjà effacé, passe-muraille. Pas d'études brillantes, pas d'originalité de la pensée ni du comportement, pas d'éclairs de génie. Le jeune Kafka était un garçon passif et timoré. Son milieu familial n'est guère plus excitant. Petite bourgeoise juive d'origine très modeste, petits boutiquiers qui feront plus tard une petite fortune dans l'amiante. Ni du côté de la mère, femme falote, ni du côté du père, vulgaire et grossier, on ne trouve matière féconde. Nulle trace chez ces commerçants, pré-occupés avant tout de leur négoce et de leurs gains, d'une quelconque spiritualité juive. Franz s'y intéressera sur le tard, mais d'un point de vue assez froid et purement intellectuel. Son identité juive ne le hante guère. On peut certes y trouver des allusions symboliques dans son œuvre, mais elle n'a guère joué de rôle dans sa vie, hormis le fait que nombre de ses amis et de ses « fiancées » soient issus du même milieu que lui. Il note bien, de temps à autre, des manifestations de défiance antisémite, dont il fut lui-même l'objet, mais tout cela glisse sur la carapace de son indifférence... Ce n'est qu'au crépuscule de sa brève existence qu'il y accordera de l'importance et qu'il ira jusqu'à prendre des leçons d'hébreu. Kafka n'est certes pas un juif « inconscient », plutôt un juif « indifférent ». Lui-même rattache davantage sa singularité à son caractère et à son obsession littéraire plutôt qu'à ses origines. Sa culture est d'ailleurs beaucoup plus allemande que juive. Les Juifs occupent pourtant une place à part dans la société de l'époque, entre les Allemands, maîtres de longue date, et les Tchèques, qui relèvent la tête. Les sionistes commencent à faire parler d'eux. Leurs thèses (développées par Theodor Herzl) prennent de plus en plus d'ampleur, alimentant une réflexion vivace sur la culture et la condition juives.

Nulle trace non plus, chez ces gens originaires de Galicie et venus tardivement à la capitale, d'un attachement à cette ville sublime au cœur de laquelle ils vivront, d'abord rue Zeltnerstrasse, puis rue Niklastrasse, avec une belle vue sur la Moldau (nom allemand de la Vltava), tandis que la boutique est installée au palais Kinsky. D'autres que lui y puiseront une partie de leur inspiration et la chanteront : Rilke, poète de Prague, qui la quittera pourtant dès ses 21 ans pour ne jamais y revenir, mais qui lui dédiera des vers et des récits, Gustav Meyrink, qui n'était même pas pragois, mais fera vivre un personnage fantasmagorique qui doit tout à la ville : le fameux Golem... Kafka, lui, a beau y passer sa vie entière, la ville n'apparaît pas – ou si peu – dans son œuvre, et dans sa vie il n'a de cesse d'y échapper. Il y étouffe. « Prague ne nous lâche pas. Ni toi ni moi, écrit-il en 1902 à un ami. Cette petite mère a des griffes... Il faudrait y mettre le feu aux deux bouts, au Vyschrad et au Hradschin – alors on pourrait peut-être s'échapper. »

Non, à vrai dire, on ne sait ce qui touche Franz, trop occupé de son mal-être pour se montrer sensible à son environnement et à son temps. Dans son Journal, en date du 2 août 1914, on lit : « L'Allemagne a déclaré la guerre à la Russie. Après-midi piscine. » Le monde qui s'embrase le laisse de marbre. Pendant toutes les années de guerre, il ne s'intéresse qu'aux émois de son cœur, qu'aux tracasseries de bureau, qu'aux soucis familiaux, qu'aux rêves bizarroïdes dont il est la proie. Il n'est pas de ce monde. Ses livres non plus.

Deux choses l'obsèdent : la littérature et les femmes. Dans les deux cas, il rêve d'un destin hors du commun tout en étant intimement persuadé qu'il ne saura les apprivoiser. Qu'il lui manque le talent, l'imagination, la persévérance. Le charme. Tout ce qui fait la séduction d'un écrivain et d'un homme.

Écrire. Pourquoi certains êtres sont-ils hantés par l'idée somme toute saugrenue de coucher leur âme sur le papier ? Sans doute croient-ils à la puissance du Verbe, qui demeure, tandis que s'estompe le fracas du monde. Franz est de ceux-là. L'indifférence qu'il professe à l'égard de tout, à commencer par son métier, qu'il a choisi parce qu'il ne l'intéressait pas, est, pense-t-il, la meilleure façon d'économiser ses forces pour les consacrer entièrement à l'écriture. C'est un graphomane – témoin son journal, qui fait plus de 1 000 pages. Il note dans les moindres détails tout ce qui lui arrive, ce qui ne laisse pas d'ailleurs d'être fastidieux : les moindres recoins de ses états d'âme sont auscultés à la loupe, tandis qu'il explore dans ses livres les méandres de ses rêveries dont il pousse les conséquences jusqu'à l'absurde, dans des jeux d'abyme et de spirale. Aujourd'hui on adore, alors que de son vivant, cette littérature filandreuse au mieux déconcertait, au pire indifférait.

Il a commencé par des articles et des nouvelles dans des revues à très faible tirage. À 36 ans, il a derrière lui quatre romans, dont *La Métamorphose* et *Le Procès*. Mais qui les a lus ? Kafka est alors un écrivain confidentiel, apprécié dans un petit cénacle d'intellectuels tchécoslovaques, qui doute de la qualité de ses œuvres, et connaît de longues périodes de stérilité et de prostration. Son ami et futur biographe Max Brod – tout son contraire, touche-à-tout aussi extraverti qu'il est renfermé – ne cesse de l'encourager. Convaincu du génie de ce grand dadais maladroit, il publiera, contre les dernières volontés de l'intéressé, ses œuvres posthumes.

Aimer. C'est la grande affaire de sa vie, et c'est peu dire qu'il n'est pas doué. Mais comment pourrait-il, alors qu'il ne s'aime pas lui-même, qu'il est dans une perpétuelle attitude d'autodénigrement ? Il n'aime ni son corps efflanqué, qu'il essaiera de muscler par des exercices, ni son caractère, rêvasseur, pusillanime, effacé, contradictoire, ni sa situation, médiocre il faut bien le dire. Il a en outre un vrai problème sur les choses du sexe, qu'il trouve dégoûtantes. À vrai dire, il est dans ce domaine comme dans les autres : il rêve d'amour absolu sans en avoir les moyens, ni psychologiques, ni sans doute physiques. Bien que ses biographes soient discrets sur ce chapitre, par pudibonderie révérencieuse, il est vraisemblable que Kafka ait connu de longues phases d'impuissance. Les lettres alambiquées qu'il adresse à ses « fiancées » successives – c'est un épistolier frénétique – tournent autour du pot et dénotent un esprit en proie à des affres virils permanents. Cette insuffisance est apparue très tôt. Comme il était de coutume en ce temps-là, ses camarades de jeunesse l'emmenèrent faire une virée dans une maison de passe, et tandis qu'ils s'adonnaient aux joies coupables de la chair vénale, le cher Franz, lui, se contentait de regarder... Comme de bien entendu, il tombe amoureux – la plupart du temps, platoniquement – de la moindre donzelle qui croise son chemin – dans la rue, dans un sanatorium, chez des amis... – et la bombarde aussitôt de missives tortueuses où la pauvre ne s'y retrouve plus. Il faut parcourir à cet égard la correspondance entretenue pendant des années avec la pâlotte Felice Bauer – qui finira par se lasser – pour se convaincre qu'il fut un piètre amoureux, pour se convaincre surtout que l'amour est chez lui une chimère narcissique. On ne compte plus les demandes en mariage, les reculades, les appels au secours, les retours de flamme, les déclarations indirectes dont il l'abreuve. Quand il dit « je t'aime » à une femme, il se reprend aussitôt en avançant dix-sept arguments pour la conjurer de ne pas céder à cet amour...

C'est que Franz est un profond névrosé, pour ne pas dire névropathe. Perpétuel insatisfait, en tout, il puise dans ce manque une raison de vivre, mal sans doute, mais il ne peut s'en passer. Aujourd'hui, le divan l'aurait (éventuellement...) guéri. Nous n'aurions alors peut-être ni *Le Château*, ni *Le Verdict*, ni les autres, au grand dam de ses admirateurs...

Pour couronner le tout, il est malade. Il a toujours été malingre et chétif, affligé de maux de tête chroniques, mais les premiers symptômes de la tuberculose qui l'emportera un jour se manifestent en 1917. Il passe la moitié du temps en maison de repos, le reste au bureau, dans son petit costume étriqué d'employé aux assurances. Et pourtant... Pourtant ce garçon fragile jusqu'à la névrose est aussi un être délicat et délicieux, toujours bienveillant, dont le sourire d'enfant perdu, au charme désarmant, peut être terriblement séduisant...

Pour l'heure, il est parti faire un séjour à la montagne à Merano, dans le Tyrol du sud, pour soulager ses poumons. Nous sommes en avril 1920.

De l'autre côté, il y a Milena. Elle est aussi lumineuse que Franz est terne. Provocatrice, rebelle, amoureuse née. Elle n'a que 23 ans, mais déjà derrière elle une existence tumultueuse. Elle a perdu sa mère à 13 ans, vivant avec un père conservateur et autoritaire qui ne comprendra jamais son caractère fantasque. C'est un professeur de médecine réputé, mandarin, guindé, réactionnaire, partisan de l'ordre et de la morale, ne s'occupant guère de sa fille sauf quand il s'aperçoit qu'elle part sur des chemins qu'il abhorre.

Ils habitent au cinquième étage d'une maison située au coin de l'Obstgasse. De ses fenêtres, Milena Jesenska plonge sur le Graben et la place Venceslas.

Elle se révèle très vite frondeuse. Dès les années de lycée, alors qu'elle a 15 ans à peine, elle choque le bourgeois en arborant des tenues débridées, de longs vêtements flottants, des chevelures folles, des manières de garçon. Elle adore les fleurs, en met dans ses cheveux, dans sa chambre, se promène toujours avec un bouquet dans les bras Dès cette époque, on lui prête des amitiés saphiques avec sa meilleure amie Stasa, qui l'accompagne partout. Elles sont belles, intrépides, pétroleuses, elles n'ont peur de rien, ni de l'aventure, ni des débordements, et peu importe s'il y a des coups à prendre.

Toute jeune encore, elle se lie d'amitié avec des poètes, des peintres, des journalistes, des acteurs, tous plus âgés qu'elle, au milieu de cette bohème qui n'a jamais si bien mérité son nom qu'à cette époque, où l'irrédentisme tchèque s'accompagne d'une floraison intellectuelle et artistique brouillonne. En marge de la Prague provinciale et surannée apparaît un « aggiornamento » emmené par des poètes juifs et allemands. Il y a là Franz Werfel, éditeur, romancier expressionniste, pacifiste convaincu, qui épousera la veuve de Gustav Mahler ; le publiciste Willy Haas, qui publiera bien plus tard la correspondance de Kafka à Milena ; Paul Kornfeld, dramaturge expressionniste lui aussi, qui mourra en Pologne dans un camp de concentration ; Rudolf Fuchs, poète pragois, qui disparaîtra en exil, et bien d'autres encore... On rit, on boit, on s'enthousiasme, on déconstruit, on se moque du provincialisme étriqué et des formes classiques de l'art, on refait le monde, on se retrouve au café, chez les uns et les autres, dans des parties de campagne... Milena est prise dans ce tourbillon, choyée, courtisée. Elle n'est jamais la dernière partante. Elle brûle déjà sa vie aux chandelles de la bohème. Assoiffée de toutes les expériences, allant même jusqu'à dérober de la cocaïne à son père, dont elle fera plus tard un usage immodéré. Le professeur Jesenska aurait voulu que sa fille suive ses traces et l'inscrivit en faculté de médecine. Elle ne suivra les cours que quelques mois avant de retourner papillonner.

Elle a 16 ans quand elle s'éprend de ce qu'il faut bien appeler un mauvais garçon, séduisant en diable. Il s'appelle Ernest Pollak. Il travaille dans une banque pour vivre, mais c'est avant tout un agitateur, passionné de littérature, de théâtre, de musique, coureur, hâbleur, pilier de cabaret. Il lui présente entre autres Johannes Urzidil, l'attaché de presse de l'ambassade d'Allemagne, qui connaît bien Kafka et son ami Max Brod, ainsi qu'Egon Erwin Kish, journaliste pragois de langue allemande, futur communiste. Toute cette petite bande tient son quartier général au café Arco. L'écrivain autrichien Karl Kraus les appelait les « Arconautes ». « Ça werfelte et ça brode, ça kafkate et ça kishe... », écrit-il dans un poème satirique. La guerre ne met pas fin à l'agitation de ce petit cercle. Les amis se retrouvent à la campagne ou à la montagne pendant les vacances. Sur le mont Spicak, ils célèbrent le renouveau de la poésie tchèque, si longtemps dédaignée et opprimée et en réalisent des traductions et une anthologie. C'est au cours de l'une de ces escapades que Pollak devient l'amant de la jeune Milena.

Le professeur est consterné, d'autant que ledit Ernest est juif... Une violente querelle éclate entre eux, il coupe les vivres à sa fille, qui, de toute façon, a toujours jeté l'argent par les fenêtres. Il va même plus loin : Milena étant toujours mineure, il la fait interner. Elle va passer près d'un an dans la maison de repos de Weleslawin pour n'en sortir qu'en mars 1918. Elle n'a pas changé. À peine sortie, elle épouse Pollak, et le couple part vivre à Vienne.

Elle va y vivre ce qu'on appellerait aujourd'hui une galère. Pollak, qui se lasse vite de sa femme, continue de mener une vie de bohème et de débauche sans elle, sans lui donner le moindre sou vaillant. Milena, qui vit chichement de cours particuliers de tchèque, en sera parfois réduite à des expédients, comme porteuse de valises à la gare... Elle veut à tout prix reconquérir son mari, et tous les moyens sont bons, y compris le vol et la drogue. C'est de cette époque que date son accoutumance à la cocaïne. Sa santé s'en ressent. Comme tous les êtres doués pour la passion, elle ne l'est pas du tout pour le bonheur, et ne le sera jamais. C'est un feu follet, généreuse et impulsive en diable, qui s'enthousiasme en une seconde et gardera toujours en elle cette vitalité qui fera l'admiration de ses contemporains, jusqu'à sa fin tragique au camp de concentration de Ravensbrück.

Au sein de sa petite bande pragoise, elle a déjà croisé Kafka, mais Franz, plus que discret, alors que leur style est plutôt l'extravagance, se tenait à son habitude à l'écart. Plus tard, elle se rappellera une anecdote à son sujet, mais c'est déjà une amoureuse qui parle. Dans l'un de ses livres, Milena raconte l'impression que lui fit Kafka. « Personne ne savait grand-chose de lui, et les gens ne le tenaient pas pour une personnalité extraordinaire. Un jour quelqu'un porta contre lui une accusation quelconque, et il ne se défendit point... Cela me faisait un mal infini que cet homme jeune au visage franc, aux yeux tranquilles, au regard si direct, ait pu commettre quelque chose d'aussi laid. J'ai donc décidé de m'enquérir de ce qui s'était vraiment passé... Je me rendis compte par la suite qu'il était en fait l'être le plus remarquable que j'ai rencontré, et, de toute ma vie, rien ne m'a autant touché que les petites incursions qu'il m'a été donné de faire dans son cœur. Il était d'une noblesse infinie, mais il le cachait, comme s'il avait honte, je crois, d'être meilleur que les autres [1]. »

Durant son séjour viennois, elle est saisie à la lecture du *Verdict*, de *La Métamorphose*, et d'autres textes de Kafka. Elle en entreprend aussitôt une traduction en tchèque – puisque Kafka écrivait en allemand –, l'adresse à sa maison d'édition, qui la transmet à l'auteur. Kafka, à son habitude, prend sa plume et écrit à sa traductrice. Ainsi commence leur

---

1. Cité in *Milena*, de Margarete Buber-Neumann, Points, Seuil, 1997.

longue correspondance, qui débouchera sur un amour d'abord épistolaire.

Au début, c'est du Kafka tout craché. Révérencieux, un peu guindé, donnant des conseils pour la traduction, livrant des réflexions philologiques. Puis il ne peut s'empêcher, par douce manie, de commenter par le menu ses journées, ses impressions, ses rêves, ses états d'âme. Il l'entretient aussi longuement de sa maladie pulmonaire, de ses insomnies... Il lui écrit tous les jours de longues lettres, qu'il rouvre après les avoir cachetées car il a encore oublié de lui narrer quelque chose. Nous n'avons pas les réponses de Milena, qui se sont perdues, mais peu à peu Franz se prend au jeu et ne peut plus se passer de cette correspondance devenue quotidienne, à raison même quelquefois de plusieurs lettres par jour. Progressivement, elle prend un tour plus intime. Le tempérament exalté de Milena, le parfum anarchiste qu'elle traîne derrière elle, l'admiration qu'elle voue à son œuvre, séduisent et finissent par fasciner le petit père tranquille qu'est Kafka. Le 12 juin, au bout d'un mois et demi, ils en viennent au tutoiement, puis aux confidences, puis même aux petites brouilles d'amoureux...

Le mot est lâché. Franz et Milena s'aiment, ou croient s'aimer. D'un amour désincarné, dans l'outrance du côté de Milena, dans un mélange de ravissement et de crainte du côté de Kafka, qui vit dans l'imaginaire et redoute le concret. Il se serait bien contenté de poursuivre sur cette voie, mais Milena le presse de venir la rejoindre à Vienne depuis Merano. Il se fait tirer un peu l'oreille. Avec lui, tout est toujours compliqué, et il se demande si la réalité ne va pas avoir raison de la pureté de ce sentiment platonique. De plus il se sait malade, et craint que devant son état d'abattement, Milena ne tombe de haut. Il tergiverse. Il propose une rencontre avec le mari de Milena. Celle-ci s'énerve. Elle insiste. Enfin, il se décide.

Le 29 juin, il est à Vienne. Ils vont passer quatre jours ensemble. Ils se retrouvent. Ou plutôt, ils se trouvent. Tout se passe au mieux. Ils s'aiment. Ils s'accordent. Ils vont au restaurant, ils se promènent sur les pentes du Wiener Wald. Franz va bien, il ne tousse pas, il marche sans difficultés, il est gai et alerte. Milena est aux anges. « Durant les quatre jours que Frank a passés à mon côté, il a perdu sa peur. Nous nous sommes moqués d'elle... Cette peur ne se rapporte pas à moi seulement, elle se rapporte à tout ce qui vit sans pudeur, par exemple la chair. Quand il ressentait cette peur, il me regardait dans les yeux... et après un moment c'était passé... » Kafka, comme d'habitude, est beaucoup plus nuancé. Évoquant ces quatre journées, il écrit : « La première était faite d'incertitude, la seconde d'une trop grande certitude, la troisième était faite de remords, la quatrième fut une bonne journée. » Mais il connaît avec Milena un moment de grâce érotique, qui le libère (momentanément) de la souillure dans laquelle il estime avoir vécu. « S'il est possible de mourir de bonheur, écrit-il, c'est ce qui va m'arriver. »

Ils se séparent. Leur correspondance repart, sur un rythme frénétique et embrasé. Kafka n'est pourtant pas jaloux d'Ernest Pollak. Il envisagerait bien une sorte de ménage à trois. Milena, de son côté, admire éperdument l'écrivain et est touchée par la maladresse de ce garçon gentil, égaré, malade. Mais elle est aussi viscéralement attachée à Pollak, dont elle ne peut se défaire. En juillet 1920, elle écrit à Max Brod, l'ami de Kafka : « L'histoire de mon mariage et de mon amour pour mon mari est trop compliquée pour être racontée ici. Les choses en sont au point qu'il m'est impossible de partir maintenant, et peut-être jamais... » Et puis, en femme pratique, elle se rend vite compte de la difficulté qu'il y aurait à vivre avec lui.

Ici, pour mieux comprendre le caractère de Kafka, il faut reproduire une longue lettre de Milena à Max Brod, datée d'août 1920[1] : « Vous demandez comment il se fait que Frank (Nda : c'est ainsi qu'elle l'appelle) ait peur de l'amour

1. In Franz Kafka, *Lettres à Milena*, L'imaginaire, Gallimard, 1988.

et qu'il n'ait pas peur de la vie? Mais je pense qu'il en va autrement. Pour lui, la vie est tout à fait différente de ce qu'elle est pour les autres gens... Il est incapable de comprendre les choses du monde les plus simples. Avez-vous déjà été avec lui dans un bureau de poste? Quand il rédige un télégramme et cherche en hochant la tête la petite fenêtre du guichet qui lui plaît le mieux, quand ensuite on le promène d'un guichet à l'autre, sans qu'il comprenne le moins du monde pourquoi et en vertu de quoi, jusqu'à ce qu'il arrive au bon guichet, qu'il paye et reçoive sa monnaie, qu'il vérifie ce qu'on lui a rendu, qu'il trouve qu'on lui a donné une couronne de trop et qu'il rende la couronne à l'employée qui est derrière le guichet. Puis, il s'en va lentement, compte à nouveau, et, arrivé à la dernière marche en bas, il s'aperçoit que la couronne qu'il a rendue lui appartenait. Vous voilà maintenant désemparé à côté de lui, il s'appuie sur un pied, puis sur l'autre, et réfléchit à ce qu'il faut faire. Retourner sur ses pas n'est pas facile, toute une foule de gens se presse là-haut. «Tant pis pour la couronne», lui dis-je. Il me regarde consterné. Comment peut-on dire: tant pis? Non pas qu'il se soucie aucunement d'une couronne. Mais ce n'est pas comme il faut. Il manque une couronne. Comment laisser la chose en l'état? Il a parlé très longuement de ce sujet. Il était très mécontent de moi... Une fois, il a donné deux couronnes à une mendiante et voulait qu'elle lui en rende une. Elle lui dit qu'elle n'avait rien. Nous sommes restés deux bonnes minutes à réfléchir à la solution du problème. Il se dit soudain qu'il pouvait lui laisser les deux couronnes. Mais à peine a-t-il fait quelques pas qu'il se sent de mauvaise humeur... Sa gêne envers l'argent est presque la même que celle qu'il éprouve envers les femmes. De même sa peur du bureau. Je lui ai un jour télégraphié, téléphoné, écrit, je l'ai conjuré par tous les dieux de venir me rejoindre pour une journée. J'en avais à ce moment-là un besoin absolu. Je l'ai maudit corps et âme. Il n'a pas pu dormir pendant des nuits, il s'est torturé, il a écrit des lettres suicidaires, mais il n'est pas venu. Pourquoi? Il n'a pas voulu demander un congé. Il ne pouvait pourtant pas dire au Directeur, à ce même Directeur qu'il admire de toute son âme (sérieusement) parce qu'il tape si vite à la machine – il ne pouvait pourtant pas lui dire que c'était moi qu'il venait voir. Et dire autre chose ? – à nouveau une lettre épouvantée – comment cela ? Mentir ? Dire un mensonge au Directeur ? Impossible. Quand vous lui demandez pour quelle raison il a aimé sa première fiancée, il répond : parce qu'elle s'entendait si bien en affaires et son visage se met à rayonner de respect. « Ah non ! Le monde entier est et reste pour lui un mystère. »

Malgré tout, elle ne va cesser de courir à la poste pour se jeter sur les lettres de Franz. Il revint une seconde fois, de Prague, cette fois-ci, un mois et demi après leur première rencontre. Ils se retrouvèrent à la frontière austro-tchécoslovaque, à Gmünd. Mais là, déjà, le charme physique était rompu. Ils ne connurent pas la félicité viennoise. Franz, d'ailleurs, redoutait la nuit de Gmünd. Leur bonheur absolu n'aura duré que six semaines...

Des mois plus tard, après mille nouveaux atermoiements, mille petites disputes épistolaires, il lui proposera quand même de venir le rejoindre à Prague, mais sans être réellement convaincu. Ses vieux démons le reprenaient, tandis qu'elle était aussi la proie d'envies contradictoires. Leurs lettres, qui restent passionnées, sont source de déchirements pour l'un comme pour l'autre, jusqu'à la fin de l'année 1920. Franz finira par la supplier de ne plus lui écrire. Leur correspondance s'interrompt, au désespoir de Milena. Elle reprendra cependant deux ans plus tard, mais sur un tout autre ton. Franz lui donne à nouveau du « madame Milena », et la voussoie. Il lui écrira une dernière lettre six mois avant sa mort.

Ainsi s'achève cette histoire, pitoyable vue de l'extérieur, mais grandiose pour leur âme.

Kafka n'en a plus pour longtemps. Il s'éteint en juin 1923, un mois avant ses 41 ans. Milena fera paraître un article dans un journal viennois. « Avant-hier est mort au sanatorium de Kierling, près de Klosterneuburg, à côté de Vienne, le

Dr Franz Kafka, écrivain allemand qui vivait à Prague... Il était timide, inquiet, doux et bon, mais les livres qu'il a écrits sont cruels et douloureux. Il voyait le monde plein de démons invisibles qui déchirent et anéantissent l'homme sans défense. Il était trop lucide, trop sage pour pouvoir vivre, trop faible pour combattre... Il a écrit les livres les plus importants de toute la littérature allemande... C'était un artiste et un homme d'une conscience si sensible qu'il entendait encore là où les sourds se croyaient faussement en sûreté. »

Devant un tel hommage venant d'une telle femme, la question de savoir si Kafka est ou non un génie peut paraître secondaire. Qui peut dire s'il sera encore lu dans un siècle ou deux ? On se souviendra, en revanche, de cet amour bancal et mystique entre un juif craintif et une slave emportée, deux Pragois si dissemblables...

VLADIMIR FÉDOROVSKI

LE ROMAN DU KREMLIN

Extrait

Ivan le Terrible
ou les racines

Ivan IV fut le tsar de tous les excès, ce qui se manifesta dès son plus jeune âge. Il prenait, par exemple, un malin plaisir à jeter des animaux du haut des tours du Kremlin ou, s'il perdait à un jeu, à faire exécuter le ou les gagnants. Sans parler de son divertissement favori, qu'il pratiqua d'ailleurs toute sa vie et qui consistait à lâcher un ours enragé dans la foule pour contempler, avec un plaisir pervers, la couleur du sang, et humer l'odeur de chair humaine. L'explication de cette cruauté précoce réside sans doute dans le fait qu'Ivan, dès sa petite enfance, fut confronté au spectacle du mal. La mort prématurée de ses parents le laissa seul face aux deux grandes familles de boyards[1] qui firent office de tuteurs. Dans les salles sombres et voûtées du Kremlin, les deux clans n'hésitaient pas à se livrer sous ses yeux à des règlements de comptes sanguinaires pour s'emparer du pouvoir. La peur, fléau qui hante les tyrans, entra dans l'âme du jeune prince pour ne jamais la quitter. Dès lors, son cerveau d'enfant ne nourrit plus qu'une idée fixe : se débarrasser des boyards au Kremlin. Malgré son tempérament excessif, Ivan possédait une sensibilité étonnante et fit preuve, dès quatorze ans, d'un talent littéraire unanimement reconnu. La vivacité de son langage, le caractère inattendu de ses allégories firent de lui un des plus grands écrivains de son

1. Les Chouïski et les Belski.

époque et, sans doute, le plus éminent styliste des monarques russes[1].

Adolescent, Ivan aimait chevaucher en compagnie de ses fidèles à travers cette Russie ravagée depuis trois siècles par les invasions tatares. Il lui arrivait parfois de faire halte dans un de ces monastères retranchés sous les neiges et de se lancer dans des discussions théologiques avec les moines. Mais il pouvait tout aussi bien plonger dans les débauches les plus effrénées pour satisfaire ses appétits charnels. Quand un boyard osa lui reprocher, un jour, ses écarts, Ivan lui fit avaler de force un calice empli de vin. Comme le malheureux ne parvenait pas à tout ingurgiter, le tsar lui reprocha de refuser de boire à sa santé et le fit immédiatement étrangler. Pendant les jours qui suivirent, Ivan s'amusa à envoyer des invitations chez l'épouse de ce boyard, en s'étonnant de l'absence du défunt.

Contrairement à ce qu'espéraient ses tuteurs, Ivan ne se laissa pas manipuler par eux et s'imposa vite comme le véritable homme fort du Kremlin. À seize ans, en 1547, il exigea de se marier puis se fit sacrer tsar avec des fastes sans précédent. Pour la circonstance, il confirma ses dons littéraires en inventant lui-même la légende selon laquelle le collier, le sceptre et la couronne reçus lors du sacre étaient ceux que l'empereur Constantin avait légués à son petit-fils, qui les aurait conservés jusqu'à la venue d'un héritier digne du souverain byzantin. N'était-ce pas la façon la plus éclatante de montrer au monde que le jeune tsar entendait faire de son royaume le successeur de l'Empire d'Orient, et de Moscou la troisième Rome ainsi que le moine Philothée l'avait annoncé à son père ?

Scellant l'union du trône et de l'autel, le jeune tsar commença son règne au Kremlin en s'arrogeant tous les

1. Un des meilleurs exemples de son style reste l'échange épistolaire qu'il eut, plus tard, avec son ami de jeunesse, le prince Kourbski, quand celui-ci passa au service du roi de Pologne par crainte de voir le tsar devenir un jour son bourreau.

droits. Il s'empressa de déposséder les grandes familles de boyards du pouvoir qu'elles se partageaient depuis son enfance. Il écarta leurs favoris et imposa son autorité sans ménagements en s'appuyant sur un groupe de fidèles, créant ainsi une espèce de chancellerie secrète. Son goût prononcé pour le sang ne connut plus de limites. Ivan n'hésitait pas à faire exécuter un valet pour la moindre vétille ou un compagnon de chasse qui lui avait déplu. Et, bien que son amour pour Anastasia, sa première femme, fût aussi sincère que sensuel, il ne le fit nullement renoncer à sa vie dissolue, jusqu'à ce 20 avril 1547 où parvint une nouvelle qui plongea le Kremlin dans la plus grande consternation.

La cloche d'une église était tombée et s'était brisée. Depuis des lustres, et aujourd'hui encore, cet événement était considéré comme le signe annonciateur d'un grand malheur. Non loin de là, Basile, un « fol en Christ », sanglotait, agenouillé devant l'église de l'Ascension et tendait ses mains vers l'édifice, comme pour le caresser. La foule massée autour du saint homme vit dans ce tableau un sombre présage. Le malheur ne tarda pas. Un incendie embrasa l'église de l'Exaltation-de-la-Croix, au cœur de Moscou et, attisé par la tempête, se répandit à travers la ville, la détruisant quartier après quartier. C'était la troisième fois dans l'année que Moscou était la proie des flammes et les rumeurs les plus folles commencèrent à circuler sur les raisons de ce désastre. C'est alors qu'un homme vêtu de l'ample robe noire des prêtres demanda à voir le souverain au Kremlin. Il se prénommait Sylvestre. Il avertit Ivan que, s'il persistait à vivre dans la débauche, le châtiment de Dieu serait inéluctable. Les émeutes qui avaient suivi l'incendie n'étaient que les prémices d'une révolte beaucoup plus grave. Ces paroles frappèrent le tsar en plein cœur. Dégrisé, il reconnut ses fautes et fit serment à Dieu de suivre les préceptes du prêtre.

La période la plus éclatante du Kremlin s'ouvrit alors. Au cours des années qui suivirent, Ivan remporta de nombreuses victoires sur les Tatars et agrandit son royaume vers l'est et le sud-est. Après de longues délibérations et des messes solennelles, il quitta Moscou en direction de la Volga, pour reconquérir la ville de Kazan, symbole de la présence tatare sur la terre russe. L'artillerie et les explosions d'une dizaine de tonneaux de poudre sous ses murs firent tomber la ville le 2 octobre 1552, après un siège de six semaines. Plus tard, l'armée russe s'empara de la forteresse d'Astrakhan située à l'embouchure de la Volga. Ainsi le fleuve des Tatars, l'Itil, devint le fleuve sacré des Russes, la mère Volga.

Pour célébrer la conquête de Kazan et d'Astrakhan, une fête grandiose fut organisée à Moscou. Le tsar prononça des discours enflammés devant le peuple. Trois nouvelles tours furent construites au Kremlin pour consacrer cette victoire. Le tsar décida d'élever une cathédrale qui surpasserait toutes celles qui existaient dans l'enceinte[1].

Parallèlement, Ivan entreprit un remarquable travail d'organisation administrative et de justice, s'entourant d'esprits jeunes et brillants.

Le tsar et ses conseillers avaient pleinement conscience que le succès des ambitions moscovites passait par une meilleure organisation du pays. Le pouvoir de l'État et de ses structures centralisées se trouva renforcé. Cette période de relative prospérité ne dura malheureusement que huit ans. Puis, le caractère autoritaire du tsar se fit à nouveau sentir, son inquiétude maladive reprit le dessus et son comportement changea d'une manière radicale.

1. Les auteurs de ce chef-d'œuvre sont connus sous les noms de Posnik et Barma. Le farouche monarque, si content de la manière dont ses ordres avaient été exécutés et plein d'admiration pour cette œuvre géniale, leur fit crever les yeux, afin qu'ils ne soient pas tentés d'élever ailleurs un aussi bel édifice et qu'ainsi la cathédrale de Basile-le-Bienheureux reste unique au monde. D'après des documents découverts en 1957, Posnik et Barma seraient une seule et même personne : Posnik Yakovlev étant surnommé Barma. Cela est fort plausible, car, dans d'autres écrits bien antérieurs, il est dit qu'Ivan le Terrible fit crever les yeux à l'auteur, et non pas « aux auteurs », de cette merveille.

Durant l'hiver 1653, Ivan tomba sérieusement malade. Craignant sa fin proche, il voulut nommer son successeur en la personne de son fils, mais Sylvestre et les conseillers s'y opposèrent : si un malheur devait emporter le tsar, ils préféraient qu'un homme plus expérimenté assurât la régence. Le tsar se rétablit miraculeusement vite et ne pardonna évidemment pas à ses conseillers d'avoir émis un avis contraire au sien à propos de sa succession. (Ces moments cruciaux joueront toujours un rôle capital dans l'histoire du Kremlin.)

La maladie, puis la mort de la femme d'Ivan, en 1560, ne firent qu'aggraver les choses. La sensibilité et l'imagination fantasque du tsar semblèrent lui interdire désormais toute action raisonnable. Plus que jamais en proie à la peur et à la suspicion, il vit des complots partout et fit régner la terreur. Commença alors une valse infernale. Désormais la vie du Kremlin ne connut plus ni limites ni tabous.

BERNARD BRIGOULEIX
MICHÈLE CAYRAL

LE ROMAN DE TOLÈDE

Extrait

Années lumière et magie noire

Donc, Tolède, au tournant des années 1250-1300, a sa nouvelle cathédrale, même s'il s'agit d'une œuvre de trop longue haleine pour que celle-ci soit déjà complètement achevée – il s'en faut même de beaucoup. La ville est, bien entendu, redevenue massivement chrétienne ; elle ne doute plus de son identité ni de sa vocation de capitale – peut-être est-il plus prudent pour l'instant de dire : capitale, à éclipses, de la Castille ancienne et nouvelle, et, par extension, des royaumes qui y sont rattachés, Asturies et Léon. Et elle pourrait se sentir autorisée par l'histoire à s'alanguir tranquillement dans ses paisibles certitudes géopolitiques et religieuses. Et pourtant, Tolède va rester – mieux : elle va s'affirmer comme jamais – une cité-phare du cosmopolitisme. Au fond, pourquoi ? Tenter de répondre à la question suppose de dresser un rapide état des lieux. Voyons un peu.

Dans la cité telle qu'elle se présente au milieu du XIIIe siècle, ni même aux abords du XIVe, aucune des communautés qui l'ont successivement façonnée n'a disparu.

C'est évident pour les chrétiens : ils sont redevenus majoritaires, et très largement. Arrêtons-nous sur eux un instant. Les distinctions entre les mozarabes, restés fidèles aux pratiques héritées des Wisigoths, les Francs venus d'outre-Pyrénées et rapidement assimilés (notamment parce que la plupart d'entre eux, sitôt posées les armes, sont redevenus ce qu'ils étaient dans l'âme : des commerçants, profession favorable entre toutes à la fusion dans le paysage socioculturel ambiant), et les Castillans qui n'étaient pas tous, tant s'en faut, originaires de Castille, ces distinctions ont perdu, un peu pour les premiers, beaucoup pour les seconds, de leur raison d'être. Tous font leurs courses dans les mêmes échoppes, s'adressent aux mêmes artisans dans leurs ateliers accrochés aux pentes de la vieille ville, et, à la notable exception des mozarabes, soucieux de conserver leur quant-à-soi cultuel, et même culturel puisqu'ils continuent de pratiquer entre eux (mais, inévitablement, de moins en moins) un parler arabe hérité des siècles précédents, se retrouvent pour les offices religieux dans les mêmes églises.

La communauté musulmane existe toujours aussi, quoique, entre conversions et départs vers ce qu'il reste d'al-Andalus, elle se soit substantiellement réduite. Certes, le rêve des Maures est désormais un paradis perdu, et il faudrait beaucoup de foi, politique au moins autant que religieuse, pour croire possible une « re-reconquête », même s'il reste, au sud, le royaume de Grenade. Mais cette nostalgie, s'agissant du moins des musulmans de Tolède, n'est point rebelle : elle s'applique, dans le respect des nouvelles règles du jeu, à grappiller les miettes d'un bonheur qui n'est pas totalement évanoui. Car le nouveau pouvoir ne semble pas, dans l'immédiat, renoncer à cette politique pluraliste qu'il n'a certes pas inventée, mais qu'il a eu la sagesse de ne pas abroger, et à laquelle, d'ailleurs, Tolède doit tant. Les souverains chrétiens, tout en recherchant – et, quand l'occasion s'en présente, en engrangeant – des succès militaires, manifestent que la cohabitation avec la culture islamique est possible. Depuis le pas décisif de 1085, sans doute, mais même depuis bien plus longtemps, en réalité, leurs rêves politiques et leurs avancées militaires ne se traduisent pas par une stratégie d'expulsion qui n'est pas encore, tant s'en faut, à l'ordre du jour.

Et les juifs ? Eux aussi, à Tolède comme dans l'ensemble de la Péninsule, mais à Tolède plus qu'ailleurs, existent toujours comme collectivité ethnique, religieuse et culturelle forte. Ils ont magnifiquement survécu au règne islamique, qu'ils n'étaient d'ailleurs pas particulièrement enclins, eux, à percevoir comme une occupation étrangère. Dans ce registre, les nouveaux maîtres chrétiens pouvaient difficilement se montrer moins souples que leurs prédécesseurs musulmans. De sorte qu'il y a, au milieu du XIIIe siècle et encore durant la première moitié du XIVe, une communauté juive dynamique, constructive, active, et, à sa façon, bien intégrée, en dépit des quelques violents dérapages déjà mentionnés.

La présence juive à Tolède se trouve même renforcée, à cette époque, par le fait qu'au sud de la Péninsule, les nouveaux dirigeants musulmans qui ont été appelés en renfort ne manifestent pas du tout à l'égard de la religion et de la culture hébraïques l'intérêt plutôt bienveillant dont avaient témoigné leurs prédécesseurs. Venus du Maghreb ou de plus loin encore, en soldats certes, mais aussi, très largement, en épurateurs politico-religieux bien décidés à remettre au pas des musulmans espagnols soupçonnés de s'abandonner aux délices, sinon de Capoue, du moins de Cordoue, et autres lieux enchanteurs d'al-Andalus, les Almohades surtout suscitent, par leur intolérance, une certaine émigration juive vers Tolède, y compris, à l'occasion, de la part de familles qui avaient quitté la ville après 1085, craignant que l'arrivée des chrétiens ne signifiât la fin du climat de coexistence pacifique qu'ils y avaient connu.

Cela dit, la fameuse tolérance tolédane connaît, à l'occasion, ses bavures, y compris royales, ou à tout le moins ses contradictions internes. Alphonse X, par exemple, s'entoure notamment d'intellectuels juifs comme Itzak ben Sid, ou don Zag de la Maleha, mais quand il écrit ses Cantigas de Santa Maria, il ne peut s'empêcher, et cela sur une trentaine de vers, d'y prêter aux israélites les tares et les travers qui constituent l'ordinaire du discours antisémite. Quant à don Zag, il sera accusé par lui de malversations diverses, et exécuté en 1280, année où le roi fait également encercler les synagogues par ses hommes d'armes un jour de Shabbat, les fidèles ne pouvant recouvrer la liberté que moyennant le versement d'une somme très importante.

Mais malgré ces dérapages, point désintéressés d'ailleurs dans ce dernier cas au moins, Tolède, redevenue primatie de la chrétienté hispanique, reste plus que jamais une cité profondément multiculturelle. Ce pourrait être un handicap : cela deviendra, au contraire, un atout, qui fera de la ville un phare des échanges culturels médiévaux. Mais, puisque nous en sommes à l'état des lieux, il nous faut aussi mentionner un fait économique nouveau, dont la genèse est d'ailleurs très représentative des méandres politico-religieux de l'époque, et qui va avoir son importance dans l'épanouissement de ces décennies brillantes : la destinée des Monts de Tolède.

C'est, disons-le d'emblée, une chaîne montagneuse assez modeste, tant par sa dimension que par son altitude, très verdoyante par rapport à la moyenne régionale, et située au sud de la ville – rien à voir avec la Meseta centrale, la corniche Cantabrique ou, bien entendu, les Pyrénées. Et ce n'est pas un ensemble de terres bien riches : leurs habitants y vivent, dans des villages modestes, d'un peu d'élevage, de chasse et de quelques activités agropastorales très artisanales, en particulier l'apiculture. Ces Monts de Tolède, à part leur beauté naturelle, que l'on peut apprécier encore aujourd'hui, mais qui ne risque guère à l'époque de bouleverser une économie qui n'a évidemment pas encore inventé le tourisme, pourraient donc ne présenter qu'un intérêt assez mince. Ils ont d'ailleurs traversé les différentes conquêtes et reconquêtes sans faire particulièrement parler d'eux.

Mais ils ont au moins un avantage : c'est par là que passent nombre de routes commerciales importantes, précisément celles qui permettent l'import-export avec le sud du pays, qu'il soit déjà reconquis ou encore sous occupation des Maures. De sorte qu'à défaut de pouvoir fournir grand-chose de plus que du bois, du gibier et du miel (trois denrées dont les citadins tolédans sont, à des titres divers, grands consommateurs, surtout en cette ère de vastes chantiers), les Monts de Tolède vont du moins produire une richesse dont la ville a, là aussi, le plus grand besoin : des recettes fiscales, grâce aux octrois dont on va hérisser les routes.

Or il se trouve qu'après l'avancée de Las Navas de Tolosa, le roi Alphonse VIII les a donnés en cadeau, ces fameux Monts, à Mgr Jimenez de Rada, dont il était très proche, on s'en souvient, et qu'il tenait non seulement à honorer, mais à doter d'un territoire personnel au moment de lui confier le siège archiépiscopal de la nouvelle capitale. Ne manquant ni d'autres ressources, ni de soucis de gestion pour occuper ses journées, et point autrement gêné, semble-t-il, de monnayer un cadeau au successeur du généreux donateur, Don Rodrigo revend la région, quelques années plus tard, à Ferdinand III. Lequel, grand seigneur, en fait présent, en 1246, à la ville de Tolède.

Une ville pacifiée, donc, assurée sur son flanc sud, mais toujours fidèle à sa tradition multiculturelle ; une ville élargie géographiquement, aussi, même si tout l'essentiel de son être demeure enserré dans ses murailles altières ; une ville en pleine modernisation, également, peuplée de chantiers, d'artistes, d'ouvriers, de commerçants et de voyageurs ; on comprend que la période s'annonce faste. Mais au-delà de ses embellissements architecturaux et du dynamisme de son économie, elle le sera avant tout grâce à ce foisonnement intellectuel qu'encourage et organise la coexistence des trois cultures qui ont façonné Tolède, de même que le permet l'évolution du pouvoir royal.

Ferdinand III, à peine consenties ces largesses foncières à l'égard de sa bonne ville, meurt au tournant du demi-siècle, plus précisément en 1252. Il laisse un bilan fort, puisqu'il a considérablement consolidé l'union de la Castille et du Léon, sans parler des Asturies dont il avait hérité : voici l'ancienne et nouvelle Espagne en bonne voie de (re)constitution ; qu'il a repoussé loin vers le sud la frontière avec des Maures désormais réduits à se partager d'assez maigres taifas ; qu'il a aussi utilement fixé les frontières de leurs royaumes respectifs avec Jacques Ier d'Aragon, y compris celles qui concernent l'Espagne in partibus infidelium, autrement dit sous domination musulmane, dont il a obtenu pour ses successeurs la possession future, au prix, naturellement, d'une reconquête encore virtuelle ; et qu'il a, accessoirement, entrepris une politique de rapprochement avec la France, rapprochement qu'il ne doit pas seulement aux bâtisseurs de cathédrales venus de tras los montes, d'au-delà des Pyrénées, puisqu'il est aussi le cousin germain de Louis IX. Lequel mourra nettement plus tard, en 1270, sous les murailles de Carthage, à côté de Tunis, au cours d'une croisade, et entamera, après une carrière royale déjà bien remplie, celle d'une très pieuse image de monarque juste et bon, sous le nom de saint Louis. Sa béatification précédera d'ailleurs largement celle de Ferdinand.

Il est vrai que, de ces deux souverains qui aiment à rendre eux-mêmes la justice, le second passe, contrairement au premier, pour avoir manifesté une férocité sans faille. Lors des audiences publiques qu'il donne sur le Zocodover, il est banal que les accusés (de vol, en particulier) aient les mains ou les pieds coupés ; pour un fait plus grave, ils peuvent être condamnés à être bouillis vivants dans une grande marmite en place publique, parmi d'autres abominables supplices médiévaux dont, certes, la Castille n'a pas le monopole. Un notable qui avait pourtant pris la précaution d'afficher sa dévotion au trône, don Fernando Gonzalo, seigneur de Yegros, et à qui le roi, reconnaissant, a naguère confié de hautes charges – il dirige à l'époque la police de la ville – mais qui est par ailleurs un vil séducteur, sera ainsi confondu, alors même qu'il siège au côté du monarque en ce tribunal en plein air du Zocodover, par des plaignantes en pleurs, et aussitôt condamné par Ferdinand III, qui ne plaisante pas avec l'honneur des dames, à être décapité. Sa tête sera longuement exposée, pour la plus grande joie des corbeaux, à l'une des portes de la ville, pour l'édification des lubriques et des libertins.

Le successeur de Ferdinand III n'est pas Alphonse IX de Léon, mort, lui, depuis plus de vingt ans, mais Alphonse X, le fils qu'il a eu de son mariage avec Béatrice de Souabe, et qui s'installe sur le trône pour près d'un tiers de siècle, jusqu'à son propre décès en 1284. Le personnage de cet Alphonse-là mérite qu'on s'y arrête un instant, tant à propos de l'histoire de Tolède qu'au sujet de l'Espagne en général, car s'il s'agit d'une figure publique qu'il est convenu de révérer. Il a pourtant fait naître, de son vivant un peu, et chez les historiens à coup sûr, une image plus controversée que celle que laisserait imaginer son surnom d'El Sabio – au choix, Alphonse « le Sage », ou « le Savant ».

Querelle d'experts ? Peut-être. Mais elle a son importance. On sait bien que les rois veillaient à se faire attribuer des surnoms flatteurs, même si l'on a connu, en France, un Louis VI « le Gros » ou Charles VII « le Chauve », sans parler, en Espagne même, de Pierre Ier « le Cruel » (mais là, ce terrifiant patronyme servait probablement les noirs desseins de son titulaire...). « Le Savant » évoque à coup sûr le monarque instruit, à la cour de qui les intellectuels, installés à demeure ou de passage, ont toute leur place. « Le Sage » prête au titulaire de ce surnom flatteur, au-delà de la culture, une capacité de raisonnement, une intelligence du réel, dont il est moins sûr qu'elles aient été les caractéristiques premières d'Alphonse X. Car « El Sabio » (tenons-nous-en lâchement à l'appellation contrôlée, pour éviter d'avoir à trancher entre ses différentes interprétations) connaît des débuts difficiles, en dépit de l'air du temps. Des débuts, et même des suites.

Il tente d'occuper l'Algarve portugais : c'est un échec. Il exige du roi de Navarre un serment d'allégeance : même insuccès. Il rêve du duché de Gascogne : en vain. Quant à son grand, son lancinant projet de coiffer la couronne du Saint Empire romain germanique, couronne qu'il semble un temps obtenir en 1257, grâce à force subsides généreusement délivrés par son ambassadeur auprès des Grands Électeurs, cela lui vaudra surtout vingt ans de tumultueuses et finalement infructueuses controverses avec le pape. Lequel est avant tout attaché, lui, à la paix en Allemagne et en Italie. Bref, ce savant mais pas si sage Alphonse X va être un souverain passablement chimérique, prêt à écouter le premier ambassadeur venu qui, à Dieu sait quelles secrètes fins dernières, lui représente le mirobolant destin paneuropéen qui l'attend forcément. Il s'embarquera dans une suite de manœuvres qui, malgré les offensives diplomatiques des Pisans, acquis à sa candidature, le conduiront à ferrailler en vain contre Richard de Cornouailles, puis Rodolphe de Habsbourg.

Soyons justes, pourtant : même en s'en tenant au seul terrain de la politique, il n'a pas commis que des erreurs. D'abord, il a su, entre 1262 et 1266, poursuivre la reconquête des territoires occupés par les musulmans entreprise par ses prédécesseurs ; avec moins de victoires fameuses, sans doute, mais assez efficacement pour réduire les royaumes des Maures à celui de Grenade, ultime poche de résistance qui ne sera vaincue par les Rois Catholiques qu'en 1492. Ensuite, Alphonse X est l'homme de la modernisation du système politique et économique castillan. En matière de monnaie, de fiscalité, de droit public et privé, son règne, qui s'étend jusqu'à 1284, sera marqué par un réel effort d'unification et de mise à jour. Le nouveau visage du pouvoir royal est en particulier défini par son Libro de las Siete Partidas, un ouvrage politiquement et juridiquement unificateur qui vient en partie contredire ceux qui se sentent enclins à ironiser sur son surnom flatteur. Sa vision monarchique est celle d'une société très solidement hiérarchisée, avec, bien sûr, le pouvoir royal trônant à son sommet, mais où, pour la première fois, la noblesse, les représentants de l'Église et les bourgeois des villes siégeront aux Cortes – presque des États généraux avant la lettre.

Non, Alphonse X n'a pas seulement été cet intellectuel fasciné par les œuvres de l'esprit, ou cet hurluberlu méconnaissant frénétiquement les vrais devoirs de sa charge royale au profit de quelques rêves diplomatiques et dynastiques irréalistes, que d'aucuns décrivent. Et sa pénible succession – Sanche IV, Ferdinand IV, d'autres encore – en fera, en quelque sorte, la démonstration a contrario. Il n'empêche : hormis un insaisissable Saint Empire (insaisissable pour lui, en tout cas) ses vraies passions, clairement, sont ailleurs. Il conserve à sa Tolède natale – quoiqu'il ait été élevé principalement dans le nord de la province de Burgos – une tendresse forte, et s'avoue en particulier fasciné par son passé wisigothique. Il se réjouit de la voir peuplée de beaux esprits. Qu'ils soient chrétiens, bien sûr, mais aussi musulmans ou juifs. Il se soucie de multiplier les universités, ou de renforcer celles qui existent déjà : Salamanque, créée en 1218, Valladolid, Burgos, qui datent de 1254, sans parler de la grande école d'études latines et arabes qu'il fonde à Séville. Bref, ce monarque paré sans doute un peu abusivement, durant une bonne partie de son règne, de toutes les vertus attendues de sa charge, et à qui une certaine critique historique les refusera ensuite, en a d'autres à son actif, qui, sans relever de ses obligations royales, vont servir le rayonnement de sa ville natale.

En témoigne au tout premier chef l'éclat de ce qu'on allait appeler l'École de traduction de Tolède. Sans doute la tradition multilingue de la ville est-elle trop solidement ancrée déjà dans les habitudes locales pour qu'on en attribue à Alphonse X le mérite exclusif. Traductrice, cette cité polyglotte, forcément polyglotte, l'est par vocation, et tout simplement par nécessité, depuis des siècles déjà. Mais c'est tout de même d'autre chose qu'il s'agit désormais : la maîtrise de la traduction croisée (grec, latin, castillan, français, italien, anglais, allemand, hébreu, arabe, voire persan : c'est Babel avant l'ONU) devient une spécialité sans égale dans le monde médiéval. La question n'est plus d'arriver à s'entendre entre marchands sur le Zocodover, ni même entre médecins et patients à l'hospice, ou entre clercs réunis par une savante dispute universitaire : l'étude des textes étrangers devient, en soi, une science.

Parfois à des fins partisanes, d'ailleurs : l'idée se répand que, pour mieux argumenter contre les textes philosophiques et religieux (ce qui à l'époque revient à peu près au même) des uns contre les autres, il faut d'abord disposer de traductions fiables, et même indiscutables techniquement. Il y a quelque prosélytisme implicite dans la volonté de maîtriser, dans sa propre langue, l'expression de la pensée d'autrui – ou de pouvoir diffuser la sienne propre dans la langue de l'autre. En tout cas, c'est l'argument sans cesse évoqué, y compris en direction de la pensée romaine et grecque qui repose, elle, sur le polythéisme. Peu importe en fait : Tolède devient, non plus seulement la ville où l'on parle toutes sortes de langues, mais celle où, de toute l'Europe du Moyen Âge, on vient traduire des textes, et on envoie se former des interprètes.

Une fois de plus, le règne d'Alphonse X est sans doute, de ce point de vue, plus héritier qu'inventeur. Dès 1110, par exemple, un médecin juif tolédan converti au christianisme, et rebaptisé Pedro Alfonso, envoyé en Angleterre auprès du roi Henri Ier, a su convaincre son nouvel entourage du profit qu'il y aurait pour la science latine à maîtriser les textes des grands maîtres arabes. À la même époque, Daniel de Morley, déçu par la superficialité de ce qu'il entend dire à Paris sur le sujet, prend la route de Tolède. On pourrait multiplier les exemples. En 1218, le chanoine Salio, de Padoue, s'y rend aussi pour travailler à des traductions savantes avec un juif érudit, dont le patronyme de David ne nous apprend malheureusement pas grand-chose de plus. Le savant écossais Michael Scott – cela sonne de façon si crédible que l'on dirait presque un pseudonyme – y passe aussi plusieurs années d'études avant de rejoindre, en Sicile, la cour impériale de Frédéric II. Et que dire du fameux Hermann l'Allemand, traducteur des ouvrages philosophiques d'Aristote, mais aussi, de manière plus contemporaine, d'Avicenne, d'Averroès, d'al-Farabi ?

Oui, Tolède s'affirme durant ces décennies si riches comme un centre majeur de la traduction entre langues savantes, du nord de l'Europe au sud et à l'est de la Méditerranée. Alphonse X, en son palais, s'entoure de secrétaires suffisamment instruits pour recopier intelligemment les manuscrits, parfois terriblement gribouillés, des savants de différentes cultures qui, inlassablement, donnent en quelque sorte à connaître les autres aux autres. Au risque de paraître insistants, soulignons combien il ne s'agit pas seulement, en l'espèce, d'un simple travail de traduction. Tolède n'est pas seulement, du XIIe au XIVe siècle, et de loin, une sorte de cabine géante d'interprétariat, où se côtoieraient, comme dans une de nos modernes organisations internationales, d'excellents traducteurs. Et où l'exploit, qui ne serait d'ailleurs pas mince déjà, tiendrait seulement dans la maîtrise de langues si différentes. C'est un extraordinaire forum multilingue, où la traduction s'accompagne constamment d'une imprégnation critique, au-delà de la forme, du fond de ce que l'on y traduit.

Dès la fin du XIIe siècle, à plus forte raison au XIIIe, le modèle tolédan s'exporte. À Paris, à Bologne, à Heidelberg, à Montpellier, ailleurs encore – n'oublions pas que le Moyen Âge est, avec toutes ses limites matérielles, l'époque d'une extraordinaire internationale de l'intelligence et de la culture – on se met à travailler sur des traductions tolédanes. Pour réussir parmi les esprits savants, et sans doute plus que tout curieux, ce qui nous les rend si attachants aujourd'hui, la synthèse des connaissances et des réflexions, il fallait cet incroyable creuset culturel que fut l'école de Tolède.

Curieusement, à cette explosion des sciences – on a déjà dit ici ce que, en particulier, la médecine et l'astronomie, mais aussi la physique théorique ou appliquée (voir l'épisode tragi-comique de la clepsydre) devaient aux savants musulmans et juifs – aura aussi correspondu un engouement singulier pour ce qu'on appellera, d'un terme général, l'occultisme. Tolède et la magie noire – vaste sujet... Mais est-ce, au fond, si singulier ? Sans doute pourrait-on s'étonner, voire s'indigner, qu'une époque si profondément religieuse, que l'on parle de chrétienté, d'islam ou de judaïsme, se passionne et s'enflamme pour des mythes résolument païens et les superstitions qui les accompagnent traditionnellement. Pourtant, plusieurs facteurs concourent objectivement à ce curieux télescopage.

Il y a, tout d'abord, un climat médiéval général. Les grandes frayeurs de l'an mil sont déjà loin, certes. Mais enfin, dans l'Europe, espagnole ou non, tolédane ou non, des années 1200-1400, la force des convictions religieuses ne semble pas incompatible avec quelques pratiques ou quelques prudences qui nous semblent aujourd'hui relever davantage d'une éternelle fascination de l'homme pour la magie que de la foi en Dieu, quelque nom qu'on lui donne.

Il y a aussi un effet un peu pervers de la fréquentation mutuelle des croyances des autres, traditionnelle à Tolède. On est déjà, certes, à une époque où une foi religieuse ne se discute pas, du moins en principe. Mais on n'est pas encore arrivé à celle où le moindre doute, la moindre tentation de dialogue et à plus forte raison de déviance, relèveront des tribunaux de l'Inquisition. À partir du moment où beaucoup de chrétiens instruits ouvrent quand même le débat avec des juifs ou des musulmans, et y trouvent un évident intérêt philosophique – la réciproque étant bien entendue vérifiée – les limites entre ce qui est convenable et ce qui ne l'est pas se trouvent évidemment repoussées d'autant.

Tolède, de toute façon, s'y prêtait à merveille, et eût peut-être connu cette fascination magique même sans ce dialogue des religions qui s'y était établi. D'abord physiquement : c'est une ville construite comme un défi sur un rocher, donc pleine de caves, de sous-sols ténébreux, de souterrains mystérieux. C'est une ville de réseaux, dont beaucoup ne se voient pas. Les Ibères un peu, les Romains beaucoup, les Wisigoths ensuite, les Maures enfin, s'y sont employés. Sous les pavés, le mystère... C'est en tout cas ce que l'on a envie de croire, surtout dans une cité où la moitié au moins des intellectuels, à l'époque, passent justement leur temps à décrypter des mystères.

Car il ne faut pas non plus perdre de vue qu'au Moyen Âge, la science encore balbutiante, même si elle a fait de spectaculaires progrès grâce aux savants arabes et juifs notamment, se confond volontiers avec la magie. De l'astronomie, vraie science que notre XXIe siècle honore et salue, et où il voit même à son tour sa nouvelle frontière, à l'astrologie, lecture au minimum approximative et subjective du mouvement des astres, il n'y a alors qu'un pas. Des débuts de la médecine, qu'il ne faut pas sous-estimer (s'agissant en particulier de l'anatomie, quoiqu'elle soit encore bien approximative parce que toute dissection reste impie, et que ni le microscope, ni l'imagerie médicale n'existent) aux poudres de perlimpinpin et pratiques faussement sacrées, l'écart reste court. Et que dire des codes secrets, très en vogue alors, et qui sont réputés donner aux textes les plus limpides la signification la plus obscure, à moins que ce ne soit l'inverse ?

Bref, Tolède, métropole culturelle et cultuelle, est alors, curieusement, mûre pour la contre-culture et l'obscurité. L'Europe médiévale va en faire sa capitale de la magie noire. La reine de lumière devient aussi reine de sabbat... À cette autre vocation de la ville, notre *Roman de Renart* lui-même fait référence. Il n'est pas le seul des grands contes et récits épiques médiévaux, tant s'en faut : dans Maugis d'Aigremont, le héros éponyme rencontre un magicien qui « a étudié les sept arts pendant sept ans à Tolède ». De même pour celui de *La Chanson de Jehan de Lanson*, et d'autres personnages encore : le « voyage à Tolède » s'installe, dans la littérature fantastique du Moyen Âge, comme une référence quasi obligatoire lorsque l'on évoque ceux qui détiennent des pouvoirs surnaturels, y compris ailleurs qu'en Espagne.

Il n'est pas indifférent que ces pouvoirs soient à peu près toujours présentés comme de nature scientifique : il s'installe bel et bien, à cette époque, une confusion dans les esprits entre science et divination. Alphonse X, qui fait traduire parmi mille autres travaux érudits ceux de savants arabes comme Al-Kindi, Al-Farabi, Ibn Gabirol, et bien entendu ceux d'Avicenne et d'Azarquiel, se trouve, volens nolens, gentiment complice de cette vague spiritiste : là où le roi et d'autres ne voient que d'importantes contributions à la science, en particulier à l'astronomie, à la médecine et aux mathématiques, des esprits plus rêveurs – ou plus intéressés – affectent de découvrir de nouvelles pistes pour leurs réflexions, souvent muées bientôt en (fausses) certitudes, à propos du surnaturel.

Et puis, il règne à Tolède, comme dans toute l'Europe médiévale, une fascination pour l'alchimie. L'ambition de principe en est simple : percer le secret de la transmutation, autrement dit trouver le moyen de changer en or la matière vile, par exemple le plomb. La tentation est grande de rechercher dans des textes étrangers, quitte à les croire savamment cryptés, la recette d'un tel miracle (en ignorant, d'ailleurs, que son succès eût assuré son échec : un or fabriqué à la chaîne aurait évidemment perdu presque toute sa valeur). Abondent alors les cabinets secrets, les alchimistes autoproclamés, les faux savants et même les sorcières, qui, si elles avaient vraiment les pouvoirs magiques qu'elles s'attribuent, se hâteraient de lire un avenir qui les condamnera au bûcher, et d'en tirer les conséquences.

Mais on n'en est pas encore là : pour l'instant, Tolède la religieuse, et même la multireligieuse, veut croire aux miracles non homologués, et s'étourdir de magie noire. C'est d'autant plus tentant que, chez les chrétiens, on prête aux juifs de très sombres pratiques, non pas seulement – et très stupidement – blasphématoires (faire ripaille le vendredi saint, par exemple, ou cracher sur des représentations du Christ), mais aussi atrocement et non moins sottement criminelles, pratiques que rien de sérieux n'a jamais attesté : crucifier des enfants, martyriser des vierges...

Mais la fascination pour cette vraie-fausse magie est bien partagée. Il y a, dans la Tolède ultra-chrétienne des années 1200-1300, et où juifs et musulmans s'affairent par ailleurs à préserver de leur foi et de leur culte ce qui peut l'être, mille pratiques dont c'est peu dire qu'elles sont, au sens propre, scandaleuses : messes noires (avec sacrifices humains ? Aucun document crédible n'en fait foi, mais la légende courra longtemps) et autres célébrations, hébraïques ou islamiques, totalement hors normes. Et pourtant, ces déviances ne peuvent faire oublier que pour tout l'essentiel, Tolède est restée, durant des décennies où tout aurait pu opposer juifs, musulmans et chrétiens, un extraordinaire foyer de réflexion commune.

En arrivant ainsi à l'apogée de la cohabitation tolédane des trois cultures – car ensuite, peu à peu ou brutalement selon les époques, tout va se dégrader, se déliter et finalement se dissoudre, du moins sous ce rapport – il faut bien se poser la question : y a-t-il eu vraiment, à Tolède, l'éclosion, la vie et finalement la mort d'un modèle de tolérance entre chrétiens, musulmans et juifs, modèle auquel l'actualité la plus quotidienne se chargerait aujourd'hui de donner une coloration à la fois nostalgique et futuriste, fût-ce en creux, justement parce que cette tolérance, au moins entre Arabes et juifs, semble aujourd'hui si lointaine ? La plupart d'entre eux, certes, mettent en avant la très spectaculaire capacité, non seulement de vivre ensemble, ce qui n'est déjà pas rien au regard des conflits que nous connaissons aujourd'hui au Proche-Orient, mais aussi de créer ensemble une civilisation et son substrat intellectuel, qu'ont manifestée, à Tolède aux XIIe et XIIIe siècles, juifs, musulmans et chrétiens.

On pourra dire qu'après tout, leurs dogmes respectifs, quoique différents, n'étaient pas sans points de convergence (à commencer, tout simplement, par le monothéisme, qui induisit en son temps une révolution des esprits), voire sans liens de parenté, théologique et tout simplement historique : ne parle-t-on pas, encore aujourd'hui, des « trois religions du Livre » ? Mais il serait au moins aussi facile, et sans doute convaincant, de rappeler combien, dans l'histoire, les oppositions religieuses les plus implacables ont précisément mis face à face, dans d'autres circonstances, et de quelle féroce manière, des « frères » : pour faire simple et court, sunnites et chiites islamiques, par exemple, et, au moins autant, catholiques et protestants chrétiens. Un peu comme l'on dit que les guerres civiles sont les plus meurtrières, si ce n'est en nombre de victimes, du moins en atrocité (et, de ce point de vue, Tolède, on y reviendra, en a eu sa part, comme toute l'Espagne, et même encore un peu plus), les conflits de voisinage religieux sont sans doute parmi les plus cruels.

Fort bien, répondent des historiens moins enthousiastes à l'égard du caractère de melting pot ethnique et religieux de Tolède. Mais mettre sans cesse en avant cette cohabitation, c'est ignorer que l'accouchement d'une culture commune ne s'est pas fait sans douleur, et qu'il y eut même ce qu'on appellerait aujourd'hui des pogroms, des émeutes raciales, des lynchages, en particulier contre les juifs, commodes ennemis communs pour les chrétiens ultras, et dans une moindre mesure les musulmans. Votre Alphonse X, pas si « sage » que ça, ajouteront ces critiques, s'y est à l'occasion prêté, ou du moins n'y a guère opposé la force publique dont il disposait ; et en 1264, le royaume musulman de Grenade a probablement piloté en sous-main une rébellion mudéjare qui manifestait bien, au cœur même de la période que vous nous présentez comme idyllique, que la vie n'était pas si simple entre les trois communautés, quelles qu'aient été les arrière-pensées des uns et des autres.

Soit. Avouons-le : même entre les années, disons, 1100 et 1300, la coexistence, globalement pacifique, entre trois religions dont les antagonismes n'ont pas cessé d'alimenter tant de siècles plus tard la petite chronique triste des haines quotidiennes et meurtrières, n'a pas toujours été le long fleuve tranquille que pourrait symboliser, à Tolède, le « roi Tage ». Et il serait certainement naïf de croire que, fût-ce à l'abri de ses murailles et de ses traditions, cette ville exceptionnelle a pu rester, de ce point de vue, et par rapport à ce qui se passait partout ailleurs en Europe, une absolue exception.

Sans doute ce climat d'intérêt mutuel pour les choses de l'esprit devait-il beaucoup, avec l'encouragement du pouvoir royal, aux intellectuels. Certes, ces fameux intellectuels ne sont pas nécessairement l'alpha et l'oméga de l'harmonie entre civilisations. À d'autres époques, nazisme, fascisme, stalinisme, et d'autres « ismes » d'aussi redoutable facture, ont su trouver, dans le monde pourtant présumé exigeant et regardant de l'intelligence humaine, de navrantes et paradoxales cautions.

Et puis, nous qui regardons les controverses religieuses de cette époque du haut de notre XXIe siècle si relativiste, du moins en Occident, ne perdons pas de vue deux considérations alors fondamentales. La première est qu'au Moyen Âge, et pour des siècles encore, le pouvoir politique procède du divin : commencer à chipoter sur Dieu, c'est mettre en cause le Roi, l'État, la Nation, bientôt leurs agents et leurs relais. Bref, c'est s'engager sur un chemin qui mène plus sûrement au gibet ou au bûcher qu'à une chaire d'université. La seconde est que chacune des trois grandes religions évoquées affirme sans nuance, et sans aucun accommodement possible, détenir l'intégralité et l'exclusivité de la vérité. Cela n'empêche pas le dialogue, certes ; sinon Tolède – et Cordoue, et d'autres – n'auraient tout simplement pas existé. Mais cela suppose tout de même en chacun des protagonistes une foi ultime, monolithique, qui fait précisément de ce dialogue un détour intellectuel, au mieux une exploration amusée et plutôt bienveillante du jardin d'autrui, qui ne doit pas être confondue avec une sorte d'œcuménisme panthéiste.

Mais le cas de Tolède reste quand même singulier, parce qu'il est très rare dans l'histoire que des esprits forts, issus de différentes origines, aient spontanément coopéré à la prospérité de l'intelligence et du savoir d'une même époque, et d'un même royaume. Les gravures du temps en attestent parmi mille autres signes : juifs, Maures, chrétiens vivent ensemble dans la même ville, et partagent, hors du champ religieux, les mêmes valeurs. Ils discutent, ils supputent, ils élaborent, à la fois ensemble et concurremment, des théories, mais à aucun moment le discours des uns n'exclut les autres – en tout cas, au seul motif qu'ils sont autres. Des populations qui jouent ensemble – aux dés, aux dames, et plus que tout aux échecs, venus de si loin à l'Est – ne peuvent réellement se haïr.

Ne rêvons pas : Tolède n'a certainement pas, quelque part entre les XIIe et XIVe siècles, inventé la recette magique et définitive de la fraternité universelle. Hélas ! D'ailleurs, dans le cas contraire, cela se saurait... Du moins a-t-elle prouvé que, dans un Moyen Âge où l'on s'étripait pour infiniment moins que cela, des intelligences venues d'univers différents pouvaient mettre en commun leurs ressources, plutôt que leurs capacités respectives à se nuire.

Le sait-elle, en ce milieu du XIVe siècle ? Quelques érudits, peut-être. Même s'il ne faut sans doute pas limiter aux clercs de l'époque la perception de ce génie tolédan du pluralisme : cette ville, qui ne peut encore se regarder dans le rétroviseur du monde, ni de l'histoire, est déjà globalement fière de ce qu'elle est. Mais elle ne devine pas encore qu'à la suite de ces trop courtes années de lumière s'annonce, implacable, le temps des épreuves.

MICHÈLE KAHN

LE ROMAN DE SÉVILLE

Extrait

Les noces de Charles Quint

Une dure fatalité assombrit les dernières années du règne des Rois Catholiques. En 1497, leur fils, le prince don Juan, mourait quelques mois après son mariage avec Marguerite d'Autriche, n'ayant semble-t-il pas résisté à une lune de miel trop ardente. L'année suivante, sa sœur Isabelle disparaissait en donnant le jour au petit Michel, héritier des trois couronnes. Qui lui-même décédait en 1500.

Restait le troisième enfant des Rois Catholiques : Jeanne, dite la Folle. *Juana la Loqua*. En 1504, elle héritait du trône de Castille à la mort de sa mère, Isabelle Ire, tandis que Ferdinand conservait l'Aragon. Très éprise de son bel époux volage, Philippe de Habsbourg, Jeanne succomba à la jalousie et aux crises de dépression. Gouverner ne l'intéressait pas. À la mort du beau Philippe, en 1506, la reine Jeanne sombra dans la torpeur et la déraison. Ce fut donc son fils aîné Charles de Habsbourg, né en 1500 à Gand, qui fut nommé régent.

Quand Ferdinand d'Aragon décéda en 1516, le jeune homme de quinze ans devint roi d'Espagne et des colonies d'Amérique sous le nom de Charles Ier. Sa tête appelait décidément les couronnes. Trois années plus tard, il succédait aussi à son grand-père, Maximilien Ier, empereur des Romains. Élu à la tête du Saint Empire sous le nom de Charles V, héritier du duché de Bourgogne et de la couronne espagnole, il devint à vingt ans l'homme le plus puissant d'Europe, régnant sur un empire où le soleil ne se couchait jamais.

C'est en 1517 seulement qu'il mit pour la première fois le pied sur la Péninsule ! Et sans connaître un mot d'espagnol, car il parlait français. Mais il aura appris la langue en 1526, à l'heure d'épouser sa cousine Isabelle de Portugal.

Et quel lieu choisit pour ces noces fabuleuses le souverain né dans la magnificence de la cour bourguignonne, où toute occasion était bonne pour organiser fêtes, défilés, tournois et banquets ? Il élit l'alcázar de Séville. Séville alors au zénith d'une splendeur due au commerce des Indes.

Charles Quint ne s'était jamais rendu en Andalousie. Célébrer ses noces à Séville lui permettrait de visiter cette part de son royaume. Les Sévillans saisirent l'occasion pour remodeler et pomponner l'Alcázar.

Les Rois Catholiques n'avaient pas manqué d'introduire des agencements au palais. Ils avaient en particulier aménagé un bel escalier et transformé l'étage supérieur en une résidence d'hiver confortable, le rez-de-chaussée restant réservé à l'été. Ils avaient aussi fait lambrisser des plafonds et édifier l'émouvant oratoire qu'on peut encore visiter. Deux prie-Dieu sont séparés par une colonne de marbre qui donne naissance à deux arcs étayés chacun d'une claire-voie de style flamboyant. Au fond, l'autel-retable de céramique (1504) reste un des chefs-d'œuvre de la Renaissance espagnole. Signé Francisco Niculoso Pisano, Italien vivant à Séville, cette pièce d'art inaugure une nouvelle tradition céramiste sévillane, que l'artiste perfectionna notamment avec Pedro Millán sur le portail gothico-mudéjar de l'église du couvent de Santa Paula.

Afin d'accueillir les noces de l'empereur, il fallut en premier lieu rafraîchir le Salón de Embajadores et le proche *Patio del Crucero* où s'égayeraient les invités prestigieux, ainsi que la *Sala de las Fiestas (ou de las Bóvedas)*. Plus tard Charles Quint, qui entreprendrait des rénovations de grande envergure à partir de 1537, ferait recouvrir cette salle de *zócalos* d'azulejos, des revêtements de céramique traités par Cristóbal de Augusta comme des pans de tapisserie. Y apparaîtraient sa devise : *Plus ultra*, ainsi que son buste et celui d'Isabelle en médaillons. Cette pièce s'intègre aujourd'hui dans les *Salones de Carlos V* qui englobent l'ancien Palais Gothique d'Alphonse le Sage. Au sud du Patio de las Doncellas, dans le *Salón del Techo de Carlos V*, un admirable plafond à caissons octogonaux surmonte encore la pièce qui faisait office de chapelle du palais.

De l'époque de Charles Quint datent également, admirons-les dans le *Salón de Tapices*, les extraordinaires tapisseries de la conquête de Tunis. Ces douze œuvres dessinées par le peintre flamand Cornelis Vermeyen, exécutées dans les ateliers bruxellois de William Pannemaker ver 1550, sont un cadeau de Marie de Hongrie, sœur de l'empereur, pour célébrer l'expédition victorieuse de son frère en 1535. L'une montre l'Espagne et l'Afrique inversées par rapport à la représentation contemporaine.

Jardins et vergers mauresques furent remaniés avec splendeur dans un style influencé par la Renaissance italienne. Le *Jardín del Cenador* s'enorgueillit d'un adorable pabellón (1543-1546), pavillon cubique dévolu au repos et à la méditation. Un oratoire mauresque à l'origine, il a été adapté au goût de la Renaissance par Juan Fernandez. La superbe décoration d'azulejos, œuvre de l'atelier des frères Polido à Triana, offre des motifs d'animaux fantastiques qui sont un régal pour l'œil et un amusement pour l'esprit.

Mais revenons aux noces de Charles Quint et d'Isabelle de Portugal. Comme le veut la loi du genre, les fiancés ne s'étaient jamais rencontrés bien que cousins : l'infante était également la petite-fille d'Isabelle la Catholique.

D'ascendance espagnole, dotée de 900 000 doublons d'or, elle avait des atouts si sérieux dans sa manche qu'elle aurait pu se permettre d'être laide. Or la princesse de vingt-trois ans était non seulement belle, mais très belle. Elle avait « le teint très clair et le regard candide, nous apprend Alonso de Santa Cruz, fils du gardien de l'Alcázar. Elle parlait peu et sa voix était basse et douce ; elle avait de grands yeux bleus, une petite bouche, le nez aquilin, la poitrine très menue, de belles mains, la gorge haute et belle ; elle était douce et très réservée, trop peut-être... L'Empereur avait trouvé une femme à sa hauteur et convenant à son caractère». Beauté et bonté s'alliaient à une volonté de fer et à un sens très poussé de la dignité.

Pas simples, les épousailles ! La dispense papale étant parvenue le 1er novembre 1525, le mariage fut aussitôt célébré de part et d'autre, chacun donnant son accord au représentant de son futur conjoint. Hélas, on apprenait le lendemain que la dispense était insuffisante et qu'il en fallait une seconde. D'où rebelote le 20 janvier 1526 !

Dix jours plus tard, Isabelle de Portugal prenait la route. Le long du trajet, l'hommage du peuple portugais en liesse lui parvint au son des trompettes et des hautbois. Le 7 février, elle atteignait l'Espagne.

La princesse avait quitté sa litière et était montée sur une blanche haquenée ; tous les Portugais mirent alors pied à terre et vinrent l'un après l'autre, selon leur rang, lui baiser la main et prendre congé d'elle. Cela fait, l'infante, encadrée par ses deux frères, s'avança jusqu'à la frontière ; là, les seigneurs et chevaliers de Castille envoyés par l'empereur, parmi lesquels le duc de Calabre, l'archevêque de Tolède et le duc de Béjar, mirent à leur tour pied à terre et vinrent lui baiser la main. Hautbois, trompettes et tambours, des deux côtés en nombre tel qu'on n'en avait jamais vu autant, produisaient un concert assourdissant. Le visage altéré par l'émotion, les infants s'approchèrent pour baiser la main de l'impératrice et se séparer d'elle avec la plus grande tendresse [1].

Accompagnée des grands et des nobles de Castille, Isabelle prit alors, avec une suite luxueuse, le chemin de Séville et entra le 3 mars en grande solennité dans la ville. Elle portait un

1. Épisode inspiré du récit du chroniqueur Pedro Mexía.

manteau de satin blanc doublé d'un tissu d'or, et une cape, également de satin blanc, semée de pierres précieuses et de perles piquées d'une plume blanche.

De fortes pluies avaient rendu les rues boueuses. Le Tout-Séville, accouru à cheval ou à dos de mule, était néanmoins présent pour accueillir l'impératrice à la porte de la Macarena. C'est là qu'on lui offrit un manteau de brocart brodé.

La porte de la Macarena s'ornait d'un arc triomphal. Six autres attendaient l'impératrice et son cortège jusqu'à l'Alcázar. Les autorités avaient coutume d'ériger ces habiles camouflages afin de dissimuler toute empreinte mauresque. Cloches, musiques, flambeaux, tapis et tapisseries, odeur de romarin, joyaux et beaux vêtements chamarrés avaient mis en joie le peuple massé dans les rues, pressé aux fenêtres et aux balcons.

Deux braseros monumentaux exhalaient des parfums devant le septième arc, situé à la Puerta del Perdón, qui était le plus somptueux. C'est là qu'attendaient le chapitre de la cathédrale, le clergé et les croix de toutes les églises de la ville. Au milieu de l'arc était suspendu un ciel. Des anges et un chœur de jeunes gens représentant les vertus y chantaient une mélodie suave. Le chant accompagna l'impératrice à l'intérieur de la cathédrale, où elle pria devant le grand autel.

La chronique nous a également transmis le souvenir d'un château de feux d'artifice. Quatre dragons tournaient sur une grande roue. Quand ils touchèrent le sol, ils se mirent à cracher du feu et des fusées, la roue continuant de tourner, jusqu'à ce qu'ils aient complètement brûlé.

Et l'empereur? L'empereur reçut un accueil tout aussi triomphal quand le 10 mars, soit huit jours plus tard, il se présenta avec une suite brillante à la porte de la Macarena sur un coursier blanc taché de noir, ayant déjà franchi deux lieues encombrées par la foule considérable venue l'attendre. Pourpoint de velours à bandes de brocart, rameau d'olivier à la main, il arrivait d'Illescas où il avait signé le traité de Madrid avec son prisonnier François Ier.

« Sa Majesté, rapporte la chronique[1], fut reçue en premier lieu par monseigneur l'assistant[2] et monseigneur le duc d'Arcos, suivis des seigneurs du conseil municipal, tous vêtus de costumes magnifiques en satin cramoisi et de bonnets de velours ornés de riches médailles, portant de grandes chaînes d'or [...] remarquablement ouvragées. Derrière venaient les alcaldes mayores et les lieutenants de l'assistant, les chevaliers, les magistrats et les avocats, les professeurs et les médecins, les notaires, puis les citoyens et les marchands, sévillans et étrangers, tous très richement parés [...] Enfin venaient également les artisans, réunis par métier, en corporation, avec leurs plus beaux habits, qui étaient très élégants, chaque métier formant un escadron avec ses capitaines et ses drapeaux. »

Tout comme Isabelle, Charles Quint reçut un riche manteau, puis s'avança triomphalement sous les six autres arcs. Les seigneurs de l'Église, portant capes de brocart richement brodées et en habits de procession, l'attendaient à celui de la Puerta del Perdón.

Entré dans la cathédrale, l'empereur s'agenouilla devant l'autel somptueux et jura de sauvegarder les immunités accordées à l'Église. Après qu'il eut entendu la musique, le *Te Deum* et les psaumes chantés par de jeunes garçons, il put enfin songer à rejoindre l'Alcázar pour y découvrir son épouse inconnue.

Ils s'aimèrent au premier regard.

Quand Charles Quint parvint devant l'impératrice et qu'ils se regardèrent, elle s'agenouilla et voulut avec insistance lui baiser la main. L'empereur s'inclina très bas pour la relever en la prenant dans ses bras, l'embrassa et la prit par la main. Ils

---

1. Cet extrait provient d'*Aristocrates et marchands*, d'Antonio Garciá-Baquero González, traduit de l'espagnol par Marie-Joëlle Tupet, in *Séville XVIe siècle*, ouvrage cité, p. 101.

2. Autorité locale suprême : gouverneur de la région, maire de la ville, juge et chef de la milice urbaine.

passèrent dans une autre pièce où ils restèrent un quart d'heure assis là, entourés des grands qui étaient présents en nombre. Puis l'empereur se retira pour ôter sa tenue de voyage et s'habiller somptueusement avant de retrouver l'impératrice dans la Sala de la Media Naranja[1]. Là ils furent mariés par le cardinal Salviati, légat du pape. Quand l'horloge sonna minuit, on dressa un autel dans la chambre d'Isabelle, et l'archevêque de Tolède dit la messe et les bénit devant le duc de Calabre et la comtesse de Faro. Peu de personnes assistèrent à cet épisode improvisé[2].

On était à la quatrième semaine du carême, pendant lequel il était interdit de se marier. Le chef du Saint Empire avait obtenu une dérogation en acceptant que la cérémonie commence à une heure du matin et en restreignant la musique d'accompagnement.

La messe achevée, il devait être 2 heures du matin. Charles Quint passa dans sa chambre. Pendant ce temps l'impératrice se coucha et, une fois qu'elle fut dans son lit, l'empereur vint consommer le mariage en prince catholique qu'il était[3].

Les réjouissances promettaient d'être grandioses, mais une cascade d'événements les réduisit passablement. D'abord le fait de tomber en plein carême. Ensuite l'affliction due au décès de la reine de Danemark, sœur de l'empereur. Puis la Semaine sainte. Bref, il fallut attendre Pâques pour que débutent joutes, tournois, jeux de cannes, courses de taureaux, pièces de théâtre, feux d'artifice et illuminations. On avait dressé sur les terrains vagues de la ville des estrades ornées de guirlandes, fleurs et tapis. Les fêtes durèrent alors jusqu'à la Pentecôte. Charles Quint, qui était d'une gloutonnerie sidérante, n'oublia pas de distribuer des repas aux pauvres.

1. Salon des Ambassadeurs.
2. Narration inspirée du récit de Gonzalo Fernández de Oviedo.
3. *Idem*.

Lors d'une joute, le souverain reçut un coup de lance en pleine poitrine. Que le lecteur ne s'effraye point : l'arme était médiocre ! Non par souci de ménager le combattant impérial, mais parce que, loin des joutes acérées du Moyen Âge, celles du XVIe siècle satisfaisaient principalement au goût du luxe et de la parade. Plus beaux les vêtements, plus grand le prestige ! Dont jugeaient les grands ambassadeurs et esprits européens réunis pour les noces de Charles et d'Isabelle.

L'un des moins élégants parmi les invités ne dut pas être Baldassare Castiglione, Italien envoyé en qualité de nonce auprès de Charles Quint. Également militaire, artiste et écrivain, son ouvrage *Le Parfait Courtisan*, qui révélait le goût et l'idéal d'une classe raffinée entre toutes, commençait à circuler sous le manteau. Sa conversation, due à une culture extraordinaire, était éblouissante.

Autres figures littéraires importantes : les deux grands poètes espagnols Garcilaso de la Vega et Juan Boscán, unis par une amitié rare [1], et Andrea Navagero, ambassadeur de la république de Venise. Ce diplomate, lui aussi poète, fut à l'origine de l'introduction, capitale dans la poésie castillane, du vers décasyllabique, mis en vogue en Italie par Pétrarque, grâce à sa correspondance avec Juan Boscán.

Navagero envoya à un ami italien cinq lettres truffées de descriptions pittoresques de Séville. Les Gradas, adossées à la cathédrale, lui paraissaient être le plus bel endroit de la ville, avec son fourmillement permanent d'hidalgos [2] et de marchands, d'intermédiaires et d'intrigants, les cohortes de domestiques [3]. Bien sûr il décrivit abondamment la cathédrale et sa tour ainsi que l'Alcázar, ses jardins délicieux, ses fontaines et le bosquet d'orangers où le soleil ne pénétrait jamais, qui était à ses yeux « peut-être le lieu le plus paisible

1. Boscán par ailleurs traduirait plus tard *Le Courtisan*.

2. Nobles.

3. Voir pages 135 et 180.

d'Espagne». Il décrivit les monastères, lieux où les frères lui semblaient bien placés pour filer droit au paradis. Il décrivit les merveilles rapportées des Indes et qui ne pouvaient débarquer ailleurs qu'à Séville: sortes de racines à saveur de châtaigne nommées *batatas* (patates douces), et un fruit merveilleux dont il ignorait le nom, au goût tenant à la fois de la pêche et du melon. Il nota enfin qu'il était parti tant d'hommes aux Indes que Séville, dépeuplée, était presque passée sous le pouvoir des femmes...

Ces femmes devaient avoir le caractère bien trempé, tout comme l'impératrice Isabelle. Sur treize années de mariage, elle en passa six toute seule, donnant naissance à trois enfants et gouvernant à trois reprises l'Espagne d'une main de fer tandis que Charles Quint était au loin. Le séjour à Séville, et celui à Grenade qui suivit, avait été un grand et bref moment de bonheur dans la vie du couple impérial, follement amoureux.

Ce séjour aurait des conséquences importantes pour Séville. Les noces de Charles et d'Isabelle avaient révélé l'insuffisance du siège qui accueillait les réunions du conseil municipal, en des locaux partagés avec le chapitre de la cathédrale.

Avant de quitter Séville, Charles Quint incita les notables à construire un nouvel *Ayuntamiento* (hôtel de ville) digne de la puissance du «port des Indes». On choisit l'emplacement des anciennes poissonneries, aux abords du couvent de San Francisco; on convoqua le grand architecte Diego de Riaño, qui devait aussi réaliser la sacristie principale et la sacristie des Calices à la cathédrale. Preuve qu'on était content de ses prestations. Après sa mort en 1534, le chantier se poursuivit jusqu'en 1572 avec le concours d'éminents artistes locaux et étrangers. La façade plateresque[1] de l'Ayuntamiento, un ensemble de cinq espaces divisés par des pilastres et des

1. *Plateros* signifie: «orfèvres».

colonnes ornés de reliefs finement ciselés, est un chef-d'œuvre de l'architecture Renaissance. Cette partie fut complétée au XIXe siècle par une façade néoclassique surmontée d'une horloge, au prix de la destruction d'une galerie signée Hernán Ruiz. Les armes de la ville, avec le NO8DO d'Alphonse le Sage, figurent en bonne place.

À l'intérieur du bâtiment, la *Sala Capitular baja*, riche de superbes frises ornementales avec masques, génies et bêtes fabuleuses, présente aussi des scènes de la vie des saints sévillans. Un escalier couvert d'une coupole finement sculptée mène à la *Sala Capitular alta* où sont exposées diverses pièces historiques, ainsi que des toiles de Zurbarán et Valdés Leal.

À gauche de l'édifice, l'Arquillo signé Juan Sanchez, flanqué au XIXe également d'un Hercule et d'un Jules César (les deux fondateurs de Séville), fut construit pour accéder au couvent de San Francisco – aujourd'hui détruit –, dont la place adopta le nom. Tournois, exécutions publiques, réceptions de monarques et courses de taureaux se succédèrent là, au cœur de la ville, pendant des siècles. Des loges gracieuses et fleuries, très convoitées, s'y dressent de nos jours pour la Semaine sainte ou la Fête-Dieu. Il est cependant difficile d'oublier son visage de l'Inquisition quand, résonnant des clameurs de la foule et des plaintes des suppliciés, elle s'obscurcissait en présence du roi et de la reine sous la fumée des bûchers.

Charles Quint n'amoindrit jamais le pouvoir du Saint-Office. Sous le règne de son fils Philippe II, la plaza de San Francisco fut en 1560 le théâtre de cinquante et un autodafés.

Table des matières

Déjà parus dans la collection

Le Roman de la Russie insolite, Vladimir Fédorovski.

Le Roman de Saint-Pétersbourg, Vladimir Fédorovski, prix de l'Europe de l'année, prix Louis-Pauwels.

Le Roman d'Athènes, Marie-Thérèse Vernet Straggiotti.

Le Roman de Constantinople, Gilles Martin Chauffier, prix Renaudot essai.

Le Roman de Shangai, Bernard Debré, prix de l'Académie des sciences morales et politiques.

Le Roman de Berlin, Daniel Vernet.

Le Roman d'Odessa, Michel Gurfinkiel.

Le Roman de Séville, Michèle Kahn, prix Benveniste.

Le Roman de Vienne, Jean des Cars.

La Fabuleuse Histoire de l'icône, Tania Velmans.

Dieu est-il garçon ?, Christian Millau.

Le Roman de la Saxe, Patricia Bouchanot-Déchin.

La Fabuleuse Histoire de Malte, Didier Destremau.

Le Roman de Hollywood, Jacqueline Monsigny et Edward Meeks.

Le Roman de Chambord, Xavier Patier, prix du patrimoine.

Le Roman de l'Orient-Express, Vladimir Fédorovski, prix André-Castelot.

Je serai la princesse du château, Janine Boissard.

Mes chemins secrets, Jacques Pradel.

Le Roman de Prague, Hervé Bentégeat.

Le Roman de l'Élysée, François d'Orcival.

Le Roman de Tolède, Bernard Brigouleix et Michèle Gayral.

Le Roman de l'Italie insolite, Jacques de Saint Victor.

Le Roman du Festival de Cannes, Jacqueline Monsigny et Edward Meeks.

Le Roman des amours d'Elvis, Patrick Mahé.

Le Roman de la Bourgogne, François Cérésa.

Le Roman de Rio, Axel Gildén.

Le Roman de la Victoire, Bertrand de Saint Vincent.

Le Roman du Budapest, Christian Combaz.

Le Roman de la Pologne, Beata De Robien

Les Fabuleuses Histoires des trains mythiques, Jean-Paul Caracala.

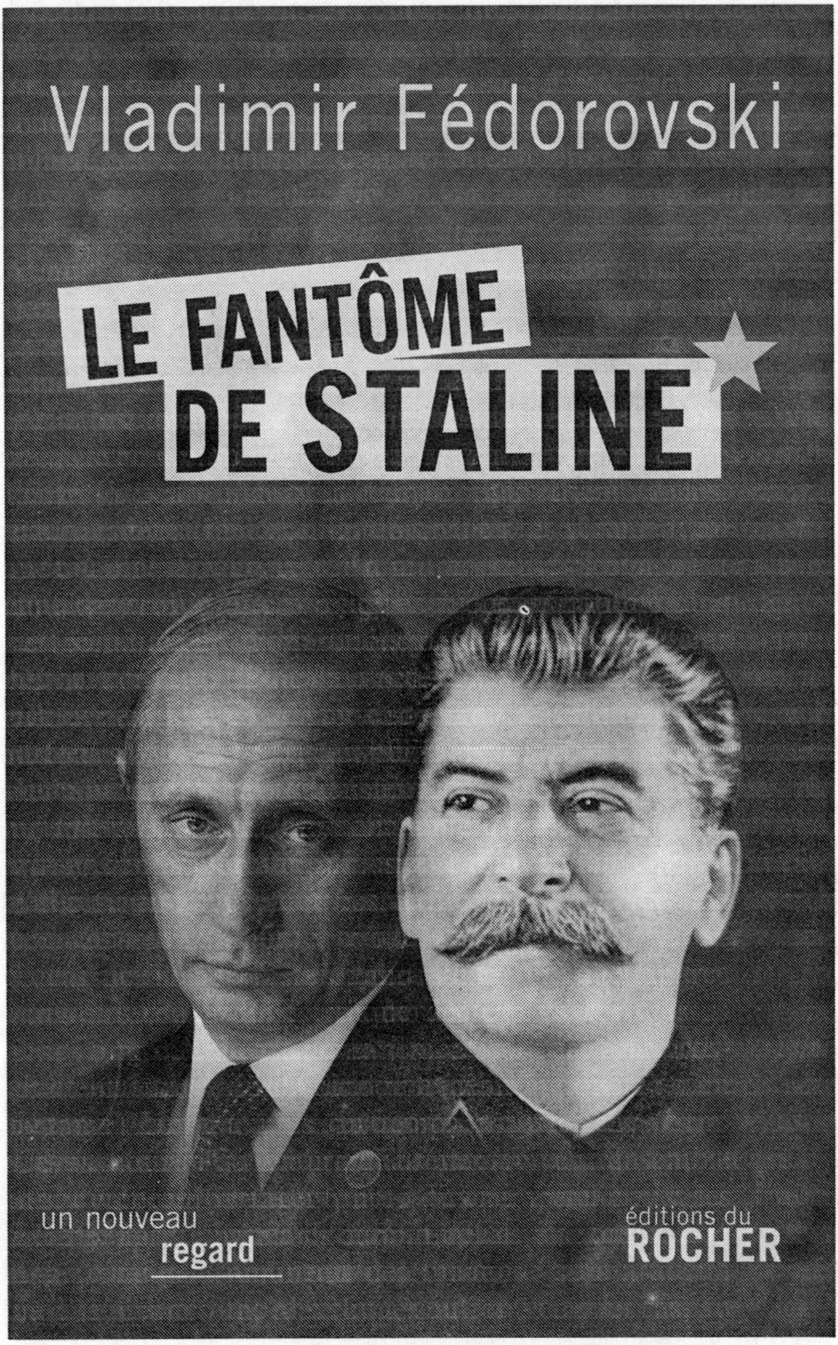

Le dernier ouvrage de Vladimir Fédorovski.

CET OUVRAGE
A ÉTÉ ACHEVÉ D'IMPRIMER SUR ROTO-PAGE
PAR L'IMPRIMERIE FLOCH À MAYENNE
EN OCTOBRE 2007

Éditions du Rocher
28, rue Comte-Félix-Gastaldi
Monaco

Dépôt légal : octobre 2007
N° d'édition : CNE section commerce et industrie
Monaco : 19023.
N° d'impression : 69379.
Imprimé en France